Ausgestiegen - Ein Leben im Schatten der Gesellschaft

Die Geschichte der Sandra H.

November 2001:

Leise und sanft fiel der erste Schnee und bedeckte langsam Straßen, Häuser und Bäume die nun alle bald ein weißes Kleid trugen. Der eisige Wind fegte durch das Laub und riss die letzten Blätter mit sich fort. Es war kalt, höchstens 2 Grad Celsius an diesem trüben Novembertag. Jeder der nicht unbedingt auf die Straße musste blieb zuhause. Die Menschen die man unterwegs traf, sah man an, dass ihnen das Wetter hier in Deutschland zu schaffen machte. Überall erkältete Menschen mit triefender Nase die sich in dicke Jacken verhüllten als seien sie ein kostbarer Schatz. Andere liefen mit murrenden Gesichtern herum und verfluchten diese nasskalte Jahreszeit. Auch ich befand mich auf der Straße, denn ich lebte auf der Straße. Mit der Zeit gewöhnte man sich hier an das Wetter. Ich möchte mich kurz vorstellen, mein Name ist Sandra H. ich bin 16 Jahre alt und lebe seit über zwei Jahren auf der Straße in Hamburg. An solchen Tagen zog es mich oft ins Kaufhaus. Hier taute ich dann wieder auf. Ich genoss das es hier trocken, warm und hell war. Etwas wehmütig lief ich durch jeden Gang und begutachte all diese schönen Dinge die ich mir nie leisten konnte. Sei es nun Schmuck, Parfum oder auch Kleidung, natürlich immer darauf bedacht kritisch von den Verkäuferinnen beäugt zu werden. Man konnte mir wohl ansehen das ich mich nicht in der Lage befand etwas zukaufen. Nein, mir wurde schon oft unterstellt das ich etwas klauen wollte, dann wurden meine Sachen durchwühlt und obwohl man nichts fand musste ich das Gebäude verlassen. Ich verstand nicht warum die Menschen so misstrauisch waren. Einige Bekannte von der Straße stahlen manchmal um zu überleben. Total verrückt. Es gab Leute die fraßen bis zum umfallen und warfen achtlos Lebensmittelreste in den Müll. Aber manch einer würde sich wünschen etwas von dem zu bekommen was man so einfach wegschmiss Aber deswegen konnte man nicht alle gleich behandeln und jeden unterstellen das er stahl. Ich könnte niemals stehlen auch wenn es manchmal Dinge gab die ich sicher gerne hätte aber kriminell würde ich deswegen nie werden. Nur weil man nicht so aussah wie jeder so genannte normale Bürger der Gesellschaft musste man nicht auf andere herabsehen, die anders wirkten als andere. Viele Menschen hatten stets Vorurteile mir gegenüber und beschimpften mich auch schon als Asozial und rümpften die Nase wenn sie mich erblickten und sahen zu mir herab, als ob ich ein Insekt wäre das zerquetscht werden musste. Es wurde mir das Gefühl übermittelt das ich nicht willkommen war und in ihren Augen in die unterste Schublade der Gesellschaft gehörte. Solche Äußerungen verletzten mich sehr, und ich verstand nicht was ich diesen Leuten getan hatte. Ich ließ sie in Ruhe warum konnte ich das gleiche Recht nicht auch von ihnen verlangen? Ich meckerte ja auch nicht rum wenn jemand einen dicken Mercedes fuhr oder beschimpfte jemanden als Tiermörder wenn er einen Pelzmantel trug. Meiner Meinung nach hatte **jeder** einen Platz in dieser Gesellschaft und keiner stand über den anderen. Man sollte **alle** Menschen gleich behandeln ob nun arm oder reich. Jeder verdiente eine faire Chance, warum nur sah das niemand ein? Wenn ich mitbekam wie Leute ihr Geld zum Fenster raus warfen hätte ich kotzen können. Was andere wohl an meiner Stelle taten wenn sie kein Geld hatten? Vermutlich das gleiche wie ich, darum betteln. Diesen Ausdruck mochte ich eigentlich noch nie aber wenn ich davon sprach wusste wenigstens jeder was ich meinte. Meinen ganzen Besitz trug ich in meiner alten zerrissenen Jeanshose bei mir. Er belief sich auf 2,76 DM. Für viele lächerlich doch für mich ein Vermögen. Der heutige Tag schien nun gerettet und neues Geld musste erst morgen wieder besorgt werden.
Ich lief weiter an Hifi - Geräten und Haushaltsartikel und landete schließlich bei den Spielwaren. Schon als Kind liebte ich es durch ein Kaufhaus zu schlendern und die Spielzeugabteilung zu stürmen. All diese wunderbaren Kuscheltiere, Puppen und Barbies liebte ich zu bestaunen, da ich als Kind schon nie viel besaß. Plötzlich blieb ich wie hypnotisiert stehen und sah einen braunen Teddy mit einem breiten Lächeln, großen Knopfaugen und einer roten Schleife um den

Hals gebunden. Genau den gleichen den ich als siebenjährige bekam. Ich nahm ihn in meinen Arm und plötzlich überkam mich die Erinnerung an meine Kindheit und mein ganzes früheres Leben......

Geboren wurde ich am 03.05.1985 im Bochumer Stadtkrankenhaus. Meine Eltern erzählten mir später immer, dass an diesem Tag ein furchtbares Unwetter herrschte, dies sei sicher ein Vorbote gewesen das ich ein schwieriges Kind werden sollte. Später dann im Streit warfen sie mir vor das ich sicher nicht ihr leibliches Kind sei und vertauscht wurde. Sie waren der Meinung, ich passte nicht in ihre Familie. Ich tat immer so als ob mir ihr Gerede nichts ausmachte aber in meinen inneren tat das schon sehr weh. Dazu musste gesagt werden, dass meine Eltern mich nie wollten. Ich war einer dieser berühmten Unfälle. Nach drei Kindern wollten sie keine weiteren mehr bekommen aber ganz unerwartet kündigte ich mich an. Meine Mutter erfuhr es in der 14.Schwangerschaftswoche daher war es für eine Abtreibung zu spät. Dieses Gefühl nicht erwünscht zu sein ließen sie mich auch nur allzu deutlich spüren. Auch wenn meine Eltern mir nie die Liebe gaben die ich brauchte, meine Geschwister zeigten mir stets wie wichtig ich ihnen war und versuchten mich stets zu beschützen, was aber leider nicht immer gelang. An meine drei Brüder Michael (heute 21 Jahre) , Sebastian (heute 19 Jahre) und Martin (heute 18 Jahre) hing ich sehr, aber noch mehr an meiner kleinen Schwester Vanessa (heute 10 Jahre). Zu ihr hatte ich stets eine besondere Beziehung, vermutlich weil ich sie seit Geburt kannte. Ich hatte sie immer vor allem beschützten wollen und es tut sehr weh, dass ich meine Geschwister nicht wieder sehen konnte. Mit 16 Jahren zog Michael von zuhause aus, weil er es nicht mehr ertrug und zwei Jahre später zogen dann Sebastian und Martin zu ihm. Ich wünschte, dass mir diese Möglichkeit auch zugestanden hätte. Ich war damals noch viel zu jung und so musste ich bei meiner Mutter bleiben. Michael versprach mir, dass er mich zu sich nahm wenn ich alt genug wäre. Dies sollte der Hoffnungsschimmer sein an dem ich mich klammerte wenn es mir schlecht ging. Meine kleine Schwester dagegen lebt nun bei Pflegeeltern (wie es dazu kam später).
Ich wünschte ich könnte all meine Geschwister wieder sehen und in die Arme schließen, aber noch sollten das unerfüllte Träume bleiben. Ich konnte ja nicht zurück, denn wenn meine Eltern erfuhren wo ich war bestand die Gefahr, dass ich zurück musste. Da ich noch keine 18 Jahre alt war konnte man mich dazu zwingen ebenso zum Schulbesuch. Obwohl nach all der Zeit auf der Straße wurde mir bewusst das ich gerne wieder zur Schule ginge um einen guten Abschluss zu machen und eine Ausbildung zu beginnen. Viele sollten mich für verrückt halten das ich wieder zur Schule wollte, aber nach alldem erlebten wünschte man sich halt einen normalen Alltag und wozu auch ein Schulbesuch gehörte. Mir wurde bewusst das eine gute Schulbildung das wichtigste war und man sollte immer daran denken, egal wie schlecht es auch lief es konnte nur besser werden, aber man musste lernen zu kämpfen. Niemanden nützte es etwas, den Kopf in den Sand zu stecken. Man musste sich ein Ziel setzten wofür man das alles erreichte, und schaffte man es dann fühlte man sich einfach großartig.
Nun komm ich mal zu meinen Eltern. Komisch sie wieder so zu nennen denn in meinen Augen waren es nur meine Erzeuger nicht meine Eltern.
Unter Eltern stellte man sich eigentlich etwas anderes vor, dass man z.B. zu seinen Kindern hielt, immer für sie da war und auch etwas mit ihnen unternahm, aber all das durfte ich nie erfahren. Stattdessen wurde meine Kindheit von Angst, Schlägen und Terror geprägt.
Der Name meiner so genannten Mutter lautet Birgit (heute 40 Jahre) und sie ist Hausfrau. Richtig arbeiten kam für sie nie infrage. Dies taten nur Dummköpfe wie sie immer sagte. Nur einmal in ihrem ganzen Ich bezogenen Leben arbeitete sie. Freiwillig tat sie dies aber nicht. Nein, ihr Vater besorgte ihr eine Putzstelle die sie dann ganze vier Monate behielt (WOW, was für eine Leistung!) Seitdem ließ sie nur noch arbeiten.
Der Name meines so genannten Vaters lautet Frank (heute 42 Jahre). Seinen letzten Job hatte er vor dreizehn Jahren und ließ seitdem auch nur noch arbeiten. Als er seinen Job verlor wurde es zuhause bei uns immer schlimmer.....
Kennen gelernt hatten die beiden sich in einer Disco. Meine Mutter zudem Zeitpunkt 18 Jahre alt

und mein Vater 20 Jahre alt. Nach knapp 6 Wochen wurde schon geheiratet. Wie konnte man eine Discobekanntschaft nur nach so kurzer Zeit heiraten? Schließlich kannte man sich doch kaum. Wer lernte sich denn dort noch kennen? Das unverantwortlichste überhaupt war natürlich in so ein verkorkstes Leben Kinder zu setzten. Innerhalb von vier Jahren brachte meine Mutter drei Kinder zur Welt und als ich dann unerwartet dazu kam musste meine Familie umziehen da in der alten Wohnung nicht genug Platz war. Selbst diese Tatsache wurde mir im Streit vorgeworfen das sie nur wegen mir nun mehr Geld für die Miete ausgeben mussten.

An unsere erste Wohnung erinnerte ich mich dunkel. Sie lag im dritten Stock eines Hochhauses. Sie wirkte furchtbar laut und dunkel und genügend Platz für alle hatten wir trotzdem nicht. Michael hatte ein Einzelzimmer und Sebastian und Martin teilten sich das andere Kinderzimmer. Ich Überbleibsel schlief im Wohnzimmer auf unserem braunen Sofa. Aber an Ruhe und Schlaf war meist vor Mitternacht nicht zu denken. Überall im Zimmer standen Papas Bierflaschen herum wenn er sich jeden Abend betrank. Dichte Rauchwolken vom Zigarettenqualm verhingen sich im ganzen Zimmer. Ich hasste diesen Geruch und konnte nie verstehen wie oft zum Teil noch junge Leute rauchten. Rauchen gefährdete nur die Gesundheit und kostete Geld. Selbst heute noch wenn meine Freunde rauchten, kriegte ich Ekel davor und könnte kotzen. Aber zum Glück nahmen sie Rücksicht auf mich und rauchten nicht so oft in meiner Gegenwart. Rücksichtnahme war auch etwas das ich vorher nie kannte. Zum ersten Mal erlebte ich das auf der Straße wo wir wie eine Familie zusammenhielten. Wir verurteilten niemanden und akzeptierten jeden wie er war. Ein schönes Gefühl. Ein Gefühl das ich mir bei meiner eigentlichen Familie immer gewünscht hatte. Doch stattdessen gab es nur Hass, Ablehnung und Gewalt. Dieses Leben beeinflusste mich sehr und ich litt darunter. Auch heute noch kam es vor das die Vergangenheit mich einholte...

An meine ersten beiden Lebensjahre hatte ich praktisch keine Erinnerungen. Richtig intensiv wurden sie ab meinem dritten Lebensjahr. Und zwar fing es so an....

Es war ein angenehm warmer Junitag im Jahre 1988. Meine Brüder und ich spielten auf unserer, zum Hochhaus dazugehörige, Wiese fangen. Wir alberten herum und lachten als ich plötzlich inne hielt und meinen Vater nach Hause kommen sah. Wie glaubte ich jedes Kind freute ich mich zu diesem Zeitpunkt ihn zusehen. Ich rannte ihm entgegen, damit er mich in den Arm nahm doch er lief an mir vorbei als sei ich eine Fremde. Das verwunderte mich sehr. Als ich Papi rief und ihm am Arm festhielt drehte er sich ruckartig zu mir um, sah mich hasserfüllt an und stieß mich zur Seite. Ohne ein weiters Wort ging er ins Haus. Ich hatte noch nie zuvor soviel Hass und Verachtung in den Augen eines Menschen gesehen. Dieser Blick erschrak mich sehr doch dies sollte nur der Anfang von allem sein....

Meine Brüder die alles beobachtet hatten standen nun stumm herum und sahen betreten zu Boden. Ich sah sie alle nacheinander staunend an und verstand gar nichts was hier passierte und warum die Stimmung auf den Nullpunkt sank. Später wurde mir klar das meine Brüder wohl eine Vorahnung hatten, oder ob sie so etwas schon kannten? Die Lust am spielen war nun allen vergangen und da uns nichts Besseres einfiel gingen wir irgendwann zurück in unsere kleine Wohnung. Draußen befanden wir uns eh viel lieber da wir hier mehr Freiraum und Möglichkeiten zum spielen hatten. Meine Brüder gingen ohne Umweg direkt in ihr Zimmer. Michael wollte mich mitnehmen doch ich Dickschädel stellte mich quer und rannte ins Wohnzimmer. Dort saßen meine Eltern schweigend am Esstisch. Meine Mutter zog hastig an ihrer Zigarette und mein Vater trank sein (keine Ahnung wievieltes) Bier. Als ich auf seinen Schoß klettern wollte schubste er mich zu Boden und schrie, er wollte einmal im Leben Ruhe vor einer nichtsnutzigen Nervensäge wie mir haben. Als Krönung des ganzen gab er mir noch eine saftige Ohrfeige, ehe er sich wieder seinem Bier widmete. Meine Mutter nahm noch einen kräftigen Zug ihrer Zigarette und brachte mich dann anschließend zu meinen Brüdern ins Zimmer. In einem scharfen Ton fuhr sie mich an, dass ich mich heute nicht mehr im Wohnzimmer blicken lassen sollte. Ich fühlte mich so allein und hilflos. Warum? Warum nur hatte mein eigener Vater mich geschlagen? Warum hatte meine Mutter daneben gestanden und nichts gesagt oder unternommen? Sollte ich ihnen so egal sein? An diesem Tag starb etwas in mir und an diesem Tag begann auch die

Abneigung gegen meine Eltern zu wachsen. Ich fing furchtbar zu weinen an und hoffte das meine Eltern noch zu mir kamen und sich entschuldigten für das was geschah - doch das taten sie nicht. Stattdessen nahm mich mein ältester Bruder in den Arm und versuchte mich zu beruhigen. Auch Sebastian und Martin redeten mir gut zu und unternahmen alles um mich wieder aufzubauen. Gerade als ich mich wieder einigermaßen gefangen hatte, vernahm ich laute Stimmen aus dem Wohnzimmer. Laute Stimmen war noch etwas harmlos ausgedrückt. Meine Eltern schrieen sich so entsetzlich an, so laut das wir jedes Wort Mitanhören mussten. Ängstlich kuschelte ich mich an Michael der behutsam mein Harr streichelte. Heute noch bewunderte ich die Ruhe und Gelassenheit meiner Brüder. Obwohl selbst noch so klein ließen sie sich keine Furcht anmerken. In dem furchtbaren Streit meiner Eltern ging es darum, dass mein Vater heute seine Arbeit verloren hatte. Deswegen kam er also früher als üblich nach Hause. Ich bekam ein schlechtes Gewissen und fragte mich ob ich es dann vielleicht provoziert hatte das er mich schlug. Das zumindest hatte ich mir eine zeitlang versucht einzureden. Erst sehr viel später wurde mir bewusst das dem nicht so wahr. Es gab keine Rechtfertigung für Schläge. Mein Vater schrie, dass er nun nicht wusste wie die Miete bezahlt werden sollte. Da seien dann ja auch noch die vier Rotzlöffel die durchgefüttert werden wollten. Auch meine Mutter schrie, denn sie hatte Angst ihren gewohnten Lebensstil ändern zu müssen. Ein Wort wechselte das andere und plötzlich gab es einen Knall. Es hörte sich an als ob Papas Bierflasche zu Bruch ging. Ich zuckte zusammen und bekam schreckliche Angst. Im nächsten Moment gab es einen erneuten dumpfen Knall. Es klang als ob Mama zu Boden geworfen wurde. Mein Vater beschimpfte meine Mutter als Schlampe und faules Miststück, bevor die Tür einige Sekunden später ins Schloss fiel. Dann herrschte eine beängstigende Stille. Papa war gegangen. Wieder rollten Tränen über meine Wangen, aber ich wagte nichts zu sagen oder gar mich zu bewegen. Ich fühlte mich quasi wie gelähmt vor Angst. Wir hörten Mama weinen, doch keiner wagte es zu ihr zu gehen. Wir saßen alle auf dem Bett und sahen betreten zu Boden. Niemand sprach an diesem Tag auch nur noch ein Wort. Bei jedem lauten Geräusch das ich nun vernahm zuckte ich zusammen aus Angst, dass wieder etwas geschah. Diese Schreckhaftigkeit hielt bis heute an. Irgendwann, es muss wohl gegen 21 Uhr gewesen sein kam Mama ins Zimmer und befahl uns das wir nun schlafen gehen sollten. Wir alle nickten stumm und gingen schweigend schlafen. Ich wunderte mich nur wie schnell die Zeit doch verging und wie lange wir schon im Dunkeln gesessen haben mussten. Ich folgte meiner Mutter stumm ins Wohnzimmer und legte mich auf die Couch. Ohne ein weiteres Wort ging Mama ins Schlafzimmer und schloss die Tür. Ich hörte kein Gute Nacht, kein liebes Wort oder bekam gar ein Küsschen. So war es eben immer. Wie hätte ich mir das gewünscht mal in den Arm genommen zu werden oder wenn jemand mir mal, hab dich lieb gesagt hätte. Niemals aber geschah so etwas. Ich hing so meinen Gedanken nach als die Wohnungstür aufgerissen wurde und mein Vater sturzbetrunken hereintorkelte. Er strauchelte Richtung Wand und fluchte dann immer wieder irgendetwas das ich aber nicht verstand. Als er im Wohnzimmer ankam stellte ich mich schlafend in der Hoffnung, dass er mich in Ruhe ließ. Zum Glück ignorierte er mich und ging ohne Umschweife ins Schlafzimmer. Dort fing gleich wieder ein lauthalser Streit an. Ängstlich verkroch ich mich unter der Decke und hielt mir die Ohren zu. Dies geschah meistens wenn laut geschrieen wurde und ich Angst hatte. Irgendwann wurde es wieder ruhiger doch ich hatte so Herzklopfen das ich die ganze Nacht kein Auge zumachen konnte. Dies sollte meine erste schlaflose Nacht von vielen werden...
Am nächsten Morgen um kurz nach 6 Uhr saßen wir alle am Frühstückstisch. Dies mussten wir auch immer einhalten, auch ich, obwohl ich nicht zur Schule oder sonst wo hinmusste. Es herrschte eisige Stimmung. Meine Brüder stocherten lustlos in ihrem Müsli herum und starrten vor sich hin. Meine Mutter, die ebenfalls mit am Tisch saß, machte einen auf heile Welt und tat als ob nicht vorgefallen sei. Ich konnte sehen das Mama in der Nacht geweint hatte und auch das mein Vater sie noch in der Nacht verprügelt hatte. Ihr rechtes Auge war ganz angeschwollen und leuchtete in den Farben blau und lila. Ihr schien das aber egal zu sein, denn sie verhielt sich meinen Vater gegenüber als ob nichts vorgefallen wäre. Wie konnte sie es einfach ignorieren und erdulden? Er hatte sie geschlagen und mich schließlich auch. Ich hatte so lange gehofft er

käme zu mir und redete mit mir über das geschehene. Ich hoffte, dass er sich entschuldigte und mir sagte das er im Stress gewesen war, und es auch nicht wollte und mir schwor das es nie wieder vorkam. Aber nichts von alldem trat ein. Der gestrige Tag wurde einfach aus ihrem Gedächtnis gelöscht. Ich aber vergaß diesen ersten Tag nie. Von nun an sah fast jeder Tag so aus. Meine Eltern stritten sich ständig, er schlug zu und besoff sich sinnlos. Später wurde dann wieder Friede, Freude, Eierkuchen gespielt als sei nie etwas gewesen. Seit diesem Zeitpunkt arbeitete mein Vater auch nie wieder. Er bezog Sozialhilfe und Arbeitslosengeld und meinte da könnte man gut von Leben, und das der Deutsche Staat ja gerade dazu verlockte sich auf die faule Haut zu legen und nichts zu tun. Den ganzen Tag hockte er nun in der Wohnung und hing vorm Fernseher und trank ein Bier nach dem anderen. Abends setzte meine Mutter sich dazu und trank mit ihm zusammen. Sie bevorzugte aber nur ausgewählte Rotweine. Wenn sie nicht zusammen soffen, saß mein Vater abends in der Kneipe und verschleuderte dort sein Geld. Kam er Heim wurde jedes Mal aufs heftigste gestritten. Dann schlugen sie sich und anschließend schliefen sie miteinander. Für uns wurde unser alltägliches Leben zur Hölle auf Erden. Kein Tag ohne Streit. Die Aggressivität meines Vaters steigerte sich immer mehr. Nicht nur Mama bekam regelmäßig Schläge auch meine Brüder und ich bekamen seine Brutalität zu spüren. Meine Brüder wenn sie schlechte Noten hatten, so das sie sich krampfhaft bemühten immer besser zu sein als andere. Das veränderte sie irgendwie. Sie wurden mit der Zeit immer ruhiger und verschlossener. Bei mir wurde zugehauen wenn ich nur, seiner Meinung nach, zu laut war oder wenn ich meinen Teller nicht leer aß. Er beschimpfte mich und schlug dann zu. Nach außen hin stellten wir die perfekte Familie da. Kein Außenstehender konnte sich vorstellen was wir alles durchmachten. Ich hatte gelernt Fremden gegenüber freundlich aber stets distanziert zu sein. Ich vertraute keinen Menschen und ließ niemanden zu nah an mich heran. Bis zum heutigen Tag sollte es mir schwer fallen Vertrauen zu Fremden aufzubauen. So sah also mein Leben aus und die Zeit verging....bis ich in den Kindergarten kam.....

Zuerst war ich mächtig stolz. Ich hatte eine blaue Umhängetasche mit einem kleinen Bären drauf, die ich voller Freude trug. Bald jedoch bemerkte ich, dass es hier wie in einer anderen Welt zuging. Ich war ein Einzelgänger. Da ich mich anderen gegenüber stets verschloss knöpfte ich keine Kontakte und stand alleine in der Ecke herum. Es tat weh die anderen beim spielen und lachen zusehen zu müssen und man registrierte das man nicht dazu gehörte. Da konnte man meine Eltern nur beglückwünschen. Sie hatten erreicht was sie wollten und mich zum Einzelgänger gemacht. Sie hatten mir ja früher schon stets verboten mit anderen zu spielen. Im Kindergarten wurde ich richtig herumgeschubst. Die Erzieherin zwang mich immer alles aufzuräumen was andere Kinder durcheinander brachten. Aus Angst machte ich was man mir sagte. Ich wusste ja nicht was passierte wenn ich es nicht tat. Die Kinder hänselten mich und einmal schubste mich jemand zu Boden, so das meine neue Hose zerriss. Da ich mich nicht zur Wehr setzte, konnten sie mit mir machen was sie wollten. Kinder können so grausam sein! Als meine Eltern später meine kaputte Hose bemerkten weinte ich fürchterlich, da ich Angst vor ihrer Reaktion hatte. Im nächsten Moment stürmte mein Vater auf mich zu und ohrfeigte mich gleich mehrere Male. Er packte mich, stieß mich mit voller Wucht gegen die Wand und brüllte mich an. Er meinte ich sei tollpatschig und müsste immer alles kaputt machen. Ich könnte niemals seine Tochter sein da ich nur Ärger machte. Da war es raus! Er glaubte also nicht das ich seine Tochter wäre? Behandelte er mich deshalb immer so? Als er dann die Wohnung verließ sank ich in mich zusammen und weinte umso mehr. Die körperlichen Schmerzen nahm ich gar nicht so wahr, schlimmer sollten die seelischen Verletzungen sein. Meine Mutter stand die ganze Zeit daneben und unternahm nichts um mir zu helfen. Warum nur? Warum half mir meine eigene Mutter nicht? Sie stand nie zu einem von uns. Von dem Schlag gegen die Wand bekam ich am Rücken einen schönen blauen Fleck. Als man ihn im Kindergarten beim Sport bemerkte sprach man mich darauf an. Ich aber hatte so furchtbare Angst, dass ich schwieg. In meinen inneren wusste ich, dass was bei uns zuhause geschah nicht normal war. Also bat man meine Mutter zu einem Gespräch. Sie aber meinte ganz locker das ich ein bisschen ungeschickt beim spielen hingefallen sei. Damit erledigte sich das Thema für die Kindergartenleiterin. Meine Mutter aber berichtete brühwarm alles meinem Vater der daraufhin vollkommen ausflippte. Wieder ging er auf mich los. Diesmal so heftig das meine Lippe aufplatzte und zu bluten begann. Anstatt meinen Vater daran zu hindern schrie auch meine Mutter mich an. Sie sagte das ich selbst Schuld sei und ihr nur Ärger wegen mir ins Haus stand. Es ging ihr einzig und allein um ihren so genannten Ruf. Sie fürchtete sich davor das irgendetwas an die Öffentlichkeit gelang und sie nicht mehr so perfekt dastand wie sie sich gerne gab. Was andere Leute dachten war ihr nämlich wichtiger als alles andere. Als Krönung des ganzen versohlte sie mir noch den Hintern. Zum ersten Mal schlug mich meine Mutter - und es sollten noch einige Male folgen...Ich verstand das alles nicht. Ich hatte doch nichts gesagt und hätte es auch nie. Aus Angst, dass vielleicht doch noch mal etwas raus kam schickten sie mich nicht mehr in den Kindergarten. Sonderlich traurig machte mich das nicht - so blieben mir wenigstens die Hänseleien der anderen erspart.

Irgendwann gab es wieder einen lauten Krach. Es ging darum das die Wohnung nun zu klein werden würde. Ich verstand wieder nichts und fragte meine Brüder was es nun schon wieder gab. Michael erklärte mir behutsam das Mama schwanger war. Schwanger? Ich konnte es nicht glauben. Ich sollte noch ein Brüderchen oder Schwesterchen bekommen? Ich fand das alles sehr aufregend. Aber warum stritten sie sich denn? So etwas sollte doch ein Grund zur Freude sein - nicht bei uns! Ich hörte irgendwelche Gegenstände zu Bruch gehen und Lauthalses Gebrülle. Ich verkroch mich wieder, da ich im laufe der Zeit immer ängstlicher wurde. Zum Glück schlug er Mama nicht. Als die Wohnungstür ins Schloss knallte wagte ich mich aus dem Zimmer und ging hinüber zu Mama und half ihr beim aufsammeln der Glasscherben. Keine Ahnung was mich dazu veranlasste, aber ich wollte alles tun damit es meinem Geschwisterchen später besser ging. Ich freute mich doch so sehr. Meine Mutter schrie mich diesmal auch nicht an sondern lächelte sogar etwas. Das tat sie sonst auch nie. Das Wohnungsproblem löste sich auch bald. Vom Sozialamt bekamen wir eine größere Wohnung vermittelt. Als wir dann, wieder in ein Hochhaus, einzogen staunte ich nicht schlecht. Ich sollte nun ein eigenes Zimmer haben. WOW! Ein eigenes Zimmer und mein erstes eigenes Bett. Ich konnte es kaum glauben. Michael bekam auch ein Einzelzimmer und Sebastian und Martin teilten sich weiterhin ein Zimmer. Meine Freude erhielt einen Dämpfer als ich erfuhr, dass später das Baby im Wohnzimmer schlafen sollte. Aber ich nahm mir vor, sollte es erst größer sein durfte es mein Zimmer haben oder wenigstens bei mir schlafen.

Die nächsten Monate verliefen ruhiger. Es wurde praktisch nicht mehr geschrieen und seitdem alle von der Schwangerschaft wussten wurde auch keiner mehr geschlagen. Sollte so etwas tatsächlich möglich sein das ein noch ungeborenes Wesen unser aller Leben so umkrempeln und zum positiven verbessern konnte? Ich fing an das zu glauben und zu hoffen, dass alles sich wieder zum gutem wendete. Doch ich sollte mich täuschen, denn das war nur die Ruhe vor dem Sturm.....

Es geschah an meinem sechsten Geburtstag. Wir alle feierten einen gemütlichen Kindergeburtstag und hatten viel Spaß. Ich bekam sogar Geschenke, was ja nicht oft vorkam. Hauptsächlich gab es an solchen Tagen nur Süßes oder auch mal einen Pulli. Viel zum anziehen besaß ich eh nicht. Meine Eltern meinten später immer, wenn ich etwas haben wollte, dann sollte ich es mir selbst besorgen. Am besten gefiel mir der Clown den ich geschenkt bekam. Ein kleiner süßer Porzellanclown der eine Grünkarierte Seidenhose trug, dazu ein weißes Hemd mit Spitzenkragen und schwarzen Schuhen wie Charlie Chaplin. Sein kleines weißes Gesicht hatte rosa Wangen, eine rote Nase und ein niedliches Lächeln. Mit seinen roten Haaren erinnerte er mich irgendwie an Pumuckel. Er war an diesem Tag mein ganzer Stolz und ich hielt ihn die ganze Zeit in meinen Händen und konnte meinen Blick nicht von ihm abwenden bis....

Bis zu dem Zeitpunkt wo ich durch die Wohnung rannte und ich aus irgendeinem Grund stolperte und zu Boden stürzte. Dabei entglitt mir der Clown aus den Fingern und zerbrach. Entsetzt musste ich mit ansehen wie sein eben noch freundlich lächelndes Gesicht in tausend Teile zerbrach. Meine Eltern schreckten auf. Sie sahen mich zuerst erschrocken dann wütend

an. Ich fing zu weinen an, da ich diesen kleinen Kerl doch so gern mochte. Papa kam auf mich zu, sah noch den zerstörten Clown und obwohl ich so weinte schlug er zu. Er schlug mir mehrfach ins Gesicht und dann mit seinen Fäusten überallhin. Meine Brüder versuchten dazwischen zu gehen und ihm davon abzuhalten doch nun richtete sich sein Zorn auch gegen sie. Er schlug nun auch auf sie ein, bis Mama sie aus dem Zimmer schickte. Nun wandte er sich wieder mir zu. Er schlug wie besessen auf mich ein und schrie immer wieder, dass ich ein tollpatschiges Biest sei und alles zerstören musste. Niemals sei ich seine Tochter sonst würde ich nicht nur Probleme machen. Da war es wieder raus und von da an sagte er das immer zu mir wenn er mich schlug. Ich lag vor Schmerzen zusammengekrümmt auf den Boden, wagte nichts zu sagen, sondern weinte nur still vor mich hin. Irgendwann ließ er dann von mir ab und verschwand ohne ein weiteres Wort ins Schlafzimmer. Noch eine Weile lag ich einfach da und traute nicht mich zu bewegen aus Angst, dass er wieder kam. So brutal hatte er noch nie zugeschlagen. Als meine Mutter kam und mich am Arm hoch zerrte hatte ich mich immer noch nicht beruhigt. Sie zog mich in mein Zimmer und bevor sie ging sah sie mich hasserfüllt an und fragte ob ich nun zufrieden war. Ich hatte das alles selbst zu verantworten was geschah und ich würde noch die ganze Familie zerstören. Mit diesen Worten schmiss sie meine Zimmertür zu und ließ mich in der Dunkelheit alleine. Ich fühlte mich so hilflos und verzweifelt und weinte nur noch mehr. Sollte das alles wirklich meine Schuld gewesen sein? Hatte ich wirklich alles zerstört? Ich hatte große Gewissensbisse. Aber es geschah doch nicht absichtlich mit dem Clown. Ich wurde aus meinen Gedanken gerissen als ich hörte wie meine Eltern sich wieder anschrieen. Papa beschimpfte meine Mutter aufs übelste und schlug nun auch sie. OH GOTT, das Baby schoss es mir durch den Kopf. Wie konnte er sie schwanger schlagen? Ich hatte Angst, Angst, dass die Situation eskalierte und Angst um das Baby. Ich machte mir die ganze Nacht die schlimmsten Vorwürfe. Nicht auszudenken wenn dem Baby etwas geschah. Ich fühlte mich furchtbar schuldig. Meinetwegen bekamen nicht nur meine Brüder Prügel sondern auch unsere Mutter. War es wirklich meine Schuld, dass Papa wieder aggressiv wurde? Vielleicht wenn ich besser auf den Clown aufgepasst hätte wäre alles anders gekommen und wenn....
Ja was wäre wenn. Diese Frage stellte ich mir oft, aber zurückdrehen konnte man die Zeit nicht. Sich ständig damit quälen was wäre gewesen wenn dies oder das anders gelaufen wäre, brachte einem nichts. Höchstens um den Verstand. Nach einer Ewigkeit begriff ich erst, dass es nicht meine Schuld war. Meinen Vater konnte man mit einem Vulkan der ruhte vergleichen, der aber im nächsten Moment ausbrechen konnte. Es sollte also nur eine Frage der Zeit sein bis es wieder passierte. Damals wusste ich das noch nicht. Am nächsten Tag wurde es wieder zum Alltag das geschrieen und geschlagen wurde. Den Zorn meiner Eltern bekam ich sehr oft zu spüren und immer wenn sie mich schlugen sagten sie mir hinterher, dass das alles meine Schuld sei.
Eines Tages im Juli 1991 beschimpfte mein Vater meine Mutter wieder einmal als Hure. Ich saß währenddessen in meinem Zimmer und hatte mich unter der Bettdecke verkrochen. Ich betete zum lieben Gott, dass sie aufhören sollten zu streiten als ich plötzlich einen lauten Schrei vernahm. Mama! Meine Mutter schrie so herzzerreißend das es mir kalt den Rücken herunterlief. Trotz meiner Angst schlich ich ins Wohnzimmer. Doch was mich dort erwartete war der blanke Horror....
Unser Wohnzimmertisch lag dort umgeworfen, über den Teppich floss das Bier aus Papas Bierflasche, zwei Stühle waren zu Bruch gegangen und die Stehlampe unserer Oma sah ebenfalls ziemlich mitgenommen aus. Am Boden zusammengekrümmt lag meine Mutter. Sie hielt sich mit schmerzverzerrtem Gesicht den Bauch und stöhnte leise etwas vom Baby bevor sie das Bewusstsein verlor. Erst jetzt sah ich die Blutlache in der sie lag. Vollkommen geschockt erstarrte ich wie zur Salzsäure. Nun erst bemerkte mein Vater mich und als er mein Tränenaufgelöstes Gesicht sah, erwachte er wie aus einer Hypnose. Er sah geschockt zu Mama und rief umgehend den Notarzt. Als kurze Zeit später meine Brüder vom Fußball spielen zurückkehrten erlosch augenblicklich ihr Lachen als sie unsere Mutter so am Boden liegen sahen. Entsetzten lag in ihren Blicken und ein großes Fragezeichen was hier wohl passiert sein

musste. Michael wollte meine Hand nehmen und mich wegziehen, doch ich war immer noch unfähig mich zu bewegen. Ich fühlte mich wie festgewachsen an dieser Stelle. Unter keinen Umständen wollte ich hier nun weg. Ich machte mir Sorgen um das Baby. Verrückt oder? Ich dachte nur an dieses kleine Wesen und überhaupt nicht an meine Mutter. Als ich die Sirene des Krankenwagens vernahm zuckte ich zusammen. Im Eiltempo rannten zwei weiß gekleidete Männer an uns vorbei. Einer der beiden trug einen großen silbernen Koffer mit sich und fing direkt an Mama zu untersuchen. Als er fragte was hier vorgefallen sei antwortete mein Vater das sie wohl gestürzt sein müsste, er es aber nicht genau wusste, da er nicht zu Hause war. Er kam erst später, als er seine Frau schon so am Boden fand. Perfekt spielte er den besorgten Ehemann. Ich konnte mich nur über soviel Dreistigkeit wundern wie er den Leuten ins Gesicht log. Als er im nächsten Moment in mein Gesicht sah schickte er uns alle hinaus. Wohl aus Angst das ich seine Lügengeschichte zum einstürzen bringen könnte. Doch zum ersten Mal in meinem Leben machte mir sein drohender Blick nichts aus und ließ mich kalt. Meine Brüder fragten mich was denn nun geschehen sei und ich begann zu erzählen von dem Streit bis hin wo ich dieses Szenarrio im Wohnzimmer vorfand. Irgendwie schien meine Brüder das nicht zu überraschen. Sie nickten nur stumm, so als wollten sie sagen, klar wie sollte es auch anders gewesen sein. Ich hörte die zwei fremden Männerstimmen an der Wohnungstür als sie Mama auf so einer Trage herausrollten. Papa kam nochmals zu uns und sagte im genervten Ton, dass er nun mit ins Krankenhaus musste. Wir sollten zuhause bleiben und nichts anstellen. Er sah mich dabei böse funkelnd an doch ich ignorierte seinen Blick. Als wir die Tür zuschlagen hörten kam Michael zu mir und wollte mich zum Bett führen doch ich riss mich los und lief auf die Straße, obwohl ich so etwas sonst nie tat. Ich lief zum Krankenwagen und rief immer wieder MAMA, MAMA. Als er losfuhr, rannte ich so schnell ich konnte hinter ihm her bis er völlig aus meinem Blickfeld verschwand und ich nur noch die Sirene in der Ferne hörte. Einsam und verlassen ging ich zurück nach Hause und betete, dass alles gut gehen würde. Ich hoffte das Mama und vor allem dem Baby nichts geschehen sei. Als ich die Wohnung betrat sah ich das meine Brüder dabei waren das Chaos, was Papa angerichtete hatte, zu beseitigen. Ich setzte mich stumm in eine Ecke und fühlte mich so machtlos. Stunden vergingen, es kam einen wie eine Ewigkeit vor. Ich hatte jegliches Zeitgefühl verloren. Wie lange wir hier schon saßen und auf Antwort warteten wusste ich nicht. Es herrschte eine Totenstille die unser aller Nervenkostüm nur noch mehr strapazierte. Alles was man hörte war der Sekundenzeiger unserer Uhr. Dann riss mich das klingeln des Telefons aus meinen Gedanken. Wir alle zuckten zusammen da wir wohl zu sehr unseren eigenen Gedanken nachzuhängen schienen. Gleichzeitig stürmten meine Brüder zum Telefon doch Michael konnte den Hörer als erster erreichen. Ich wurde sehr nervös, sollte es der Anruf sein auf den wir so lange warteten? Sollte es ein schlechtes Zeichen sein das es so lange dauerte bis wir was hörten? Ich fühlte eine Beklemmung und ließ meinen Bruder keine Sekunde aus den Augen. Ich hoffte an seiner Reaktion erraten zu können was geschehen sein musste, doch ließ er sich nicht in die Karten schauen. Er sprach mit ungerührter Miene was mich nur noch rasender machte. Ich wollte endlich wissen was nun los war. Wie ein aufgescheuchtes Huhn lief ich hin und her. Als ich dann aber sah, dass sich seine Gesichtszüge endlich entspannten wurde auch ich ruhiger. Nachdem er wieder eingehängt hatte atmete er noch einmal tief durch und teilte uns dann stolz mit das wir eine kleine Schwester bekommen hatten. Zwar drei Wochen zu früh aber sie sei gesund. Alle jubelten, aber ich konnte es noch gar nicht richtig fassen. Ich hatte wirklich eine kleine Schwester. Ich freute mich sehr und ahnte da schon, dass sie mal eine Kämpfernatur werden sollte. Sie hatte ja nun wirklich keinen leichten Start ins Leben gehabt, aber sie überstand diesen schweren Sturz von Mama unbeschadet. Ich wusste mit ihrem kleinen Kämpferherz sollte sie jede Hürde des Lebens meistern. Ich, als große Schwester, war wahnsinnig stolz auf sie. Und Mama?... Ich bekam ein schlechtes Gewissen das ich im ganzen Freudentaumel nicht einmal nach ihr gefragt hatte. Ich erfuhr, dass es ihr den Umständen entsprechend gut ging, sie aber noch für einige Zeit auf die Intensivstation musste. Sie hatte ziemlich viel Blut verloren und einen Kaiserschnitt gehabt von dem sie sich nun erholen musste. Die Stimmung blieb an diesem Tag, trotz der Freude gedämpft. Schließlich wussten wir alle warum Mama im Krankenhaus landete. Papa sahen wir an diesem Tag nicht mehr. Ich glaubte er würde die ganze Zeit im Krankenhaus verbringen um sich um mein Schwesterchen zu kümmern und natürlich auch um Mama. Ich dachte wirklich, dass es ihm Leid tat, doch auch dieses Mal sollte ich mich wieder irren. Irgendwann in der Nacht kam er endlich heim. Sturzbetrunken! Er sang die ganze Zeit irgendetwas und lobte sich immer wieder selbst, dass er der Beste war. In diesem Moment hasste ich ihn wie noch nie zuvor in meinem Leben. Er hatte Mama krankenhausreif geschlagen und dadurch beinahe das Baby getötet und er behauptete nun wirklich er sei der Beste? Wie erbärmlich! In meinen Augen war er immer nur ein feiges Schwein das Frauen und Kinder schlug wenn er soff oder nicht weiter wusste. Das mieseste was es geben konnte, war seine Gewalt an Schwächere auslassen die sich nicht wehren konnten. In diesem Augenblick schwor ich mir das er meine Schwester niemals anrührte dafür wollte ich sorgen - egal wie. Mit diesen Gedanken schlief ich schließlich ein. Am nächsten Morgen hatte Papa eine furchtbar schlechte Laune (vermutlich sein Kater von seiner Sauftour). Er brüllte uns nur an und meckerte das noch kein Frühstück auf den Tisch stand und wegen anderer etlicher Kleinigkeiten. Ich verstand ihn nicht er sollte sich doch freuen das ihm gestern nochmals ein gesundes Kind geschenkt wurde. Ich fragte mich ob er bei der Geburt von uns anderen auch so reagiert hatte. Irgendwann meinte er murrend das er nun ins Krankenhaus musste. Er fluchte rum das er nun den in dieser stickigen Atmosphäre verbringen musste wo doch heute dieser Film im Fernsehen lief. Das durfte doch wirklich nicht wahr sein! Er zog tatsächlich, irgendein Film einen Besuch seiner Frau und Tochter vor? Am liebsten hätte ich ihm ins Gesicht gebrüllt das alles doch seine Schuld sei, doch das verkniff ich mir lieber. Ich hatte Angst, dass er dann wieder zuschlug. Ich gab mir stets Mühe und versuchte alles zu vermeiden was ihn in irgendeiner Weise hätte provozieren können. Obwohl er eigentlich immer einen Grund zum zuschlagen fand. Bevor er ging fragte ich ihn noch wann wir denn mal mit durften um unsere Schwester kennen zulernen. Ich konnte es schließlich kaum noch erwarten sie endlich zu sehen. Erstaunt und wütend zugleich sah er mich an und schrie dann, dass ich kleines Biest wohl immer nur rumnerven musste und meinen Willen durchsetzten wollte. Wir würden das plärrende Balg noch früh genug zu Gesicht bekommen rief er uns noch nach, ehe er die Tür so heftig zuschmiss das alles zu wackeln begann. Ich stand nur da, und starre ihm mit offenem Mund nach. Was hatte ich denn nun schon wieder falsch gemacht? Ich wollte doch nur meine Schwester begrüßen. Eine Selbstverständlichkeit oder?! Sehr traurig über Papas Reaktion beschloss ich nicht mehr danach zu fragen, einfach schon um weiterer Streit zu vermeiden. Total verkehrte Welt herrschte hier. Ich als sechsjährige machte mir Gedanken darüber wie man Streit vermied. Auch wenn das komisch klang, aber ich für mein Alter verhielt mich schon sehr reif und machte mir stets Gedanken wie ein Erwachsener. Ich lernte früh wie ein Erwachsener zu denken und zu handeln. Das lag vermutlich daran wie ich aufwuchs. Diese Tatsache raubte mir ein Stück meiner Kindheit.

Einige Tage später fragte Papa uns ob wir ihn ins Krankenhaus begleiten wollten. Mama lag nun wieder auf der normalen Krankenstation und nun wäre es soweit auch die Kleine kennen zulernen. Was für eine Frage ob wir wollten. Natürlich!!! Wir freuten uns alle wahnsinnig und machten uns schleunigst auf den Weg in die Klinik. Auf dem Weg dorthin rätselten alle wie das Baby wohl aussah. Hatte es mehr von Mama oder Papa? Besonders Michael beschäftigte diese Frage, schließlich kannte er uns alle als Babys. Für mich aber war es eine absolute Premiere und mein Herz machte Luftsprünge vor Freude. Als wir das Krankenhaus betraten kam mir der im Krankenhaus übliche Geruch entgegen. Ansonsten nahm ich hier von der Umgebung nicht viel wahr. Wir liefen einen endlosen Flur entlang, der kein Ende zu nehmen schien. Ich fragte mich nur wann wir endlich unser Ziel erreichten. Als wir dann endlich an der besagten Tür stehen blieben klopfte mein kleines Herz wie verrückt. Noch niemals in meinem Leben fühlte ich mich so aufgeregt wie in diesem Moment. Als wir eintraten konnte ich mich nicht länger beherrschen und stürmte direkt auf Mama zu die am Fenster lag. Ich drückte ihr einen Kuss auf die Wange ganz gegen meine Gewohnheiten. So etwas hatte ich zuvor noch nie gemacht. Was mich damals überkam das zutun wusste ich später selbst nicht mehr. Wie nicht anders zu erwarten erwiderte sie meinen Kuss nicht lächelte mich aber schwach an. Dieses Lächeln wirkte aber irgendwie künstlich. Offensichtlich freute sie sich nicht uns zusehen. Martin, Sebastian, und Michael gaben ihr dann auch einen Kuss nur unser Vater nicht. Er setzte sich einfach auf einen Stuhl ohne seine Frau oder das Baby auch nur gegrüßt zuhaben. Er murmelte nur so etwas das er hoffte, dass wir bald wieder nach Hause konnten. Man merkte, dass diese Besuche ihn mehr als nervten. Ich fand sein Verhalten unmöglich. Nicht mal an einem Ort wie hier konnte er sich zusammenreißen. Zum Glück war die Bettnachbarin meiner Mutter gerade nicht im Zimmer. Dieses Verhalten konnte einem nur peinlich sein. Meine Brüder standen schon um das kleine Bettchen, dass direkt neben Mamas Bett stand und begutachteten das Baby. Langsam schritt auch ich zum Bett und meine Körpergröße reichte gerade das ich dort hineinschauen konnte. Was ich dort sah, ließ in meinem Herzen die Sonne scheinen. Ich sah das wohl süßeste Baby was je auf Gottes Erden erblickt wurde. Es wirkte so zart und winzig. Ich konnte es in diesem Moment kaum glauben, dass alle Menschen mal so klein und auch niedlich waren. Ich verstand nicht wie aus solchen liebenswerten Geschöpfen später solche Monster werden konnten (z.B. meine Eltern, mein Stiefvater oder andere Kreaturen die ich noch im laufe meines Lebens kennen lernen sollte). Meine Schwester hatte himmelblaue Augen. Es waren ausdruckstarke Augen die neugierig in die Welt blickten. Als sie uns Geschwister zum ersten Mal erblickte fing sie nicht zu weinen an, sondern lachte. Sie lächelte so lieb, dass dieses Lächeln selbst Schnee zum schmelzen gebracht hätte. In diesem Moment wurde mir bewusst wie sehr ich dieses kleine Geschöpf liebte und auf sie aufpassen würde - was auch immer kommen sollte. Ich reichte ihr meinen Zeigefinger den sie gleich mit ihrer kleinen Hand umschloss und einfach nicht mehr loslassen wollte. Es schien ihr sehr viel Freude zu bereiten, denn sie quietschte vor Vergnügen. Sebastian stellte die Frage die wohl jeden am meisten interessierte. Wie hieß unsere Schwester? Bevor Papa etwas sagen konnte fiel Mama ihm ins Wort und antwortete, dass ihr Name Vanessa sei. Vanessa, schoss es mir durch den Kopf. So sollte also meine kleine Schwester heißen. Ein sehr schöner Name der mir gut gefiel. Ich sah, dem Baby ins Gesicht und direkt in die Augen und flüsterte dabei ihren Namen. Es schien als ob sie mich verstand. Sie strampelte mit ihren Beinchen als ob sie wusste wer wir waren und sie so ihre Freude Ausdruck verleihen wollte. Im nächsten Moment meinte Papa das wir alle nun wieder aufbrechen mussten, da es für ihn zuhause viel zu tun gab. Für ihn? Wenn das alles nicht so ernst gewesen wäre, hätte man sich darüber totlachen können. Soweit ich mich zurück erinnern konnte rührte er im Haushalt keinen Finger. Im Gegenteil, er schikanierte mich und meine Brüder seine Aufgaben zu erledigen. Traurig über diesen doch kurzen Besuch verabschiedete ich mich von Vanessa und streichelte ihre rosa Wange. Auch meiner Mutter sagte ich tschüß, und erst im gehen bemerkte ich wie blass sie immer noch aussah. Sie tat mir irgendwie leid, denn sie wirkte noch immer schwach und von den ganzen Strapazen ganz schön mitgenommen. Im gehen drehte ich mich noch ein Mal um mit einem letzten Blick auf mein Schwesterchen, bevor die Tür sich schloss. Ich konnte es kaum erwarten sie wieder zusehen. Irgendwie veränderte sich etwas in mir, was mich alles, vorherige vergessen ließ. Ich glaubte daran, da nun Vanessa geboren wurde käme alles wieder in Ordnung. Ich wollte es wohl glauben. Auch die Tatsache, dass wir nun als Familie glücklich werden konnten. Ich klammerte mich an diese Hoffnung und wusste doch nicht das bald das Ende eingeläutet war.....

Die nächsten Tage verliefen wie im Schneckentempo. Sie zogen sich endlos hin, dabei sehnte ich mich so nach meiner kleinen Schwester. Ich brachte sogar den Mut auf Papa erneut zufragen, ob er mich nicht noch mal ins Krankenhaus mitnehmen konnte. Er wurde daraufhin wütend und schrie mich an das es für ihn schon schlimm genug sei dort ständig sein zu müssen. Deshalb wollte er keine doppelte Arbeit mit einem Quälgeist wie mir haben. So sah er mich also? Mehr als ein Quälgeist war ich also nicht für ihn? Ich hatte doch nichts, verbotenes getan. Ich wollte doch nur Vanessa wieder sehen. Seine Reaktion tat weh und enttäuschte mich sehr. Wie schade, dass er sich nicht so über das Baby freuen konnte wie ich. So komisch das auch klang, aber ich liebte dieses kleine unschuldige Geschöpf obwohl ich solche Gefühle hier nie erfahren durfte. Meine Eltern konnte man nur als gefühlskalt bezeichnen. Wer seine Kinder schlug und zuließ das ihnen in jeder Weise weh getan wurde, konnte kein Herz haben. Ich verstand das Schicksal nicht. Es gab unendlich viele Paare die sich ein Kind wünschten aber kein eigenes bekommen konnten und dann gab es solche Paare wie meine Eltern. Sie hatten sich eigentlich nie so wirklich Kinder gewünscht und dann kriegten solche Leute gleich fünf gesunde Kinder. Wie ungerecht das Leben doch sein konnte. Wie oft träumte ich davon eine andere Familie zuhaben. Eine Familie die einen liebte und achtete, aber wenn man dann aus diesen Träumen erwachte wurde man brutal in die Realität zurückgerissen.

Einige Tage später teilte Papa uns mit, dass heute Mama und Vanessa entlassen werden sollten. Ich jubelte innerlich. Endlich kam sie heim. Wie gerne hätte ich Papa begleitet um sie abzuholen, traute mich aber nicht nochmals zu fragen. Papa schien über die Heimkehr der beiden nicht sehr erfreut. Er hatte furchtbar schlechte Laune und schrie uns die ganze Zeit an das wir Ordnung machen und seinen Dreck aufräumen sollten. Während er duschen ging beseitigten wir das Chaos welches Papa verursacht hatte. Schließlich sollte hier alles glänzen wenn wir unsere neue Schwester willkommen hießen. Sebastian räumte die Bierflaschen vom Wohnzimmertisch und wischte ihn anschließend. Martin spülte Unmengen von Geschirr welches Michael abtrocknete. Ich dagegen stand etwas abseits und wusste nicht so recht was ich tun sollte. Ich beschloss Michael zu helfen und das Geschirr wegzuräumen. Doch ich überschätzte mich dabei. Um die Schranktür öffnen zu können musste ich auf einen Stuhl klettern. Die Teller wurden stets oben rechts eingeräumt und als ich einen Stapel nahm fiel mir der oberste herunter und ging zu Bruch. Alle erschraken und entsetzen lag in ihren Gesichtern. Noch vollkommen geschockt fing ich am ganzen Körper an zu zittern, da ich wusste wie Papa heute drauf war. Tatsächlich kam er sofort angebraust, sah den zerbrochenen Teller und schlug mir dann direkt ins Gesicht. Er schrie mich an das ich doch wirklich für nichts zu gebrauchen sei und aus mir blödes Ding würde nie etwas werden. Mit den Worten ich sollte den Dreck gefälligst weg machen verließ er die Wohnung. Stumm sammelte ich die Scherben auf und musste immer wieder an diese verletzenden Worte denken. Einen klaren Gedanken konnte ich jedoch nicht fassen. Michael beugte sich zu mir herunter und sagte, dass ich ruhig in mein Zimmer gehen konnte und er den Rest erledigen wollte. Ich nickte nur und ging ohne ein weiteres Wort hinaus. Als ich auf meinem Bett saß fing ich an zu grübeln. Sollte ich wirklich so dumm sein wie mir immer wieder gesagt wurde? Glaubten meine Brüder das etwa auch? Hatten sie mich deswegen weggeschickt? Nein, diesen Gedanken verwarf ich augenblicklich wieder. Meine Brüder, besonders Michael, verhielten sich stets sehr reif und meinten es sicher immer nur gut mit mir. Ich fragte mich warum Papa nicht ein bisschen so sein konnte wie Michael. Doch auch dieses rumgrübeln half nichts. Selbst wenn es zutraf was Papa sagte so gab ihm das noch lange nicht das Recht mich zu schlagen. Wie aber sollte ich mich dagegen wehren? Ich konnte nur, wieder einmal hoffen, dass es kein nächstes Mal gab. Um mich etwas abzulenken beschloss ich etwas zutun von dem ich etwas verstand. Ich malte ein Bild das ich Mama zur Begrüßung schenken wollte. Ich zeichnete einen strahlend blauen Himmel und eine leuchtende Sonne. Unten eine kleine grüne Wiese auf der eine Familie spazieren ging. Mama und Papa die rechts und links jeweils zwei Kinder neben sich hatten und Mama ein Baby auf den Arm trug. Alle hatten ein lachen im Gesicht und es wirkte so als ob sie großen Spaß hatten. Als ich diese Szene sah, huschte ein Lächeln über mein Gesicht obwohl es mir zeitgleich einen Stich versetzte. Dieses Blatt Papier das vor mir lag drückte all das aus was ich mir mehr als alles andere wünschte. Ein harmonisches glückliches Familienleben. Ich verbesserte noch hier und da etwas als ich plötzlich hörte wie die Wohnungstür aufgeschlossen wurde. Sie waren zurück! Mein Werk schien mir noch nicht vollendet genug doch daran konnte ich nun nichts mehr ändern. Irgendein komisches Bauchgefühl hielt mich davon ab einfach ins Wohnzimmer zu stürmen. Ich öffnete also zaghaft meine Tür und hörte Vanessa weinen. Papa maulte schon wieder rum, da ihm dieses Gekreische auf die Nerven ging. Ich lief direkt zu Mama und überreichte ihr mein Bild. Ich glaubte meinen Ohren nicht zu trauen aber sie bedankte sich dafür. So etwas hatte sie bisher noch nie getan. Die Worte, Danke und Bitte gehörten nämlich nicht zum Wortschatz meiner Eltern. Vorsichtig lief ich nun zu dem kleinen Bett, mit der niedlichen blauen Bettwäsche mit

Katzenmotiv, welches mitten im Raum stand. Es passte einfach nicht hierher und Vanessa zu liebe hätte ich auf mein Zimmer verzichtet um hier wieder selbst zu schlafen. Ein Wohnzimmer konnte doch kein Ort zum schlafen für ein Baby sein. Meine Eltern rauchten und soffen hier ständig und das war nun mal nicht gesund. Aber leider durfte ich darüber nicht bestimmen. Als ich sie dann endlich wieder sah wunderte ich mich wie schnell Babys sich verändern konnten. Ihre kleinen rosa Wangen wirkten deutlich runder und ihr Haar voller als ich es in Erinnerung behielt. Ihrem süßen Wesen tat dies aber keinen Abbruch. Ich verstand aber nicht warum sie so herzzerreißend schrie, was mir irgendwie Angst machte. Mama die von dem Geschrei nun auch genervt wirkte kam um nach ihr zu sehen. Die Ursache stellte sich als ganz simpel heraus, sie musste einfach nur neu gewickelt werden. Ich sah oft dabei zu um etwas zu lernen. Später kam es schließlich oft genug vor das einer meiner Brüder oder auch ich sie wickeln mussten. Nachdem sie frisch gemacht wurde, strahlte sie wieder über das ganze Gesicht. Während ich so mit ihren Fingern spielte, fragte ich mich ob sie mich wohl noch erkannte. Am frühen Abend wurden wir alle aus dem Zimmer geschickt und zur Ruhe ermahnt damit Vanessa schlafen konnte. Alle gehorchten und ich wunderte mich selbst darüber, aber auch meine Eltern verhielten sich friedlich. Ich war neugierig was uns alle nun erwarten sollte und wie sich unser Leben nun veränderte. Doch beschlich mich auch ein Gefühl der Angst. Ich wusste ja das Babys oft weinten und fürchtete Papas Reaktion darauf wenn es ihm zu viel wurde. Ich sollte Recht behalten. In den nächsten Wochen war nicht viel an Schlaf zu denken. So etwa alle drei Stunden wachte sie auf und schrie. Wir alle waren durch den Schlafmangel sehr übermüdet und die Nerven waren zum zerreißen angespannt.

Nach einigen weiteren Wochen rastete Papa vollends aus, weil er schlafen wollte es aber nicht konnte. Er schrie herum wenn dieses plärrende Etwas nicht sofort zu beruhigen sei, dann würde er es packen und irgendwo aussetzten. Mama versuchte daraufhin alles um Vanessa zu beruhigen. Aber konnte das Papa wirklich ernst meinen? Konnte er wirklich dazu in der Lage sein, sein eigen Fleisch und Blut auszusetzen? Irgendwo abgelegen im dunkel, hilflos und allein? Was für eine grauenhafte Vorstellung! Ich betete in dieser Nacht so innbrünstig wie noch nie zuvor. Ich hoffte, dass nichts von alldem geschah und wartete auf ein Wunder. Seit dieser Nacht betete ich regelmäßig für banale Dinge in der Hoffnung das es was nützte. Sei es jetzt das uns Papa nicht mehr schlug und anschrie oder auch nur das Vanessa nicht mehr weinte damit nicht noch mehr geschah und wieder Ruhe einkehrte. Was für törichte Gedanken. Für das was ich mir wünschte war es längst zu spät. Dennoch gab es immer wieder Momente wo ich das nicht akzeptieren konnte und wollte. Eigentlich eine normale Reaktion, oder? Welches Kind wollte schon das sein Elternhaus zerbrach? Egal wie zerrüttet es auch sein mochte. Man gewöhnte sich doch an diese Art zusammenleben und wollte nicht das ich etwas änderte. Aber man sollte sich nicht in eine Traumwelt flüchten, sondern sich mit der Realität auseinandersetzten. Ich selbst konnte das wohl lange Zeit auch nicht. Es dauerte lange Zeit bis ich klar sehen konnte.

Irgendwann schaffte Mama es tatsächlich Vanessa wieder zu beruhigen. Meine Eltern gingen daraufhin wieder ins Schlafzimmer. Papa murrte zwar noch irgendetwas, aber wenigstens rührte er meine Schwester nicht an. Ich dankte dem lieben Gott, dass meine Gebete, an diesem Abend, erhört wurden. Weil ich nicht mehr schlafen konnte beschloss ich nach Vanessa zu sehen. Sie lag da und schlief so friedlich und fest. Ich beschloss mich wieder in mein Zimmer zu schleichen bevor mich jemand bemerkte oder ich das Baby aufweckte. In den nächsten Tagen erwachte ich bei jedem Geräusch das ich vernahm. Wenn Vanessa weinte hatte ich Angst, dass Papa seine Drohung doch noch wahr machte und hoffte jedes Mal sie beruhigte sich schnell wieder. Wenn es nicht schnell genug gelang flippte Papa aus und schlug meiner Mutter mitten ins Gesicht und meinte das es ihre Schuld sei. So hart das auch klang aber ich war froh, dass er nur Mama schlug und nicht die Kleine.

Im August 1991 geschah etwas das für mich noch mehr Leid bedeuten sollte. Ich wurde eingeschult! Viele Kinder freuten sich vielleicht anfangs darauf aber ich fürchtete mich davor. Ich hatte Angst vor den Lehrern und noch mehr vor den anderen Schülern. Meine Erlebnisse aus dem Kindergarten hatten mich geprägt. All diese Schikanen hatte ich nicht vergessen sondern nur verdrängt. Das schlimmste für mich aber war, dass ich mit niemanden über meine Sorgen reden konnte. Meine drei Brüder durfte ich doch nicht mit hineinziehen. Sie alle hatten genug eigene Probleme. Ich schwieg also und wurde immer verschlossener. Je näher dieser besagte Tag rückte desto panischer wurde ich. Nichts konnte mich aufheitern. Weder meine Geschwister noch als ich meine Schultüte und die neue Schultasche sah. Unter anderen Umständen hätte ich mich über die mit Süßigkeiten gefüllte Schultüte sehr gefreut. Ich hätte aber auf alles verzichtet, wenn mir dafür nur die Schule erspart geblieben wäre. Meine Eltern schimpften ständig mit mir da ich keine Freude zeigen konnte und nannten mich ein undankbares Biest. Was mich aber bedrückte danach wurde nicht einmal gefragt – vermutlich weil es sie gar nicht interessierte. Als dann der Tag X kam und ich morgens aufstand fühlte ich mich wie in einem bösen Traum. Ich schien nur noch wie ein Roboter auf Knopfdruck zu funktionieren. Ich ging ins Bad und zog mich an, aber mein Umfeld schien ich gar nicht wahrnehmen zu können. Meine Eltern bestimmten an diesem Tag was ich anziehen sollte, denn wie sie sagten wollten SIE einen guten Eindruck bei den Lehrern machen. Wie ich mich in diesen hässlichen Kleidern fühlte kümmerte sie nicht weiter. Meine Brüder wünschten mir noch viel Glück bevor ich mit meinen Eltern das Haus verließ. Nachdem die Haustür ins Schloss fiel fühlte ich mich als ob ich zu meiner eigenen Hinrichtung gebracht wurde. Unterwegs erblickten wir viele Kinder in Begleitung ihrer Eltern die über das ganze Gesicht strahlten. Ich fragte mich wie man sich nur so auf die Schule freuen konnte. Doch ich musste einsehen das diese Kinder neutral an die Sache herantraten und nicht wie ich. Mit jedem Schritt den wir dieser blöden Schule näher kamen wuchs meine Angst. Ich bekam so furchtbares Herzklopfen das ich glaubte es zersprang, sollte es noch schneller schlagen. Dann sah ich ihn! Meine Folterkammer (der Schulhof)! Dort standen schon viele Kinder an der Hand ihrer Eltern herum während andere schon ausgelassen miteinander spielten. Das also sollte nun der Ort sein wo ich die Hälfte meiner Zeit verbringen sollte. Ein entsetzlicher Gedanke! Als ich das erste Mal die Schulglocke klingeln hörte erschrak ich mich sehr. Noch bevor wir das Schulgebäude betraten zog Mama mich zur Seite und bläute mir ein, dass ich mit gewissen Kindern keinen Umgang pflegen durfte. Da war z.B. die kleine Chrissie Müller weil sie ein uneheliches Kind war und ihr Vater sich kurz nach ihrer Geburt aus dem Staub gemacht hatte. Oder auch der kleine Marcel Jansen weil sein Vater bereits zum zweiten Mal verheiratet und arbeitslos war. Außerdem hatte er mit drei Frauen insgesamt sieben Kinder. Diese Leute waren in den Augen meiner Mutter asozial und sie grüßte sie nicht mal wenn sie ihnen begegnete. Das war eindeutig unter ihrem Niveau. Sie hielt sich stets für etwas besseres, obwohl wir genauso so lebten wie die anderen auch. Andere Kinder die sie kannte sei es jetzt von einem Arzt oder Rechtsanwalt zwang sie mir förmlich auf. Ich sollte Freundschaft schließen mit diesen verwöhnten Gören wie Vera Koch oder Astrid Bauer. All das nur, weil ihre Eltern angesehene Bürger der Stadt und wohlhabend waren. Mir blieb damals vor Empörung fast die Luft weg. Wie unglaublich und unverschämt das sie bestimmen wollte wer mein Freund sein durfte und wer nicht. Wir gingen dann nach dieser kleinen Unterredung durch die große Eingangstür und suchten mein Klassenzimmer. An den Wänden hingen überall bunt gemalte Bilder die ich aber kaum beachtete. Als wir den besagten Raum dann endlich fanden und ich davor stand entnahm ich von innen lautes Gelächter. Ich wollte gar nicht hinein gehen und nahm die Hand meiner Mutter, die mir in diesem Moment wie ein Rettungsanker erschien. Sie versuchte mich in den Raum hineinzuzerren doch ich rührte mich nicht vom Fleck. Ich schien an dieser Stelle verwurzelt zu sein. Nun kam meine Klassenlehrerin mit einem freundlichen Lächeln auf uns zu und stellte sich kurz vor. Ihr Name war Frau Schmitten, ca.1, 80 m groß, kurze braune Haare, smaragdgrüne Augen und auf den Lippen stets ein Lächeln. Sie machte auf mich überraschenderweise einen positiven Eindruck. Sie sprach noch kurz mit meinen Eltern doch worüber wusste ich nicht. Ich konnte meinen Blick einfach nicht von diesem Raum mit den vielen fremden Gesichtern abwenden. Ich stellte mir die, bange Frage ob ich hier wohl Freunde fand. Ich wurde aus meinen Gedanken gerissen als ich Frau Schmittens Hände auf meiner Schulter spürte und sie mich sanft in das Klassenzimmer schob. Verzweifelt drehte ich mich nochmals nach meinen Eltern um, doch die waren schon wieder gegangen. Nicht einmal verabschiedet hatten sie sich von mir. Nun war ich also alleine. An einem fremden Ort umgeben von lauter fremden Menschen. Frau Schmitten bat mich mir einen Platz zu suchen und ich entschied mich für einen ganz hinten in der letzten Reihe. Als ich durch den Raum ging glaubte ich die neugierigen Blicke der anderen im Rücken zu spüren. Dieser Sitzplatz ganz hinten sollte typisch für mich sein. Ich schottete mich von Anfang an von den anderen ab und wollte niemanden zu nah an mich heran lassen. Ich hatte ja auch nie den Umgang mit anderen gelernt, sondern lebte zuhause völlig isoliert von der Außenwelt. Verunsichert sah ich mich in diesen kahl wirkenden Raum um, doch wirklich etwas zu entdecken gab es hier nicht. Nur die Grünpflanzen auf der Fensterbank brachten etwas Leben und Farbe hier hinein. Frau Schmitten stellte sich uns kurz vor und fing dann zu erzählen an vom so genannten Ernst des Lebens. Die Einschulung! Sie versuchte uns zu erklären das Schule und auch lernen durchaus Spaß machen konnten. Sie erklärte dann ihren Lehrplan wie wir Rechnen und auch das Alphabet schrittweise erlernen sollten. Damals glaubte ich nicht das ich das alles je schaffen würde es kam mir so fremd vor. Wir bekamen dann noch einen Zettel mit Dingen die wir für den Unterricht benötigten. Ich war mächtig stolz das schon lesen zu können, denn es stellte sich heraus, dass keiner meiner Mitschüler so richtig lesen konnte. Die Liste schien kein Ende zu nehmen. Von einer Schreibtafel mit Kreide, über Hefte, Schnellhefter, diverse Stifte und ein Malkasten schien alles vertreten zu sein. Anschließend läutete schon wieder die Schulglocke und zu meinem Erstaunen durften wir nun schon wieder nach hause. Das ging alles doch schneller als erwartet. Wenn es nur immer so gewesen wäre. Draußen wartete schon wieder Mama auf mich um mich abzuholen. Ich wunderte mich nur, dass sie ohne Papa erschein schließlich hatten sie abgemacht mich beide abzuholen. Auf den Rückweg löcherte mich Mama mit Fragen wie ob die Mitschüler nett waren, ob ich mit einigen schon näheren Kontakt hatte und wenn ja mit wem usw… Oh man, ging die mir auf die Nerven. Ich kam mir wie bei einem Verhör vor. Ihr ging es nur darum alles zu wissen was ich tat und mit wem. So wollte sie stets die Kontrolle über uns behalten. Wie aber sollte ich jemanden schon besser kennen gelernt haben? Wir alle hatten uns doch gerade mal zwei Stunden gesehen. Aber diese Vorstellung würde den IQ meiner Mutter vollends überfordern. Ich musste mir aber auch ehrlich eingestehen, dass ich mir den ersten Schultag schlimmer vorgestellt hatte. Diese Tatsache ließ mich etwas hoffen das es vielleicht doch nicht so schlimm werden sollte wie ich es befürchtet hatte. Aber im nachhinein, musste ich einsehen das immer wenn ich an etwas oder jemand positiv glaubte, wurde ich immer enttäuscht. Zuhause erwartete mich dafür wieder ein Donnerwetter.....

Als Mama die Haustür aufschloss kam uns ein furchtbarer Lärm entgegen. Papa hatte die Musikanlage voll aufgedreht und tanzte im Wohnzimmer, mit seiner Bierdose in der Hand, herum. Er sah so bekloppt aus das mir mein eigener Vater nur noch peinlich war. Es schien ihm auch überhaupt nichts auszumachen, dass Vanessa die ganze Zeit wie am Spieß schrie. Mama funkelte ihn böse an, stellte die Musik aus und versuchte meine Schwester zu beruhigen. Papa wurde daraufhin wütend und schrie das er feiern wollte, schließlich wurde ich ja heute eingeschult. Typisch für ihn, er fand doch immer einen Grund zum saufen. Sei es jetzt ein Feiertag, schönes Wetter oder wenn einer von uns eine gute Note mit nach Haue brachte. Alles musste er mit seinem heiß geliebten Bier begießen. Vanessa aber ließ sich gar nicht mehr beruhigen was Papa nur noch mehr zur Raserei brachte. Nun schrie er uns beide an, dass wir immer nur an uns selber dachten und ihm überhaupt keinen Spaß gönnten. Als er die Anlage wieder anstellte und Mama sie erneut abstellte bekam sie deswegen gleich wieder eine geknallt. Traurig und irgendwie hilflos musste ich diese ganze Szene mit ansehen bevor ich mich klammheimlich in mein Zimmer schlich. Ich fragte mich oft ob ich feige handelte, aber was hätte ich tun sollen? Diese ganzen Ereignisse hinterließen tiefe Narben auf meiner Seele die niemals ganz verheilten. Nun begann wieder das übliche Drama. Papa schrie dann schrie Mama zurück woraufhin er zuschlug. Mich wunderte nur das sie zum ersten Mal versucht hatte etwas zu verhindern das er tat. Das kam noch nie vor aber darüber konnte und wollte ich mir jetzt nicht den Kopf zerbrechen. Alles was ich wollte, dass sie endlich aufhörten zu streiten. Nach einer

gefühlten Ewigkeit hörte ich wie Papa maulend die Wohnung verließ und die Tür zu schmiss. Nun herrschte endlich wieder Stille. Eine schöne trügerische Stille die nur durch das weinen von Vanessa unterbrochen wurde. Ich aber fürchtete mich vor dem was geschah wenn Papa zurück kehrte. Nach einigen Stunden kam er zurück aber ohne Krach zu schlagen. Er schien ganz ruhig zu sein also vermutete ich das er spazieren war und sich nun wieder beruhigt hatte. Denn wäre er in die nächste Kneipe gestürmt hätte man ihn nicht mehr ansprechen können. Beim Abendessen kam er dann auf das Thema Schule zu sprechen. Oh, verdammt die Schule schoss es mir durch den Kopf. Dieses Thema hatte ich durch die ganze Aufregung hier völlig vergessen. Ich musste ja auch noch den Zettel abgeben. Mit zitternden Knien gab ich ihn meinen Eltern die gleich rummeckerten weil ich so viel benötigte. Papa schrie mich an, ob ich dumme Kuh den Zettel nicht schon eher hätte abgeben können. Ich wusste nicht was ich darauf erwidern sollte und senkte nur den Blick. Mama versuchte ihn noch etwas milde zu stimmen doch das machte alles nur noch schlimmer. Er drehte daraufhin vollends durch, schmiß den Tisch um und begann auf mich einzuschlagen. Er schien wie von Sinnen. Meine Brüder gingen mutig dazwischen und hielten ihn fest und versuchten ihn zu beruhigen doch auch das brachte nichts. Nun richtete sich sein Zorn auch gegen sie. Er schlug nun auch auf sie ein. Ich lag noch immer am Boden und weinte still vor mich hin. Jeder Schlag den einer meiner Brüder bekam tat auch mir weh. Mama schleifte mich währenddessen hoch und schickte mich auf mein Zimmer. Wieder einmal warf sie mir vor das alles nur meine eigene Schuld sei. Ich machte mir wieder die schlimmsten Vorwürfe, dass der Streit ja meinetwegen anfing und er schien auch kein Ende zu nehmen. Ich hörte nur Schreie und Gläser und Geschirr was zu Bruch ging. Nichts auf der Welt wünschte ich mir mehr, als das Ruhe einkehrte. Irgendwann an diesem Abend erschien sogar die Polizei, die Mama aber schnell wieder abwimmeln konnte. Danach kam es noch kurz zu einer weiteren heftigen Auseinandersetzung dann kehrte aber zum Glück endlich Ruhe ein......
In den nächsten Tagen lag irgendetwas in der Luft, es war eine sehr gereizte Stimmung bei uns zu Hause. In der Schule dagegen lief es besser. Ich hatte zu meiner großen Freude und auch Erleichterung zwei Freundinnen gefunden. Monika und Christin hießen sie und in den Pausen waren wir unzertrennlich. Das einzige was mir Kummer bereitete waren die Jungs aus meiner Klasse die mich immer ärgerten und im Sportunterricht auslachten wenn ich etwas nicht konnte. Ein sportlicher Typ war ich halt nie. In späteren Jahren ging ich überhaupt nicht mehr zum Sportunterricht einfach aus Angst, dass mich wieder jemand auslachte und alle auf mir rumhackten. Dafür brillierte ich in anderen Fächern umso mehr. Jeder hatte schließlich seine Begabung und Lieblingsfächer die einem mehr lagen als andere. Monika und Christin waren dagegen immer die einzigen die zu mir hielten und mich auch mal verteidigten. Natürlich gab es zwischen uns auch mal Krach und wir redeten nicht mehr miteinander aber im nachhinein fragten wir uns worum wir uns eigentlich gestritten hatten. Meistens lenkte ich als erste ein um mich zu versöhnen. Kompliziert wurde es nur wenn die beiden sich stritten und ich dazwischen stand. In solchen Momenten kam ich mir dann vor wie zu Hause und ich setzte meine ganze Energie ein, damit sie sich wieder vertrugen. Ich hasste Streit und tat alles um ihn zu vermeiden und wollte auch immer alles schnell geklärt haben, da ich stets sehr harmoniebedürftig war. Mama waren die beiden stets ein Dorn im Auge gewesen. Sie hätte lieber Verena und Katja an meiner Seite gesehen, weil dessen Eltern richtig reich waren. Sie wollte sich halt dann im Glanze dieser Leute sonnen. Ich aber mied die beiden einfach weil es die hochnäsigsten Zicken in der ganzen Stadt waren. Was mir aber immer ungerecht erschien, wenn sie etwas wollten dann bekamen sie es auch stets. Egal was. So kauften sie sich auch ihre Freunde. Mama mochte ja käuflich sein aber das traf nicht auf mich zu! Mir konnte keiner mit viel Geld oder teuren Geschenken imponieren. Für mich zählten andere Werte.
Meinen Eltern konnte ich es nie wirklich recht machen wenn es um das lernen ging. Als wir die ersten Buchstaben lernten, sollte alles schon perfekt sein und egal wie viel Mühe ich mir auch gab es war ihnen nie gut genug. So saß ich manchmal fast den ganzen Tag an einer Aufgabe weil meine Mutter wollte, dass ich es besser machte. Oft schossen mir die Tränen in die Augen und ich kam mir vor wie ein Versager der nichts richtig machen konnte. Wenn ich völlig

übermüdet sagte das ich nicht mehr konnte bekam ich eine Ohrfeige bis ich mich wieder zusammenriss und weiter machte. Von diesem Moment schwor ich mir, mir immer mehr Mühe zu geben damit ich den Anforderungen meiner Eltern und auch der, der Lehrer gerecht werden konnte.

Irgendwann im November 1991 gab es wieder mal einen Riesen Krach in dem es darum ging das Mama zu verschwenderisch mit dem Geld umging und wir Gören auch immer mehr kosteten. Sei es jetzt Kleidung, Essen oder Dinge die wir für die Schule brauchten. Beide brüllten sich entsetzlich an woraufhin auch Vanessa zu weinen begann der es in den letzten Tagen eh nicht so gut ging, da sie Fieber hatte. Eigentlich wollte ich nur zu ihr um sie zu beruhigen aber was ich dann sah stockte mir den Atem.....Weil sie so schrie rastete Papa wieder einmal aus und schmiss den Tisch und die Stühle um. Er wollte in Richtung Babybett gehen und drohte sie windelweich zu schlagen wenn sie nicht die Klappe hielt. Mama hielt ihn fest und schrie zurück er sollte sie in Ruhe lassen. Er lachte daraufhin nur höhnisch und schlug Mama mit voller Wucht ins Gesicht so das sie zu Boden stürzte. Zu meinem großen Entsetzten wandte er sich nun wirklich Vanessa zu und schüttelte sie und schrie sie sollte ihr Maul halten. Er erreichte damit nur das sie noch lauter schrie und dann schlug er mit seiner Hand auf ihren kleinen Kopf. Das war zuviel für mich! Ohne groß darüber nachzudenken stürmte ich auf Papa zu und schlug mit meinen Fäusten auf ihn ein und flehte ihn an Vanessa endlich loszulassen. Durch meinen, für ihn überraschenden Einsatz, ließ er wirklich von ihr ab. Doch nun bekam ich seine ganze Brutalität zu spüren. Er schlug nun wie besessen auf mich ein. Doch in diesem Moment nahm ich die körperlichen Schmerzen nicht wahr, das wichtigste war das Vanessa nun in Sicherheit gebracht werden konnte. Irgendwann kam Mama wieder dazu und ging ebenfalls auf Papa los anscheinend um mir zu helfen. Komisch das hatte sie zuvor noch niemals getan. Aber es sollte auch das erste und letzte Mal sein das sie mir mal zur Seite Stand. Er wandte sich wieder Mama zu und riß ihr an den Haaren und schleuderte sie zu Boden wo er ihr auch einige Male in den Magen trat. Ich hörte meine Mutter nur vor Schmerzen schreien doch meinen Vater ließ das kalt. Als er endlich von ihr abließ meinte er nur eiskalt wir sollten das Chaos hier beseitigen er müsste nun Bier holen gehen. Sollte es nicht ordentlich gemacht worden sein wenn er zurückkam würde es knallen. Mit diesen Worten verließ er die Wohnung. Mama krümmte sich noch immer vor Schmerzen und weinte bittere Tränen. In diesem Moment wusste ich nicht was ich tun sollte. Sollte ich zu ihr gehen und sie trösten oder einfach in mein Zimmer verschwinden? Meine Angst bestand einfach darin das sie mich wieder wegstieß sollte ich zu ihr gehen – wie schon so oft. Doch trotz allem ging ich zu ihr und half ihr beim aufstehen. Dafür drückte sie mich fest an sich, was sie vorher niemals tat. Ich konnte nicht verstehen was in Papa gefahren war. Er schlug uns zwar oft aber so durchgedreht hatte selbst ich ihn noch nie erlebt. Meinen Brüdern blieb dieses Theater erspart. Sie spielten nach der Schule oft Fußball oder gingen zu Freunden um nur ja nicht nach Hause zu müssen. Als Mama sich wieder gefangen hatte schloss sie die Wohnungstür ab und sperrte die Kette auf die Tür. Ich verstand nicht was das sollte. Das sollte Papa nur noch wütender machen und ich hatte keine Lust das er dort weitermachte wo er vorhin aufhörte. Sie stellte dann auch noch unseren Küchentisch vor die Türe. Ich begann zu realisieren was dies bedeutete. Sie hatte die Absicht ihn nicht mehr in die Wohnung zu lassen. Ich fürchtete das es ein riesen Donnerwetter gab und ich sollte recht behalten......

Wir saßen nun die ganze Zeit hier schweigend im Wohnzimmer. Eine gespenstische Stille umgab uns. Man hätte die berühmte Stecknadel fallen hören können. Dann aber plötzlich ein lautes poltern und fluchen an der Tür. Papa war zurück! Ich zuckte zusammen und hatte furchtbare Angst das er die Wohnungstür aufbrach. Ich wusste, sollte er nun in die Wohnung gelangen hätte er uns umgebracht. Er schlug mit den Fäusten gegen die Tür und drohte wir sollten endlich aufmachen sonst würde etwas passiere. Mama stand daraufhin auf und ging in den Flur. Ich konnte es nicht fassen. Wollte sie ihn nun tatsächlich wieder reinlassen? Sie hatte doch zuerst alles getan um dies zu verhindern. Ich fürchtete mich sehr. Mit jedem Schritt den sie sich der Tür näherte schlug mein Herz schneller und ich glaubte keine Luft mehr zu bekommen.

Doch dann blieb sie mitten im Flur stehen. Wußte sie nicht was sie tun sollte? Ich ließ meinen Blick an ihr haften um jeden ihrer Schritte zu beobachten. Sie ging aber nicht weiter sondern zum Telefon. Sie rief die Polzei und bat um Hilfe da wir bedroht wurden. Papa hatte indes das Gespräch mitangehört und drehte nun noch mehr durch. Doch Mama ließ sich davon nicht beirren sondern setzte sich wieder seelenruhig hin, sprach mit mir aber kein Wort. Ich starrte sie nur ungläubig an und konnte nicht fassen was ich eben gehört hatte. Schon nach kurzer Zeit erschien tatsächlich die Polizei und sie nahmen meinen Vater mit. Er schlug zwar wild um sich doch das nützte ihm auch nichts als zwei Polizisten ihn wegbrachten. Dann klopfte einer der Polizisten an unsere Tür und bat uns aufzumachen. Als er die Wohnung betrat schaute ich ihn völlig verängstigt an doch er kam lächelnd auf mich zu und redete beruhigend auf mich ein. Seine Stimme hatte etwas sanftes und ich fühlte mich nach unserem Gespräch gleich wohler. Anschließend nahm er Mama zur Seite und stellte ihr etliche Fragen, die sie unter Tränen zu beantworten versuchte. Als Vanessa dann auch noch schrie ging ich zu ihr um sie zu beruhigen. In dem Augenblick kehrten auch meine Brüder endlich heim. Sie sahen das Chaos, die Polizei und mir dann in die Augen. Sie nickten alle drei stumm da sie sich schon dachten was hier geschehen sein musste – es war ja auch nicht das erste Mal. Sie gingen schweigend auf ihr Zimmer wo ich ihnen später alles erzählte. Mama hatte ein Beruhigungsmittel verabreicht bekommen doch viel nützte es nicht. Ich hörte sie die ganze Nacht weinen. Ich ließ den ganzen Tag nochmal Revue passieren und fühlte mich wie in einem bösen Traum. Aber ich spürte das es nun nie wieder so werden sollte wie es einmal war.......
Am nächsten Morgen ging das Leben seinen gewohnten Gang, nur ohne Papa......
In der Schule war ich total unkonzentriert und dachte ständig an meine Eltern und überlegte wie es nun wohl weitergehen sollte. Frau Schmitten bemerkte auch, dass mich etwas bedrückte, und sprach mich daraufhin an. Ich aber schwieg... Ich wusste ja auch selbst nicht was die Zukunft nun brachte und etwas falsches sagen wollte ich auf keinen Fall. Zuhause erwartete mich eine weitere Überraschung. Ich kam nicht mehr in unsere Wohnung, da Mama die Schlösser auswechseln ließ. Ich erfuhr, dass Papa erneut hier auftauchte und wieder furchtbar randalierte, so dass die Polizei erneut anrücken musste. Später wurde dann auch festgelegt, dass er sich uns allen nicht mehr nähern, und die Wohnung auch nicht mehr betreten durfte. Wir bekamen also nun alle einen neuen Schlüssel, direkt mit Mamas Drohung hinterher ihn ja nicht zu verlieren sonst würde es knallen. Ich begriff immer mehr, dass sie doch keinen Deut besser als Papa war. Ich verstand einfach nicht wie man seinen eigenen Kindern drohen konnte. Solche Worte gingen mir stets sehr nah und ich wurde im laufe der Zeit übervorsichtig.
Am gleichen Tag reichte sie noch die Scheidung ein. Das war es also. Das Ende einer Ehe! Ein komisches Gefühl machte sich in mir breit. Einerseits schien es mir egal zu sein, da ich schon vor langer Zeit den Bezug zu meinen Eltern verlor. Andererseits empfand ich es schon als merkwürdig wenn eine Person mit der man viele Jahre zusammenlebte so plötzlich verschwand. Irgendwie gewöhnte man sich ja mit der Zeit an das zusammen sein. Wenn ich ein Geräusch an der Wohnungstür vernahm glaubte ich eine zeitlang das Papa heimkehrte. Ich stellte mir immer wieder die Frage warum sie ihn erst zu diesem Zeitpunkt verließ. Warum nicht schon früher? Doch auf diese Fragen sollte ich nie eine Antwort erhalten.
Es änderte sich trotzdem nicht viel bei uns. Mama war furchtbar leicht reizbar und schrie den ganzen Tag nur hysterisch herum. Wir konnten es ihr nie Recht machen so sehr wir uns auch bemühten. Wenn sie komplett durchdrehte kassierten wir eine Ohrfeige nach der anderen. Dies sollte oft geschehen. Etwas kompliziert wurde es bei uns in finanzieller Hinsicht. Da Papa nun nicht mehr zu unserem Leben gehörte, saß das Geld auch knapp. Aber das interessierte unsere Mutter nicht. Sie dachte gar nicht daran ihren Lebensstandard zu ändern oder mal etwas zurückzustecken. Die Leidtragenden von dieser Sache waren mal wieder ihre Kinder. Es gab Tage wo wir kaum etwas zu Essen hatten und uns den ganzen Tag mit einer Scheibe Brot begnügen mussten. Das war eine harte Zeit, denn keiner wusste was morgen war. Richtig problematisch ging es mit Vanessa zu. Sie brauchte schließlich ihre teure Babynahrung und auch Windeln. Außerdem wuchs sie so unglaublich schnell aus ihren Babysachen heraus und

hätte oft neue Kleidung benötigt. Aber auch dafür reichte es kaum. Nicht mal das lebensnotwendigste hatten wir in dieser Zeit. An uns Kindern sparte sie wo sie nur konnte, aber sie selbst machte keine Abstriche. Wie egoistisch konnte ein einzelner Mensch nur sein? Etwas neues zum anziehen bekamen wir auch lange Zeit nicht, obwohl das nötig gewesen wäre. Wir Geschwister mussten untereinander die Klamotten tauschen. Das Nachsehen hatte hierbei Michael da ihm keine Sachen der anderen mehr passten. Ich fühlte mich auch nicht besonders wohl in den Sachen. Mir kam es immer so vor, dass andere mich komisch ansahen in der Kleidung meiner Brüder. Schlimm genug, dass wir das so nach außen tragen mussten wie es bei uns aussah. Aber glücklicherweise sprach uns niemand direkt daraufhin an. Ich glaubte auch sonst vor Scham auf der Stelle tot umfallen zu müssen. Wenn wir mal etwas für die Schule brauchten traute sich keiner so recht danach zu fragen. Es kostete jedes Mal eine Menge Überwindung und wir mussten regelrecht für alle Schulutensilien betteln. Mamas Reaktion darauf sollte stets die gleiche sein. Sie schrie herum und beschimpfte uns das wir zu verschwenderisch waren. Nach ewigen Diskussionen gab sie aber nach und wir bekamen was wir dringend benötigten. Es tat schon weh wenn sie uns als faule, verschwenderische und nichtsnutzige Gören beschimpfte. Schließlich taten wir doch alles. Wir Kinder schmissen den Haushalt während Mama den ganzen Tag auf dem Sofa saß und gar nichts tat. Wir lebten so sparsam wie es nur ging. Niemals stellten wir irgendwelche Ansprüche oder beklagten uns bei ihr. Meine Brüder versuchten so oft wie möglich hier aus dieser Hölle zu entfliehen und gingen Fußball spielen. Ich dagegen durfte niemals mit und musste meine Nachmittage stets daheim verbringen um dann unserer Mutter unter die Arme zu greifen. Irgendwer musste ja auch Vanessa versorgen. Da mir verboten wurde die Wohnung zu verlassen hockte ich Tag ein und Tag aus in meinem Zimmer und starrte die Wände an und fragte mich oft wann das Schicksal endlich mal ein einsehen mit mir hatte. Wann endlich würde sich das Blatt mal für mich zum guten wenden? Abwechslung hatte ich nur wenn ich mit meiner Schwester spielen durfte aber meist wurde ich zu irgendeiner Hausarbeit verdonnert. Den einzigen Kontakt zur Außenwelt, hatte ich tatsächlich nur wenn ich zur Schule musste. So traurig das auch Klang, ich sah nur die Schule und dann wieder mein Zimmer. Manchmal setzte ich mich auch ans Fenster und starrte in unseren kleinen Garten. Dieser friedliche Anblick war unbeschreiblich für mich. Ich konnte stundenlang hinaussehen. Ich genoss einfach die Ruhe die ich in solchen Momenten empfand. Wenn im Frühling die Bäume erblühten und die ersten Blümchen aus der Erde entstiegen, fesselte mich diese Naturschönheit. Wenn ich dann einen Schmetterling sah und wie er davon flog wünschte ich mir oft an seiner Stelle zu sein. Fliegen! Wie oft wünschte ich mir einfach davon fliegen zu können. Endlich einfach nur frei sein. Ein Gefühl das ich hier nie empfand. Ich war eine Gefangene in dieser Wohnung und in meinem Zimmer. Niemand konnte sich diese Qualen vorstellen. Frei zu sein und doch gefangen. Mein Zimmer war meine Zelle. Der einzige Unterschied war, dass ich die Tür selbst öffnen konnte und nicht wie im richtigen Gefängnis darauf angewiesen war das es jemand anders für mich tat. Jetzt im Winter gab es hier aber nicht viel zu sehen. Der Garten wirkte kalt und leer. Genau wie das Wetter. Es war trübsinnig und dunkel. Genauso sah es allerdings auch in mir aus. Das einzige das ich an dieser Jahreszeit liebte, war wenn der erste Schnee fiel und ich beobachten konnte wie die grüne Wiese ihr Farbenkleid wechselte. Wenn ich morgens aus dem Fenster sah und es hatte überraschend geschneit und der Schnee noch völlig unberührt aussah entlockte mir das ein kleines Lächeln. Das einzige Vergnügen das ich hatte, war wenn ich mit Michael, Sebastian und Martin einen Schneemann bauen durfte. Anschließend lieferten wir uns lachend eine Schneeballschlacht. Nur in solchen Momenten vergaß ich all meinen Kummer. Doch dies geschah leider viel zu selten….

Weihnachten 91: Mama eröffnete uns heute, dass Papa zum Essen kommen wollte. Wir alle standen nur da und starrten sie mit offenen Mund an. Hatten wir da gerade richtig gehört? Seit der Trennung waren erst wenige Wochen vergangen und keiner wusste, dass sie überhaupt mit Papa wieder Kontakt hatte. Wann konnte das nur geschehen sein? Mir gingen unendlich viele Fragen durch den Kopf und mir wurde ganz flau im Magen. Ich wusste ja nicht wie Papa drauf war. Hatte er etwa wieder getrunken? Kam es erneut zum Streit? Plötzlich hatte ich wieder seinen letzten Auftritt hier vor Augen. Ich spürte nur eine bis dahin noch nie gekannte Wut in mir aufsteigen. Ich verstand Mama nicht. Erst machte sie so ein Theater und tat alles damit uns Papa nicht mehr zu nah kommen durfte und nun holte sie ihn sich selber wieder ins Haus. Hatte sie etwa auch vergessen, dass sie es ihm sogar gerichtlich verbieten ließ sich uns zu nähern? Ich hatte Angst, dass alles nun wieder von vorne losging. Je mehr Zeit verstrich desto unruhiger wurde ich. Ich fragte mich ob dieser Tag überhaupt noch trostloser werden konnte? Mama hatte nicht mal einen Weihnachtsbaum besorgt. Dies geschah zum ersten Mal hier und stimmte mich sehr traurig. Selbst Papa hatte immer dafür gesorgt, dass hier ein Baum stand. So konnte doch keine Weihnachtsstimmung aufkommen. Keinem war so recht danach - außer Mama. Ich liebte es so den Baum zu schmücken und später dann, wenn er glitzerte und leuchtete, zu betrachten. Vielleicht sollte es ein Trost für mich sein das wir heute als Familie komplett waren – aber das war es nicht! Es klopfte plötzlich an der Tür. Das konnte nur Papa sein! Wie von der Tarantel gestochen sprangen wir alle vom Sofa, während Mama mit Vanessa auf dem Arm die Tür öffnete. Zu meiner großen Überraschung musste ich feststellen, dass er nüchtern erschien. Noch erstaunter waren wir alle, als wir Geschenke von ihm bekamen. Damit rechnete hier wohl niemand. Von unserer Mutter hatten wir alle nur ein Pullover geschenkt bekommen, dass uns schon sehr enttäuschte. Wie oft hatten wir betont wir brauchten was neues zum anziehen aber nie kriegten wir etwas nur zu Weihnachten. Wie armselig! Argwöhnisch begutachtete ich Papa von oben bis unten und staunte echt wie ordentlich er aussehen konnte. Er trug einen dunkelgrauen Anzug mit Krawatte und hatte sich frisch rasiert. Ich wusste nicht mehr wann er das letzte Mal so vernünftig aussah. Er begrüßte Mama und sogar Vanessa mit einem Kuss. Für uns anderen hatte er nur ein Hallo übrig und wünschte uns Frohe Weihnachten. Dann endlich durften wir unsere Geschenke auspacken. Wir alle rissen eifrig das Papier auf. Ich bekam damals das wohl schönste Geschenk meines Lebens. Einen großen braunen Teddybär mit einer roten Schleife um den Hals gebunden und ein verschmitztes Lächeln im Gesicht. Ich verliebte mich auf den ersten Blick in dieses kuschelige Wesen und von diesem Tag blieb er stets mein Ein und Alles. Mein Liebling! Meine Brüder bekamen alle ein ferngesteuertes Auto einer in rot, einer in schwarz und das andere war blau. Ich fand das etwas einfallslos aber verwarf den Gedanken, als ich bemerkte wie sehr sich die drei darüber freuten. Vanessa bekam eine neue Babyrassel, die sie vor Begeisterung quietschen ließ und Mama bekam Blumen und Pralinen. Mama überreichte auch Papa ein Geschenk. Er bekam ein neues weißes Hemd von dem keiner wusste, dass sie es überhaupt kaufte. Irgendwie fand ich das ungeheuerlich, dass sie für diesen Mann mehr Geld ausgab als für uns. Trotz allem bedankten wir uns brav für die Geschenke und daraufhin umarmte Papa jeden einzelnen. Mein Körper versteifte sich total und mir schien als ob ein völlig Fremder an meinen Hals hing. Ich hoffte nur sehr er ließe bald wieder von mir ab. In mir schrillten alle Alarmglocken. Mir kam es vor, als ob Papa irgendetwas vorhatte. Er schien mir viel zu freundlich und ich traute ihm nicht mehr. Ich konnte einfach nicht vergessen wie er auf Mama, Vanessa und auch mich losging. Diese letzte Tat brachte bei mir das Fass zum überlaufen und mir wurde klar, dass er sich niemals änderte. Trotz all den schlimmen Befürchtungen wurde es ein sehr angenehmer Tag. Wir Kinder genossen es einfach sehr, dass es das erste Mal seit der Trennung war wo wir nicht angemeckert wurden. Unsere Eltern schienen sich viel erzählen zu haben, denn sie redeten ohne Punkt und Komma. Wir blieben dabei mal wieder außen vor. Papa sprach ständig davon wie sehr er uns alle vermisste und er nun einsah viele Fehler gemacht zuhaben. Da konnte man ja fast nur lachen wenn es nicht so traurig gewesen wäre. Er nannte es einfach einen Fehler. Er hatte unser Leben so gut wie zerstört und schlug uns alle immer wieder. Wenn er trank erwachte die Bestie in ihm. Nein, dies alles sollten unverzeihliche Dinge bleiben. Ich dachte die ganze Zeit daran, dass er ja nun bald wieder gehen würde also schob ich alle negativen Gedanken beiseite und genoss mal hier das harmonische Beisammensein. Ich wünschte nur, dass jeder Tag mal so friedlich ablief. Am Abend wurden wir alle recht früh in unsere Zimmer, zum schlafen, geschickt. Unsere Eltern wollten noch über so vieles reden was wir nicht mitbekommen sollten. Erneute Angst stieg in mir hoch. Ich fürchtete das es nun wieder zu einem riesen Krach kam und keiner wusste wie er diesmal endete. Unzählige Gedanken schossen mir durch den Kopf. Was gab es noch zu bereden? Ich lauschte gebannt und mit klopfenden Herzen ob ich irgendetwas an Krach vernahm. Ich wunderte mich selbst, aber nichts war zu hören. Irgendwann schlief ich dann endlich ein. Am nächsten Morgen kam ich aus dem Staunen nicht heraus. Papa war immer noch hier. Ich sah wie er gut gelaunt aus dem Schlafzimmer kam. Das durfte doch alles nicht wahr sein. Wie konnte Mama nur wieder mit ihm ins Bett steigen? Was bedeutete das nun für uns alle? Wollten die beiden einen Neuanfang wagen? Bei dem Gedanken wurde mir übel und ich glaubte den Boden unter den Füßen zu verlieren. Dieser Gedanke ängstigte mich sehr. Ich war mir sicher, dass er uns irgendwann alles umbrachte. Meine Brüder waren ebenfalls ziemlich fassungslos. Zusammen hielten wir bei Michael Kriegsrat um zu überlegen wie es nun weiter ginge. Martin meinte, dass Papa sich vielleicht wirklich geändert hatte. In seiner Stimme aber klang soviel Verzweiflung mit das wir alle spürten, dass er sich dabei selbst etwas vormachte und vielmehr hoffte als es glaubte. Wir redeten stundenlang über diese Sache. Je mehr wir allerdings zur Sprache brachten desto mehr kam es mir vor, als redeten wir hier über einen völlig fremden Menschen. Letztendlich sahen wir aber ein, dass uns nichts anderes übrig blieb als abzuwarten wie sich die Dinge entwickelten. Dieses Warten raubte einen den Verstand. Ich wusste nur zu genau, dass früher oder später wieder alles von vorne losging. Ich kannte unseren Vater schließlich sehr genau, vermutlich besser als meine Brüder ihn kannten. Ich sah diesen Hass und diese Wut in seinen kalten leeren Augen. Diesen Blick vergaß ich niemals. Die nächsten Tage verliefen ruhig. Es gab weder Streit noch rastete einer aus. Mama und Papa verbrachten jede freie Minute miteinander und spielten auch schon mal mit Vanessa. Wir anderen blieben wie immer außen vor, aber daran hatten wir uns schon gewöhnt. Wir freuten uns einfach über etwas Frieden. Was uns alle am meisten überraschte, war das Papa in den ganzen nächsten Tagen keinen Tropfen Alkohol trank. Das hätte ihn wirklich keiner zugetraut. Ich konnte mich auch nicht mehr daran erinnern, wann ich ihn das letzte Mal ohne Alkoholfahne erlebte.

Silvester geschah es dann jedoch…..

Papa saß den ganzen Tag gelangweilt zu Hause herum und fing schon am Vormittag zu saufen an. Mama beäugte ihn zwar besorgt sagte aber nichts weiter. Nun war er also zurückgekehrt der alte Papa! Ein flaues Gefühl machte sich in meiner Magengegend breit wenn ich Papa sah. Dieses Gefühl hatte ich stets wenn etwas schlimmes passierte und ich ahnte das heute noch ein Unglück geschah…..

Kurz vor Mitternacht war Papa dann so blau, dass er sich kaum noch auf den Beinen halten konnte. Diesen widerlichen Anblick den ich zu vergessen versuchte war nun wieder präsenter denn je. Er torkelte durch die Wohnung und fiel gegen den Wohnzimmerschrank als Mama versuchte ihn ins Schlafzimmer zu bringen. Doch er wollte nicht. Ihm stand der Sinn wieder mal nach feiern. Er beschimpfte uns alle als asoziales Pack. Ich fragte mich nur auf wenn dieses Beschreibung besser zutraf. Auf ihn oder uns? Da Mama mit ihm alleine nicht fertig wurde zwang sie uns Kinder, dass wir mit anpacken sollten um ihn aus dem Zimmer zu schaffen. Er wehrte sich aber aufs heftigste und riss sich schließlich los. Er nahm das Küchenmesser was auf den Tisch lag an sich und fuchtelte damit vor unserer Nase herum. Er schrie wenn irgendjemand ihm zu nahe kam würde er uns alle töten. Wir fünf standen also nun da und keiner traute sich etwas zu sagen oder sich zu bewegen. Ich spürte nur ein wahnsinniges Angstgefühl in mir, denn ich wusste er meinte es ernst. Eine unheimliche Stille machte sich im Raum breit das einzige was wir an Geräuschen vernahmen, sollten die ersten Raketen sein die in den Himmel flogen. Papa schien einen großen Spaß daran zu haben uns in Angst und Schrecken zu versetzten, denn er lachte die ganze Zeit höhnisch dabei, während er immer wieder betonte uns aufschlitzen zu wollen. Michael erwachte zuerst aus seiner Starre und wollte einen Schritt auf Papa zumachen doch davon hielt ihn Mama ab. Stattdessen ging sie selber einen Schritt auf ihn zu. Sie versuchte beruhigend auf ihn einzureden das er das Messer hinlegen sollte, woraufhin er nur schallend lachte. In meiner Angst klammerte ich mich an Martins Arm da keiner wusste was dieser verrückte als nächstes anstellte. Meiner Sorge galt aber auch Vanessa die nur einige Meter weiter in ihrem Bettchen schlief. Ich wollte gar nicht daran denken das er auf sie zu stürmen und sie verletzten konnte. Im Bruchteil einer Sekunde in der Papa nicht aufpasste stand Mama vor ihm und versuchte nun ihn das Messer zu entreißen. Er aber hielt es fest umklammert und es kam zu einem kurzen Kampf. Plötzlich schrie Mama auf und hielt sich am Arm fest. Wir alle mussten zu unseren entsetzen feststellen das Papa sie verletzt hatte und sie dann zu Boden warf. Mama hatte eine ziemlich üble und tiefe Fleischwunde und ich sah ihr Blut an ihren Händen und am Boden. Längst verdrängte Bilder stiegen wieder in mir hoch. Ich sah erneut wie Mama damals, schwanger mit Vanessa, blutüberströmt am Boden lag und sich das Blut über den Boden quoll. Nicht schon wieder schoss es mir durch den Kopf während ich wie von Sinnen auf den Boden sah. Auch dieses Mal stand mein Vater wieder geistesabwesend daneben mit dem blutverschmierten Messer noch in der Hand. Er sah nur auf Mama sagte und tat aber nichts. Sebastian und Martin eilten dagegen zu Mama um ihr aufzuhelfen. Zum Glück war sie ansprechbar und konnte, wenn auch etwas wackelig, wieder aufstehen. Sie blickte hasserfüllt zu Papa und ging dann schreiend auf ihn los. Merkwürdigerweise wehrte er sich diesmal nicht. Er ließ das Messer sinken und verließ ohne ein weiteres Wort die Wohnung. Wie feige konnte ein Mensch nur sein? Währenddessen begrüßten draußen alle das neue Jahr. Na ja, das neue Jahr fing ja gut an. Obwohl wir uns sonst mit großer Freude das Feuerwerk ansahen ließen wir es diesmal. Es wollte keine so rechte Stimmung aufkommen. Irgendwann hörten wir die Sirene eines Krankenwagens der bei uns hielt. Während des ganzen durcheinanders hatte Michael den Krankenwagen für Mama bestellt, da sie immer noch stark blutete. Anstatt ihm das zu danken wurde sie wütend und schimpfte mit Michael, der nun niedergeschlagen in der Ecke stand. Ich verstand sie nicht. Jede andere Mutter wäre doch furchtbar stolz auf so einen selbstständigen Sohn gewesen – sie aber nicht. Ich jedenfalls bewunderte ihn immer sehr. Einer der Sanitäter der diese ganze Szene mitbekam, klopfte Michael anerkennend auf die Schulter und sagte, dass er genau das richtige gemacht hatte.

Für einen kurzen Moment huschte ein Lächeln über sein Gesicht. Man versorgte unterdessen Mama so gut es ging und dennoch entschlossen sie sich sie vorsichtshalber mit ins Krankenhaus zu nehmen. Im rausgehen fragte einer der Sanitäter was genau passiert war, doch sie erfand irgendeine Geschichte. Ich konnte es nicht fassen, dass sie selbst nun noch Papa in Schutz nahm. Ich fragte mich was ein Mann einer Frau noch antun sollte damit sie endlich aufwachte. Sie sah jedoch stets über alles hinweg. Ein schwerer Fehler! Nachdem Mama fort war, saßen wir Geschwister alle stumm im Wohnzimmer herum. Keiner sprach ein Wort aber es wollte auch niemand schlafen gehen. Diese schlechte Stimmung drückte mir sehr aufs Gemüt und ich knetete nervös meine Finger. Nach einer kleinen gefühlten Ewigkeit kam Mama wieder heim. Sie sah verwundert, dass wir nicht in unseren Zimmern waren. Sie trug einen Verband am rechten Oberarm aber ansonsten ging es ihr wieder gut. Sie schrie uns direkt wieder an das wir nun im Wohnzimmer nichts mehr zu suchen hatten und schickte uns in unsere Zimmer.

Den ganzen Tag trauten wir uns alle nicht mehr aus dem Zimmer und wenn wir mal ins Bad oder so mussten und Mama sahen sprachen wir sie lieber nicht an. Uns reichte was wir sahen. Sie saß im Wohnzimmer auf dem Sofa und trank einen Wein nach den anderen. Dabei machte sie so ein finsteres Gesicht, dass es einen erschauern ließ. Sie kam mir wie eine Rakete vor die bei jeder Kleinigkeit in die Luft gehen konnte. Am nächsten Morgen stand dann tatsächlich Papa wieder bei uns vor der Tür! Der hatte ja nerven. Tauchte hier mit einen Blumenstrauß auf und glaubte, dass alles wieder ins Lot kam. Mama warf Papa einen finstern Blick zu und wir Kinder standen wie gebannt im Flur herum und warteten gespannt darauf was nun passierte. Meine Angst wuchs von Sekunde zu Sekunde. Ich fürchtete sie könnte wieder schwach werden. Ich aber wusste das beim nächsten Mal wir alle nicht so glimpflich davon kamen. Papa überreichte Mama sein Mitbringsel als ob nie etwas vorfiel und fragte nur wie nebenbei ob alles in Ordnung war. Jetzt rastete Mama aus. Sie schlug ihm die Blumen aus der Hand und schrie ihn an das er sie fast umgebracht hatte. Sie beschimpfte ihn noch wüst ehe sie die Wohnungstür zu schmiss und ihm dadurch noch zurief, er sollte sich hier nie wieder blicken lassen. Ich wunderte mich nur das Papa das einfach so hinnahm und friedlich ging. Aber ich fand trotzdem das er sich unmöglich benommen hatte. Keine Entschuldigung kam über seine Lippen aber das sollte ja immer so sein. Es wurde ja immer direkt alles ausgelöscht als ob nie etwas war. Am nächsten Morgen sollten Martin und ich einkaufen gehen. Da Mama nun ihre Verletzung vorschieben konnte, ließ sie sich noch mehr von uns bedienen. Als wir die Tür öffneten lag dort noch der Strauß Sonnenblumen. Wir wunderten uns darüber, dass Papa ihn einfach liegen gelassen hatte. Ich nahm sie an mich und gab sie meiner Mutter, was sich als schwerer Fehler herausstellen sollte. Als sie sah was ich in meiner Hand hielt flippte sie aus. Sie stürmte auf mich zu und schlug mir die Blumen aus der Hand und zertrampelte sie. Sie schrie, dass sie mit diesem dreckigen Mistkerl nichts mehr zu tun haben wollte und zack.... Als Krönung des ganzen gab es wieder mal eine Ohrfeige. Sie wandte sich von mir ab und rief mir aber noch nach das ich es nicht wagen sollte sie noch einmal zu provozieren. Ich hatte sie provoziert? Womit denn? Ich verstand gar nichts mehr. Ich wollte nur die Blumen abliefern die nun hier vollkommen auseinander genommen lagen. Mir tat dieser Anblick weh. Dieses Verhalten war so typisch für meine Mutter. Wenn ihr etwas gegen den Strich ging, gab sie stets jemand anderen die Schuld. Ein typisches Verhalten, oder? Wie oft kam es vor das man seine eigene Schuld auf andere abwälzte? Ich war in diesem Moment richtig sauer auf meine Mutter und dachte so bei mir, dass alles ihr eigenes verschulden war. Sie hatte Papa schließlich wieder ins Haus und in ihr Bett geholt. Wie konnte sie ihm nur noch eine weitere Chance geben? Waren diese Gedanken falsch? Ich wusste ja, dass es niemand verdiente geschlagen zu werden und man auch niemals die Schuld dafür trug wenn es dazu kam. Aber dennoch konnte ich meiner Mutter einen gewissen Vorwurf nicht ersparen.....

Am ersten Schultag, nach den Ferien, fragte uns Frau Schmitten wie wir Weihnachten und Silvester verbracht hatten. Mit Staunen lauschte ich wie normale Familien Feiertage verbrachten. Einige waren Ski fahren gewesen andere platzten fast vor Stolz wenn sie von ihren Geschenken sprachen. Sei es jetzt ein neues Fahrrad, ein Puppenhaus oder sonstiges. Ein kleines Neidgefühl spürte ich schon in mir wenn man hörte was andere alles hatten. Als ich gefragt wurde, wusste ich zuerst nicht recht was ich antworten sollte. Ich begann dann von Weihnachten zu schwärmen und wie toll wir Silvester feierten um nicht zu blöd dazu stehen. Ich erfand auch noch einige tolle Geschenke und stellte überrascht fest, dass allen mein Fest gefiel. Ich hasste es zu lügen, aber im laufe der Zeit wurde mir immer mehr bewusst das ich alles sagen konnte nur nicht die Wahrheit. Ich glaubte aber das Frau Schmitten mir meine Geschichte nicht abnahm. Sie sah mir lange und intensiv in die Augen und nickte dann stumm. Ich fühlte mich in diesem Moment überhaupt nicht wohl und rutschte unruhig auf meinen Stuhl hin und her aber sie beließ es dabei und bohrte nicht weiter nach. Was aber hätte ich anderes sagen sollen? Das mein Vater Alkoholiker war und gedroht hatte uns umzubringen? Als Krönung des ganzen dann, dass er meine Mutter mit einem Küchenmesser attackiert hatte? Nein bevor ich zugab was bei uns zuhause ablief log ich lieber. Ich fand das solange ich niemanden mit meiner Flunkerei verletzte war es in Ordnung was ich tat.....

In den nächsten Monaten ereignete sich nichts außer gewöhnliches bis auf den üblichen Schulstress und Mamas Launen. Papa sahen wir alle in dieser Zeit überhaupt nicht. Er meldete sich nicht einmal zum Geburtstag von einen von uns. Nicht mal zum ersten Geburtstag von Vanessa kam etwas. Das empfand ich als sehr armselig.......

Sommer 1992: Geschafft!!! Endlich Ferien. Die erste Klasse lag nun also hinter mir. Ganz stolz trug ich auch mein erstes Schulzeugnis nach Hause und präsentierte es meiner Mutter. Sie würdigte es jedoch kaum eines Blickes und sagte in einem scharfen Ton, dass ich mir im nächsten Schuljahr mehr Mühe geben sollte. Ich fühlte mich unendlich leer und traurig. Wieso konnte sie sich nicht einfach freuen und mal ein paar nette Worte für mich finden? Für meine Brüder hatte sie auch nur die gleichen Worte. Aber im Gegensatz zu mir waren sie es schon gewohnt, dass man ihre Zeugnisse keine Beachtung schenkte. Trotzdem freuten sich alle auf die Ferien. Endlich mal ausschlafen, keine Hausaufgaben und nicht für irgendeinen Test lernen.

Schöne Vorstellung! In dieser Zeit begann auch Vanessa richtig sprechen zu lernen. Als sie immer wieder begann nach Papa zu fragen wurde Mama so wütend das sie schrie wir sollten das Balg, wie sie es nannte, zum Schweigen bringen und rannte aus der Wohnung. Vanessa die das alles natürlich nicht verstehen konnte weinte bitterlich. Wir anderen Geschwister gaben uns dann stets Mühe sie zum lachen zu bringen. Zum Glück gelang uns das fast immer. Ich verstand Mama nicht. Es war doch was ganz natürliches das man als Kind nach dem Papa fragte. Jedes mal aber wenn sie das Wort hörte wurde sie wütend. Mama bekam eh nicht soviel von Vanessas Entwicklung mit, da sie die Kleine oft zu uns abschob, damit sie Ruhe vor ihren Gören hatte wie sie sagte. So bekamen wir Geschwister ihre ersten Geh - und Sprechversuche mit. Immer wenn sie dann merkte das sie etwas richtig gemacht hatte klatschte sie begeistert in die Hände und quiekte vor Freude, Ich fand ihre ganze Entwicklung mitzuerleben sehr aufregend. Ich fragte mich immer ob ich in dem Alter auf Dinge genauso reagiert hatte. Ich freute mich einfach über jeden Fortschritt den sie machte. Einer musste es ja tun. Ich wollte verhindern, dass sie spürte, dass sie ihrer Mutter quasi egal war. So verging dann Woche um Woche. Meine Brüder und ich gingen Mama so weit es ging aus dem Weg und hingen die ganze Zeit zusammen rum. So blieb uns wenigstens ihr Gekeife erspart wenn wir sie nicht sahen. Solange wir uns ruhig verhielten hatten wir unsere Ruhe. Im nu waren dann meine ersten Sommerferien verflogen.....

Im August 1992 kam ich in die zweite Klasse. Es änderte sich dadurch nicht viel. Der gleiche Klassenraum, dieselben Schüler und auch wieder mit von der Partie war Frau Schmitten. Erneut bekamen wir eine ellenlange Liste von Dingen die wir für das Schuljahr benötigten. Mir kam es vor als ob die Liste von Jahr zu Jahr länger wurde. Als meine Brüder und ich unserer Mutter die Liste zeigten wurde sie, wie nicht anders zu erwarten, sehr wütend. Es waren für sie stets unnütze Ausgaben von denen sie schließlich nichts hatte. Ihr ärgerte nur, dass es hieß, dass sie dann mal weniger Geld für sich selbst hatte. Meine Brüder erzählten eigentlich nie etwas aus der Schule, ich versuchte es auch immer zu vermeiden. Nur manchmal platzte es aus mir heraus wenn ich eine gute Note schrieb, weil ich sehr stolz darauf war. Doch darauf reagierte sie nie, aber wenn wir mal eine schlechte Note mitbrachten bekamen wir eine Standpauke vom feinsten. Es kam nun auch gelegentlich mal vor, dass ich gar nicht zur Schule geschickt wurde. Meine Mutter meinte dann immer ich müsste ihr im Haushalt helfen und das dies sinnvoller sei als Schule. So verging nun Woche um Woche. Manchmal gestaltete sich das als schwierig wenn ich nicht am Unterricht teilnehmen durfte, da ich das verpasste aufholen musste. Ich lernte eifrig und wenn ich dann sah wie meine Mitschüler manchmal von ihrem Vater abgeholt wurden und dabei strahlten spürte ich schon ein Neidgefühl in mir. Was hätte ich darum gegeben solche Glücksmomente auch mal spüren zu dürfen. Wann hatte ich eigentlich das letzte Mal gelacht? Ich bekam oft Angst das Lachen vollständig zu verlernen. In diesen Momenten fragte ich mich auch wo Papa nun wohl steckte. Es hatte schließlich seit Monaten keiner mehr etwas von ihm gehört. Ein komisches Gefühl. Ich vermisste ihn zwar nicht und dennoch glaubte ich mich besser zu fühlen wenn ich wusste wo er steckte.

November 1992: Als ich mit meinen Brüdern aus der Schule kam erwartete uns zuhause eine Überraschung. Mama saß in der Küche zusammen mit Papa! Beide sahen allerdings nicht sehr glücklich aus, sondern machten richtige Beerdigungsgesichter. Wir alle waren mehr als überrascht ihn hier wieder zu sehen und wechselten ratlose Blicke. Mama starrte vor sich hin und zog hastig an ihrer Zigarette, während Papa nur nervös jeden seiner Finger knetete. Ängstlich stellte ich mir die Frage was dies alles bedeuten sollte. Hatten sie sich etwa wieder versöhnt? Fast ein Jahr herrschte Funkstille und nun tauchte er plötzlich wieder wie aus dem nichts auf. Wir alle standen noch immer unentschlossen im Türrahmen herum und wussten nicht genau was wir tun sollten. Wir beschlossen dann aber unsere Jacken und Schulranzen wegzubringen und uns zu unseren Eltern zu setzten. Ich spürte in meinem inneren das wohl noch einiges auf uns zukam. Welche Hiobsbotschaft erwartete uns heute wieder? Jeder Schritt zurück zur Küche kam mir wie eine Ewigkeit vor, obwohl unser Flur nicht sehr lang war. In mir liefen gerade etliche Filme ab, was Papa uns im laufe der Zeit alles antat. Sollte es wirklich wieder von vorne losgehen? Aber mit welchem Ausgang diesmal? Wir alle konnten froh sein, wie glimpflich wir bis jetzt davonkamen. Sollte das so bleiben? Unsere Eltern blickten uns merkwürdig an und forderten uns auf das wir uns zu ihnen setzten sollten. Das überraschte uns noch mehr, da sie noch nie zuvor so etwas zu uns sagten. Ich wusste gleich geschah etwas, ahnte da aber noch nicht was....

Nachdem Mama noch einmal tief Luft holte berichtete sie uns, dass sie und Papa heute Morgen geschieden wurden! Nun war es raus! Die Scheidung wurde also tatsächlich durchgezogen. Obwohl Mama schon mal darüber gesprochen hatte, sollte es für uns alle doch ein Schock sein das es nun endgültig vorbei war. Meine Familie gab es also nicht mehr. Ich fühlte mich irgendwie traurig, leer und mit der Situation überfordert. Ich konnte es noch gar nicht fassen. Noch im ersten Schreck teilte Mama uns mit, dass ihr das Sorgerecht für uns alle zugesprochen wurde, da man befand, dass wir bei ihr besser aufgehoben waren. Das konnte nicht wahr sein. Ich fragte mich was für Lügen hier dem Richter aufgetischt wurden. Ich wusste, dass es uns alle viel besser ginge ohne unsere so genannten Eltern. Warum aber fragte uns keiner was wir wollten? Papa versprach uns, dass er uns alle vierzehn Tage besuchte. Irgendwie klang das aber nicht sehr überzeugend und auch nicht so als ob er das wirklich wollte. Er hatte doch noch nie sein Wort gehalten, aber sollte es diesmal anders sein? Dann stand er auf und sah sich noch einmal in der Wohnung um. Er gab uns allen die Hand als ob wir irgendwelche Fremde waren, von denen man sich verabschiedete. Er ging mit Mama wortlos zur Tür, strich Vanessa übers Haar, gab Mama einen Kuss auf die Wange und verschwand......für immer......

Seit diesem Tag sah ich meinen Vater nie wieder. Weder besuchte er uns mal, noch kam eine Nachricht zum Geburtstag oder zu Weihnachten. Den Unterhalt für uns zahlte er auch nicht, was Mama jeden Monat aufs neue aufregte. Das ließ sie jeden einzelnen dann auch spüren. Ob er später auch noch in Bochum lebte wusste keiner. Ebenso ob er nochmals heiratete. Nur eins konnte ich mit Sicherheit sagen und zwar das er nicht arbeitete und es in diesem Leben auch nie wieder tun sollte. Ich hoffte nur, dass er nicht noch mehr Kinder in die Welt setzte, die später unter ihn leiden mussten. In der damaligen Zeit ging mir das Wort Scheidung einfach nicht aus dem Kopf. Ein Wort das Paare die sich doch mal liebten für immer trennte. Die Ehe meiner Eltern wurde innerhalb von einigen Minuten nach über dreizehn Jahren einfach aufgelöst. Mein Vater fehlte mir zwar nicht und wenn Gewalt im Spiel sein sollte gab es nur einen Ausweg und der hieß Trennung. Wenn man jemanden wirklich liebte fügte man ihm keine körperlichen und seelischen Schmerzen zu. Später fragte ich mich oft was gewesen wäre, wenn wir als Familie zusammen geblieben wären. Ich hätte dann nachher nicht durch diese weitere Hölle gehen müssen....

Ich beneidete Vanessa, dass sie noch zu klein war um das alles zu realisieren. Wir anderen litten schon darunter, weil wir alle ein Alter erreicht hatten wo man genau mitbekam was in seiner Umwelt vor sich ging. Meine kleine Schwester vermisste ihren Vater glaube ich nie, weil sie ihn ja nie wirklich kannte. Mama begann währenddessen alle persönlichen Dinge von Papa aus der Wohnung zu schmeißen. Sei es jetzt Kleidung die er nie abholte oder Geschenke die sie einst von ihm bekam landeten im Müll. Selbst das Hochzeitsfoto zerriss sie. Sie tat so als ob er nie eine Rolle in ihrem Leben spielte. Selbst als alles von ihm entfernt wurde konnte mir das auch nicht die Erinnerung nehmen das er mich ständig schlug. Obwohl sie nun mehr Geld zur Verfügung hatte, war sie ständig pleite. Je mehr sie bekam desto mehr gab sie für **sich** aus. Sie bezog Kindergeld, Erziehungsgeld, Sozialhilfe und die Miete hatte sie auch frei. Ich fragte mich oft was sie mit dem ganzen Geld machte. Wie konnte man nur so egoistisch sein? Wenn sie mal einen guten Tag hatte, was höchstens einmal im Monat vorkam, durften wir uns vom einkaufen jeder eine Tafel Schokolade mitbringen. Aber zu teuer durfte sie nicht sein und den Kassenzettel mussten wir jedes Mal vorlegen, da sie glaubte wir würden ihr Geld unterschlagen. Das sie uns regelrecht für kriminell hielt tat sehr weh. Wieso vertraute sie uns nicht? Oft fragte ich mich warum sie dann nicht selbst einkaufen ging. Ihr das zu sagen traute sich aber keiner, da wir alle Streit vermeiden wollten. Ihr Tagesablauf war einfach unglaublich. Sie schlief täglich bis elf Uhr und aß dann etwas. Anschließend ging sie ins Wohnzimmer fernsehen. Sie saß den ganzen Tag auf der Couch und futterte alles mögliche in sich hinein und nachmittags begann sie dann Wein zu trinken. Sie blieb dort dann sitzen bis sie schlafen ging. Wir Kinder waren stets uns selbst überlassen. Sei es jetzt bei den Hausaufgaben oder beim Essen kochen. Mama verließ ihr geliebtes Sofa nur wenn sie in die Stadt ging um Geld auszugeben. Mit uns mal was zu unternehmen kam ihr nie in den Sinn. So verstrich die Zeit, wo bis auf den üblichen Streitigkeiten nichts geschah. Unser Leben wurde sozusagen ruhiger und normalisierte sich, was nach all diesen Ereignissen auch gut tat.....

Sommer 1993: Es hieß Abschied nehmen von Frau Schmitten. Da ich in die dritte Klasse versetzt wurde, bekam ich einen neuen Klassenraum und eine neue Lehrerin. Irgendwie fand ich das schon sehr schade, da ich Frau Schmitten sehr mochte. Sie behandelte jeden stets fair und hatte für jeden ein freundliches Wort übrig. Ich wusste ich würde sie vermissen, da ich mich an sie gewöhnt hatte. Ich stellte mir die bange Frage was für eine Person mich wohl nun erwarten würde. Zum ersten Mal seit Monaten verspürte ich wieder diese Angst in mir. In der Nacht vor dem Schulbeginn träumte ich etwas furchtbares – ein regelrechter Alptraum. Ich ging ganz alleine zur Schule und als ich den Schulhof betrat, war er menschenleer und man hörte nicht den kleinsten Laut. Das Schulgebäude war wie von einer dunklen Wolke erfasst und obwohl ich im Magen ein merkwürdiges ziehen vernahm ging ich doch die Treppe hinauf um ins Gebäude zu gelangen. Ich ging die endlosen Stufen entlang. Es kam wie vor als ob sie kein Ende nehmen wollten. Ich lief und lief und langsam stieg Panik in mir hoch nie mein Ziel zu erreichen. Doch dann sah ich endlich die erlösende Tür. Völlig aus der Puste blieb ich einen Moment davor stehen um kurz zu verschnaufen. Plötzlich vernahm ich von innen einen spitzen Schrei. Dieser Schrei ging mir durch und durch. Ich bekam es mit der Angst zu tun und wollte weglaufen. Als ich mich herumdrehte sah ich, dass die endlose Treppe ins nichts verschwunden war. Ich stand hoch oben und unter mir war nichts als ein schwarzes tiefes Loch. Es gab kein zurück! Ich musste also in das Gebäude hinein obwohl ich mich davor so fürchtete. Ich ging langsam weiter. Diese gespenstische Stille machte mir mehr aus als alles andere. Plötzlich blieb ich vor einer Tür stehen die sich dann wie von Geisterhand selbst öffnete. Mir war als ob ich gegen meinen Willen sanft durch diese Tür geschoben wurde. Ich sah mich in diesem Raum um und konnte meine Mitschüler entdecken. Sie alle saßen zusammengekauert und völlig verängstigt am Boden. Einige von ihnen weinten und warfen mir flehende Blicke zu ihnen zu helfen, Ich verstand nicht was das alles bedeuten sollte. Meine Mitschüler konnte ich aber auch nicht erreichen, da uns eine unsichtbare Wand zu trennen schien. Ich hörte hinter mir ein Knarren und drehte mich mit pochenden Herzen um. Dann sah ich sie…Eine alte Frau die genauso aussah wie die Hexe bei Hänsel und Gretel. Meine neue Lehrerin schoss es mir durch den Kopf. Sie sah mich mit ihren kalten Augen an und erhob sich von ihrem Sitz. Sie war gigantisch groß. Sie schien immer größer zu werden bis sie die Größe eines Berges erreichte. Völlig erstarrt sah ich sie an und konnte weder wegschauen noch weglaufen. Sie kam immer näher und lachte höhnisch. Bei jedem Schritt den sie machte schien das ganze Zimmer zu beben. Sie streckte ihre langen Arme nach mir aus und umschlang mich damit. Ich versuchte mich aus ihrem Griff zu befreien doch es gelang mir nicht. Sie zog mich hoch und……Was für ein Traum! Schweißgebadet und mit klopfenden Herzen wachte ich schließlich auf. Ich fragte mich warum ich solche Angst hatte. Es war vermutlich diese Veränderung. Mein Leben hatte sich gerade wieder normalisiert und ich fürchtete wohl, wenn ein neuer Mensch in mein Leben trat, sich alles andere auch wieder veränderte. Das war etwas was ich nämlich nicht wollte. Mein Leben sollte nicht erneut aus den Rudern geraten. Als es Zeit zum aufstehen wurde fühlte ich mich total gerädert. Ich sah aus wie ein lebender Zombie und ein Blick in den Spiegel bestätigte mir das. Meine Mutter fing wieder an zu meckern und verlangte, dass ich bloß freundlich sein sollte zur neuen Lehrerin. Heute begleitete sie mich wieder höchstpersönlich zur Schule, da sie sich meine neue Klassenlehrerin ansehen wollte. Sie wollte wieder mal einen guten Eindruck machen und die liebe Mutti spielen wie sie es vor Fremden immer tat. Als wir dann die Treppe zum Schulgebäude hoch liefen wurde mir mulmig. Dieser Traum der letzten Nacht ging mir einfach nicht aus dem Kopf. Mama aber bemerkte noch nicht mal, dass mich etwas zurückzuhalten schien sondern zerrte mich am Ärmel ins Gebäude. Als ich mich nochmals umdrehte stellte ich fest, dass die Treppe noch vorhanden war. Zu meiner Überraschung wirkte auch der neue Klassenraum viel heller, größer und freundlicher als ich annahm. Die ersten Schüler suchten sich schon ihre Plätze. Zu meinem entsetzten gab es hier nur vierer Sitzgruppen. Ich hasste diese Vorstellung bei drei anderen zu sitzen die mich die ganze Zeit über anstarrten. Zu meinem großen Glück konnte ich mich neben Monika und Christin setzten. Von allen Kindern waren sie mir immer noch die liebsten. Aufgeregt erzählten sie mir von ihren Sommerferien. Ich konnte aber nur mit einem Ohr zuhören da ich mich gedankenverloren im Raum umsah. Er sah genauso aus wie unser alter Klassenraum. Nur die Tische standen hier anders. Draußen hörte ich noch Mama mit jemanden reden. Ich kannte diese Stimme nicht und schloss daraus, dass es sich dabei nur um meine neue Lehrerin handeln konnte. Mir war das ganze schon peinlich das meine Mutter sie so zuquatschte. Was sollte meine neue Lehrerin jetzt von mir denken? Das Gespräch wurde abrupt durch das läuten der Schulglocke beendet. Dann betrat sie den Klassenraum! Eine große Frau mittleren Alters mit grauen Haaren und Brille. Sie blickte ernst drein. Ganz anders als Frau Schmitten schoss es mir durch den Kopf. Doch allmählich entspannten sich ihre Gesichtszüge und sie lächelte uns an. Sie sagte, dass sie schon viel von uns gehört hatte, aber ob im positiven oder negativen blieb ihr Geheimnis. Endlich stellte sie sich auch vor. Ihr Name war Ingeborg Wolff mit zwei f wie sie immer wieder betonte. Ihr Alter 52 Jahre. Sie hatte zwei Söhne die 28 Jahre und 21 Jahre alt waren. Sie lebte seit ihrer Scheidung vor sechs Jahren alleine und ihre Freizeit verbrachte sie mit kochen, Literatur und jeder Art von Gartenarbeit. Ich war darüber sehr erstaunt was sie vor uns alles preisgab, fand das aber auch nervig. Schließlich sollte sie uns unterrichten und uns nicht ihre Lebensgeschichte erzählen. Wen von uns interessierte es schon was sie oder ihre Kinder privat taten? Ich fürchtete, dass sie uns nun auch gleich mit Fragen löcherte und so kam es dann auch. Sie wollte alles wissen. Unser Alter, ob wir Geschwister hatten und was für Hobbys. Bei jeden einzelnen bohrte sie dann noch kräftig nach um auch wirklich alles aus uns herauszuholen. Ich fühlte mich sehr unwohl, denn ich konnte es nicht leiden so ausgequetscht zu werden. Ich überlegte was ich für Hobbys hatte. Gab es da überhaupt etwas? Ich verbrachte doch die ganze Zeit nur mit meinen Geschwistern. Ich beschloss dann zu sagen, dass ich gerne las. Sie wollte natürlich alles darüber wissen und auch welche Art von Büchern ich bevorzugte. Da mir keins einfiel sagte ich einfach jede Art von Kinderbüchern. Sie lobte, dass ich mich für Bücher begeisterte. Einerseits fand ich das schmeichelhaft aber andererseits konnte das wirklich peinlich sein. Man kam eigentlich gut mit ihr klar wenn sie nicht ständig alles so neugierig hinterfragte. Später zuhause erzählte ich alles meinen Geschwistern und Mama. Sie funkelte mich aber nur böse an und meinte ich sollte es nicht wagen dieser neugierigen Person alles auf die Nase zu binden. Was meinte sie damit? Glaubte sie etwa ich würde über all das private mit meiner Lehrerin reden. Das hatte ich doch noch nie getan. Dieses Misstrauen enttäuschte mich sehr. Sie erzählte was sie wollte aber wehe einer ihrer Kinder sagte etwas das ihr missfiel. In der darauf folgenden Zeit quetschte Mama mich immer wieder aus und wollte alles wissen was wir in der Schule machten, was Frau Wolff erzählte und uns fragte. Ich gab nun aber immer nur noch einsilbige Antworten und irgendwann gab sie ihre Fragerei auf. Was glaubte sie denn wer ich sei? So eine Art Spitzel? Ich war nun mal nicht der Typ der andere anschwärzte. Klar kam es mal vor das meine Lehrerin irgendwelche dummen Sprüche brachte aber man musste ja nicht jedes Wort auf die Goldwaage legen. Mama hingegen tat es. Wenn in ihren Augen jemand anders war, blickte sie auf diese Person herab als sei sie eine gehobene Persönlichkeit und der andere ein nichts....

Sommer 1994: Ich hatte es geschafft! Die dritte Klasse lag hinter mir. Ich freute mich auf die Sommerferien und etwas Ruhe und Zeit zum spielen mit meinen Brüdern und meiner Schwester. Meine kleine Süße wuchs zu einem richtigen Sonnenschein heran. Sie brabbelte ohne Punkt und Komma. Wenn einer von uns aus der Schule kam, lief sie ihm entgegen und drückte uns fest an sich. Ein für mich unbeschreiblich schönes Gefühl dieses kleine Lebewesen umarmen zu dürfen. Manchmal wenn sie schlief sah ich sie einfach nur an. Ich konnte es kaum glauben wie groß sie schon war und das ich sie schon ihr ganzes Leben lang kannte. Unser Leben lief nun ruhiger ab, auch wenn Mama hin und wieder ausflippte. Aber seit der Scheidung wurde niemand mehr geschlagen. Ich hoffte das alles so blieb, denn wir hatten uns an dieses Leben gewöhnt und konnten uns nicht vorstellen das es noch mal anders werden sollte.......

An einem wunderschönen und warmen Julitag kam Mama singend(!) aus der Stadt. Sie lächelte und hatte uns sogar Eis mitgebracht. Das tat sie sonst nie. Es freute uns alle natürlich sehr doch ich fragte mich in meinem inneren was das alles zu bedeuten hatte. Die nächsten Tage hielt ihre Stimmung an. Sie wirkte vergnügt und überhaupt nicht mehr gereizt. Diese Zeit sollte die schönste in meiner Familie sein. Ich fing langsam an zu glauben, dass alles so blieb und das dieses Leben endlich mal etwas gutes für mich bereit hielt. Vielleicht hatte sie endlich eingesehen, dass hier einiges schief lief? Seit der Scheidung von Papa waren ja nun auch fast zwei Jahre vergangen. Ein Teil in mir wusste das ich falsch lag aber der andere Teil in mir wollte sich an diese Hoffnung klammern. Selbst Martin, Michael und Sebastian tat diese friedvolle Stimmung gut. Sie wurden wieder offener und fröhlicher, Sie nach langer Zeit wieder so glücklich zu sehen erwärmte mein Herz. Vanessa tat dies auch alles gut. Sie jubelte immer zu und wurde zu einem kleinen Wildfang. Ich dankte Gott dafür, dass Vanessa wohl nie das durchmachen musste wie wir anderen. Aber ich sollte mich irren wie noch nie zuvor in meinem Leben. Das wusste ich zu diesem Zeitpunkt allerdings noch nicht. Kurz darauf sollte die schlimmste Zeit meines Lebens anbrechen......

Kurz vor dem Ende der Ferien teilte Mama uns eines Tages mit das heute Abend Besuch kam. Wir staunten darüber alle nicht schlecht. Wer konnte das nur sein? Solange ich zurückdenken konnte, hatten wir nie Besuch bekommen. Wen auch? Kontakt zu anderen besaßen wir nach wie vor nicht. Vanessa hüpfte dagegen vor Begeisterung hin und her. Sie rief die ganze Zeit freudig, dass Papa kam. Für einen Augenblick erschrak ich. An diese Möglichkeit hatte ich gar nicht gedacht. Wir alle hatten so lange keinen Gedanken mehr an Papa verschwendet. Ich stellte mir die bange Frage ob sie wieder auf ihn reinfallen sollte. Ein unbeschreibliches Angstgefühl stieg in mir auf. Gerade jetzt wo wir uns alle an unser Leben gewöhnten und es akzeptierten sollte es wieder vorbei sein? Nein das durfte nicht sein! Doch irgendetwas in Mamas Blick sprach dagegen. Sie blickte Vanessa böse an und ich fürchtete, dass sie gleich wieder ausflippte. Vanessa blickte bestürzt und traurig zu Boden. Sie verstand nicht was hier vor sich ging. Das galt aber wohl für uns alle. Plötzlich entspannten sich Mamas Gesichtszüge wieder und sie sagte lächelnd, dass ein Freund vorbei kam. In diesen ersten Moment atmeten wir alle erleichtert auf, dass uns ein weiteres Martyrium mit Papa erspart blieb. Nun stellten wir uns aber verwundert die Frage was das für ein Freund sein konnte. Wir wussten ja nicht mal das Mama Freunde besaß. Irgendetwas an der Sache gefiel mir nicht. Sie hatte nie von einem Freund erzählt und seit wann kannte sie den denn? Sie saß doch die meiste Zeit zuhause herum. Sie machte einen Aufwand deswegen als ob irgendein Staatsoberhaupt seinen Besuch ankündigte. Sie zog ihren schwarzen knielangen Rock an dazu eine eng anliegende weiße Bluse. Mittags war sie noch beim Friseur gewesen und hatte sich ihre Haare stylen lassen. Dass sie sich sogar schminkte verwunderte mich sehr. Nicht mal für Papa machte sie so ein Theater. Selbst wir mussten uns schick machen. Meine Brüder mussten ihre schwarze Hose und ein weißes Hemd dazu tragen. Vanessa bekam ihr rosa Kleidchen und ich mein Blümchenkleid angezogen. Das missfiel mir sehr, sagte aber nichts weiter dazu. Ich fragte mich nur was diese ganze Maskerade sollte. Toll, wir bekamen Besuch aber musste deswegen so ein Affenzirkus veranstaltet werden? Es beunruhigte mich sehr das gleich eine Fremde Person hier in diese Wohnung kommen wollte. Wer konnte das nur sein? Mama war ganz aus dem Häuschen selbst den Tisch hatte sie feierlich mit Kerzen gedeckt. Die größte Überraschung bis zu diesem Zeitpunkt war eindeutig das unsere Mutter gekocht hatte. Sonst kochte sie nie nicht mal für uns. Das blieb meist an meine Brüder hängen. Nun aber hieß es abwarten. Gespannt warteten wir alle nun auf den mysteriösen Besuch...

Als es klingelte sprang Mama sofort auf und lief zur Tür. Bevor sie öffnete warf sie noch einen letzten prüfenden Blick in den Spiegel. Dann sah ich ihn! Im Türrahmen stand ein ca. 1,87 m großer, mittelschlanker Mann. Er hatte schwarzes Haar und giftgrüne Augen. Er trug ein derartig widerliches Grinsen im Gesicht das einem schlecht werden konnte. In seiner Hand hielt er einen riesigen Strauß roter Rosen, den er Mama überreichte. Sie hatte einen derartigen Glanz in den Augen den ich bisher nicht an ihr kannte. Nicht einmal Papa wurde so von ihr angesehen. Während er die Wohnung betrat sahen wir Geschwister uns geschockt an. Was sollte das alles bedeuten und wer zum Teufel war dieser Kerl? Vanessa freute sich über die Abwechslung die hier mal statt fand und hüpfte herum. Als Mama unsere rätselhaften Blicke bemerkte lüftete sie endlich das Geheimnis. Sie verkündete, dass Bernd (so sein Name) ihr neuer Freund war! Nun war die Katze aus dem Sack. Damit hatte wohl niemand gerechnet. Ich glaubte mich verhört zu haben und hoffte, dass ich aus diesem Alptraum bald wieder erwachte. Irgendetwas schien mir die Luft abzuschnüren. Ich konnte nicht fassen, dass sie so etwas wichtiges solange vor uns allen geheim hielt. Hatten wir als ihre Kinder nicht ein Anrecht darauf diese Information rechtzeitig zu erhalten? Sie hätte uns darauf vorbereiten müssen und uns nicht mit dieser Neuigkeit so überrumpeln dürfen. Mir wurde schwindelig und ich hielt mich an Michaels Schulter fest, da ich glaubte sonst umzufallen, Ich wusste, dass dieser Mann unser bisheriges Leben wieder total umkrempeln würde. In meinem tiefsten inneren hoffte ich allerdings das er bald wieder verschwand. Er sollte dorthin gehen, woher er kam. Doch das passierte nicht, im Gegenteil er blieb…

Er kam dann auf uns zu und gab jedem die Hand. Meine Brüder schüttelten diese nur stumm. Als er mir gegenüber stand sah er mich so merkwürdig an, grinste frech und ergriff meine Hand. Ich hatte das Gefühl, dass er sie gar nicht mehr loslassen wollte. Schließlich gelang es mir mich von ihm loszureißen, denn ich wollte nicht von diesem Kerl angefasst werden. Er hatte etwas im Blick das mir Angst machte. Diese Berührung lief mir eiskalt den Rücken herunter. In mir schüttelte sich alles. Mama ermahnte mich nun etwas freundlicher zu ihrem Gast zu sein. Doch Bernd besänftigte sie mit seinem Gesäusel und schon war die Welt wieder im Lot. Er warf mir dann noch einen grinsenden Blick zu und wandte sich ab. Was hatte er erwartet? Sollte ich mich bei ihm bedanken, dass er sich für mich einsetzte? Ich schwor mir, dass niemals solche Worte über meine Lippen kamen. Er ging dann zu Vanessa und nahm sie auf seinen Arm. Er herzte und drückte sie und gab ihr einen Kuss auf die Wange. Ekelhaft! Mir wurde bei diesem Anblick richtig übel und am liebsten hätte ich meine kleine Schwester aus seinen Klauen befreit. Doch das hätte nur wieder Ärger mit Mama gegeben. Auch wenn er hier den lieben und verständnisvollen Mann spielte so machte er mir doch nichts vor. Ich ahnte damals schon, dass mit ihm irgendetwas nicht stimmte. Vanessa wirkte von ihm sehr angetan. Daran konnte jeder sehen und merken, dass ihr der Vater fehlte. Als wir alle zum essen aufbrachen drehte sich Bernd erneut um und warf mir wieder so einen komischen Blick zu. Dieser Gesichtsausdruck ließ mich erschauern. Nur widerwillig folgte ich den anderen in die Küche. Während wir aßen erzählte Mama uns ganz aufgeregt, dass sie sich nun schon seit vier Wochen trafen und absolut glücklich miteinander seien. Sie gestand auch das sie nicht gleich von uns Kindern erzählt hatte, aber als Bernd davon erfuhr drängte er darauf uns kennen zulernen. Ich konnte es kaum fassen. Nicht nur das sie uns anfangs verleugnete, nein sie traf diesen Kerl wochenlang heimlich und brachte ihn ganz überraschend hier her mit. Das erklärte auch ihren Stimmungsumschwung. Mir schoss durch den Kopf das es doch armselig war seine Launen von anderen Personen abhängig zu machen. Wieso konnte sie erst seit sie diesen Mann kannte mal netter sein? Bernd lobte dauernd ihre Kochkünste was ihr sehr schmeichelte. Michael verdrehte genervt die Augen. Sebastian und Martin kicherten, da wir alle wussten das Mama das Essen aus Dosen zubereitet hatte. Ein Kinderspiel das nun wirklich jedem gelang. Ich allerdings bekam kaum einen Bissen herunter. Ständig spürte ich den Blick von Bernd was mich sehr verunsicherte. Ich wusste nicht was ich davon halten sollte. Nach dem essen wurden wir alle aus dem Zimmer geschickt. Mama und Bernd wollten sich noch alleine unterhalten. Ich fragte mich was es bei Erwachsenen immer wieder zu reden gab. Im gehen gab er uns alle noch eine Tafel Schokolade. Wir sagten zwar alle brav danke doch aß ich sie nie. Ich wollte keine Geschenke von dieser Person annehmen. Er hatte etwas Unheimliches an sich. Wie Recht ich damit haben sollte, stellte sich erst viel später heraus....

Martin, Sebastian, Michael, Vanessa und ich verbrachten den Rest des Abends im Zimmer der Jungs. Aus dem Wohnzimmer drang immer wieder lautes Gelächter. Bei uns Geschwistern kehrte dagegen eine eigenartige Stimmung ein. Wir saßen uns alle schweigend gegenüber und wussten nicht wie es nun weitergehen sollte. Meinen Brüdern schien, dass mehr auszumachen als sie zugaben. Sie wirkten wieder total niedergeschlagen und in sich gekehrt. Diese Situation überforderte uns wohl alle. Uns blieb allen nur die Hoffnung, dass er nach diesem Essen nie wieder von sich hören ließ. Ich verbrachte eine unruhige Nacht und wollte einfach keinen Schlaf finden. Immer wieder schoss mir diese eine Frage durch den Kopf. Wie veränderte sich nun unser aller Leben? Eine Antwort konnte ich nicht finden.

Am nächsten Morgen, im Badezimmer, stand Bernd plötzlich in Unterhosen vor mir. Ich war starr vor entsetzten und vollkommen geschockt. Zum einen, weil meine Mutter direkt mit diesem Kerl in die Kiste gesprungen war und zum anderen weil dieser unverschämter Kerl nicht mal anklopfte ob das Bad besetzt war. Er lehnte sich an den Türrahmen und grinste mich frech an. Er wollte einfach nicht gehen. Ich schämte mich sehr. Ich stand da mit nacktem Oberkörper und Unterhosen und fühlte mich schutzlos seinen Blicken ausgesetzt. In nächsten Moment kam Sebastian vorbei und Bernd verschwand wieder. Ich fragte mich was an diesem Tag wohl noch hätte geschehen können, wenn mein Bruder nicht da gewesen wäre. Sebastian sah mich nur kurz ungläubig an bevor ich wieder die Türe schloss. Ich fing plötzlich zu weinen an und hockte wie ein Häufchen Elend am Boden. War es Scham? Oder Wut? Vermutlich eine Mischung aus beiden. Der gestrige Tag und dann diese unerfreuliche Begegnung am morgen, mir wurde einfach alles zuviel. Jeden Ort der Welt hätte ich nun vorgezogen nur um nicht hier bleiben zu müssen. Doch ich versuchte mir nichts anmerken zulassen. Dies gestaltete sich allerdings schwieriger als erwartet. Ich fühlte mich in seiner Gegenwart einfach unwohl und gehemmt. Meinen Brüdern schien er auch nicht sympathisch zu sein. Beim gemeinsamen Frühstück erzählte Mama uns das Bernd sie beim einkaufen einfach so angesprochen hatte und man gleich auf einer Wellenlänge lag. Ich fragte mich wie sie sich nur von jedem x- beliebigen Kerl anquatschen lassen konnte. Selbst heute - wo ich auf der Straße lebte - ließ ich mich nicht von jedem ansprechen. Es gab manche die mich mit einer Nutte verwechselten und mir Geld boten, wenn ich nett zu ihnen wäre. Bei solchen Typen möchte ich am liebsten kotzen oder ihnen da hin treten wo es weh tut. Solange man mir gegenüber nicht handgreiflich wurde und mich auch sonst in Ruhe ließ, steh ich darüber und versuche es zu ignorieren. Meine Mutter dagegen war anders gestrickt als ich. Ich überlegte ob man ihr ansah, dass sie leichte Beute für andere war. Sie ließ sich ja von jedem ansprechen und genoss das auch noch. Weiter erfuhren wir, dass Bernd, Kaufmann sein sollte. Was er aber genau machte blieb stets sein Geheimnis. Er sprach nie über seine Arbeit sondern sagte nur das es stressig und er nun müde war. Ich glaubte ihm diese Geschichte aber nicht so recht. Er saß sooft zu Hause, mehr als andere Männer die arbeiteten. Manchmal verschwand er einfach für ein paar Stunden und kehrte dann von irgendwoher wieder. Das einzige was wir noch erfuhren war, das er in Wuppertal geboren wurde und sein Alter (heute 45 Jahre alt). Nicht mal unsere Mutter erfuhr mehr über ihn.

Von nun an kam er jeden Tag bei uns vorbei. Immer mit Blumen für Mama und Süßes für uns. Auch wenn ich es sonst gerne aß, so konnte ich mich darüber aber nicht freuen. Er tat dies nur um sich bei uns einzuschleimen und um sich unsere Sympathie zu erkaufen. Leute wie er kannten es nun mal nicht, dass es Dinge gab die nicht käuflich waren. Etwas in mir riet mir bei ihm auf Abstand zu gehen. Schon alleine seine Augen wirkten zum fürchten. Sie zeigten Eiseskälte und Berechnung was immer er auch tat. Man konnte schon sagen, dass er zu diesem Zeitpunkt bei uns wohnte. Er ging meist für einige Stunden außer Haus und wenn er zurück kehrte blieb er wie selbstverständlich hier. Wenn er nicht bei uns herumsaß atmete ich auf und genoss die Ruhe. Allerdings fürchtete ich den Moment wenn er zurückkehrte. Nach einer Woche besaß er bereits einen Wohnungsschlüssel. Er konnte nun kommen und gehen wie er wollte.

Auch nachts. Diese Tatsache erschrak mich sehr. Ich ertrug diese Vorstellung nicht. Sie kannte ihn kaum und dann dieser Vertrauensbeweis. Wieder bekam ich nachts Alpträume. Manchmal glaubte ich nachts Schritte zu hören und einmal schien es mir als ob jemand über mein Bett stand. Traum oder Wirklichkeit? Das erfuhr ich nie. Sobald schon die Tür aufgeschlossen wurde zuckte ich zusammen. Mehr und mehr mischte er sich in unsere Angelegenheiten und wurde dabei von Mama tatkräftig unterstützt. Einmal hielt sie uns eine Standpauke, weil wir Bernd nicht die Aufmerksamkeit und Freundlichkeit entgegen brachten die er gerne wollte. Michael sprach als erster offen aus was wir alle dachten. Wir brauchten keinen Vaterersatz der uns Vorschriften machte. Wir lebten besser ohne jemanden wie ihn. Unsere Mutter wurde daraufhin hysterisch und gab Michael eine schallende Ohrfeige. Sie schmiss uns alle aus dem Zimmer und schrie uns nach, dass sie nie wieder solche Worte hören wollte und sich von uns nicht ihr Glück zerstören ließe. Ich konnte nicht fassen was dort eben geschah. Wie konnte sie ihren Sohn schlagen wegen eines Mannes den sie gerade Mal ein paar Wochen kannte? Nur weil er ehrlich seine Meinung sagte? Das hatte er nicht verdient. Von diesem Augenblick an begann Michael sich zu verändern. Oft war er still und verschlossen aber im nächsten Moment konnte er einem kräftig die Meinung sagen. Dies endete dann allerdings meist damit, dass er deswegen geschlagen wurde. Mit 16 Jahren ließ er sich gar nichts mehr sagen und tat was er wollte. Oft kam es vor das er tagsüber außer Haus blieb oder abends noch weg ging. Dann blieb er auch schon mal über Nacht weg und schlief bei einem Schulfreund. Mama und Bernd interessierte das weniger. Bernd sagte dann immer nur, dass dann wenigstens einer weniger im Haus war. An seiner Aufsässigkeit war einzig und alleine unser so genannter Stiefvater schuld. Zu uns Geschwistern verhielt er sich stets wie immer und stellte sich auch schon mal vor uns wenn Bernd uns schlagen wollte. Mein großer Bruder! Für mich war er schon immer ein Held und unser Beschützer. In seinem kurzen Leben hatte er schon so viel Leid am eigenen Leib erfahren müssen. Diese Geschehnisse ließen ihn nach außen hin hart wirken. Wer ihn aber näher kannte, wusste das er ein großes goldiges Herz hatte.

Als die Schule wieder anfing konnte ich wenigstens für einige Zeit von zu Hause entfliehen. Auch in der vierten Klasse änderte sich nichts. Gleicher Raum, gleiche Schüler und gleiche Lehrerin. Nur der Unterrichtsstoff wurde schwieriger. Bei meinen Hausaufgaben mischte Bernd sich ständig ein und wollte alles kontrollieren. Mama bestand darauf, dass ich ihn immer um Rat fragte wenn ich etwas wissen wollte oder nicht verstand. Das tat ich aber nie. Lieber hätte ich mir die Zunge abgebissen als ihn auch nur einmal um einen Rat zu bitten. Ich versuchte immer alles alleine zu lösen und wenn ich gar nicht mehr weiter wusste fragte ich meine Brüder. Sie halfen mir stets gerne weiter.

Mitte August 1994: Meine Geschwister und ich wurden zu einem ernsthaften Familiengespräch geholt. Ich ahnte, dass es nichts gutes bedeuten konnte. Während Mama irgendwelches dumme Zeug redete, blieb Bernd sein Blick an mir haften. Ich fühlte mich recht unbehaglich und hoffte nur das dieses Schmierenkomödie bald ein Ende fand. Dann platzte jedoch die Bombe. Sie teilten uns mit, dass sie beschlossen hatten zu heiraten. Nun war es raus! Vor diesen Satz hatte ich mich so gefürchtet. Ihn aber nun tatsächlich zu hören schien mir so unwirklich. Wann erwachte ich aus diesem bösen Traum? Nun sollte alles vorbei sein. Ich wusste, dass wir ihn nun nie wieder loswurden. Ich konnte es nicht fassen, dass er nun bald Teil unserer Familie sein sollte. Warum musste sie immer so schnell heiraten? Papa kannte sie damals sechs Wochen und Bernd auch erst seit kurzem. Der Termin stand ebenfalls schon fest. Anfang September sollte es soweit sein. Es sollte aber noch schlimmer kommen. Im nächsten Moment wurde uns mitgeteilt das wir nun alle zu Bernd zogen. Er hatte ein eigenes Haus, welches er auch nicht aufgeben wollte. Mama fand diese Idee natürlich großartig. Unsere Wohnung mochte sie noch nie und von einem eigenen Haus träumte sie schon immer. Oft lag ich nachts wach und fragte mich ängstlich wo das alles noch hinführen sollte.

Die nächste Zeit verlief viel zu schnell. Wir bekamen den Auftrag unser bisheriges Leben in Kisten zu verstauen. Der große Umzug stand an. Auch wenn wir uns alle sträubten nützte es nichts. Wir mussten uns, wie so oft, fügen. Ich fand das sehr erstaunlich was man so alles wieder fand. Dinge von denen man nicht einmal mehr wusste, dass man sie besaß. Viele Erinnerungen stiegen dabei in einem hoch. Ich musste an unsere gemeinsame Zeit hier denken. An Vanessas Geburt, Weihnachten noch mit Papa und schöne Stunden die ich mit meinen Brüdern hier verbrachte. Das alles hatte nun ein Ende. Es gehörte der Vergangenheit an und diese Zeit sollte nie wiederkehren. Jede schöne Erinnerung hatte aber noch mehr schmerzliche zur Folge. Es ließ sich nicht voneinander trennen. Lange versuchte ich alles zu verdrängen was aber nichts nützte. Dazu fällt mir ein Zitat ein: Wer sich des vergangenen nicht erinnert, ist dazu verurteilt es noch einmal zu durchleben (Zitat Ende). Wenn man nicht das vergangene überwand verfolgt es einen wie ein Schatten überallhin. Lange Zeit wollte ich das nicht einsehen. Ich glaubte alles zu vergessen wäre besser. Aber genau das erwies sich als falscher Weg. Das durchlebte ließ einen nicht los und holte mich stets ein, wenn ich glaubte es überwunden zu haben. Erst wenn man sich dem vergangen stellte und offen darüber sprach konnte dieser Bann gebrochen werden. Darüber reden erwies sich stets als erster Schritt in die richtige Richtung. Es befreite einen. Ich musste erst mein Leben fast selbst zerstören um einzusehen, dass ich etwas ändern musste.

Je leerer unsere Wohnung nun wurde, desto bewusster nahmen wir alle die Veränderung nun wahr. Bernd schaffte nach und nach unsere Habseligkeiten in sein Haus. Unser so genanntes neues Heim hatte bisher noch niemand zu Gesicht bekommen. Nicht mal unsere Mutter. In dieser Zeit spürte ich neue Ängste in mir hochsteigen. Ich fühlte, dass wir alle immer mehr unter seiner Kontrolle gerieten und wir von ihm abhängig wurden. Was geschah wenn auch diese Ehe scheiterte? Er hatte die Macht uns jederzeit davonzujagen. Was sollte dann aus uns allen werden? All das belastete mich so sehr das auch meine schulischen Leistungen anfingen darunter zu leiden. Oft war ich unkonzentriert und konnte dem Unterricht nicht so folgen wie ich wollte. Meine Gedanken schweiften immer wieder ab. Selbst Frau Wolff bemerkte, dass etwas nicht stimmte. Nach der Schule bat sie mich einmal um eine Unterredung. Sie fing wieder an zu bohren und meinte ich könnte ihr alles erzählen. Was aber sollte ich sagen? Das ich Angst vor meinem zukünftigen Stiefvater hatte? Ich konnte ja nicht mal begründen warum. Wie hätte meine Lehrerin darauf reagiert? Sie hinterfragte schließlich alles so das es einem unangenehm wurde. Dann meinte sie noch, dass sie mit meiner Mutter ein persönliches Gespräch führen wollte. Das durfte auf keinen Fall geschehen. Ich bat Frau Wolff das nicht zu tun und das ich nun wieder aufmerksamer den Unterricht folgen wollte. Sie beäugte mich zwar etwas misstrauisch aber willigte schließlich ein. Ich wusste, wenn meine Mutter von meinen schulischen Problemen erfuhr gab es Ärger. Ich musste mich zusammenreißen so schwer es mir auch fallen mochte. Eine Woche vor der Hochzeit durften wir erstmalig unser neues Haus besichtigen. Es lag in einem vornehmen Stadtviertel. Wir fuhren in seinem Auto bis zum Ende der Stadt. Hier in dieser Straße herrschte Stille. Nicht so wie bei uns wo der Kinderlärm zur Tagesordnung gehörte. Hier vernahm man nur das vorbeifahren der Autos. Ansonsten hörte man wie der Wind durch die Bäume strich. Ich schloss einen Moment die Augen, atmete tief durch und genoss einmal diese Ruhe. Doch dann wurde ich in die Realität zurückgerissen, als ich spürte, dass Bernd nach meiner Hand griff. Grinsend meinte er ich sollte nicht träumen. Bis wir vor der Wohnungstür standen hielt er mich fest. Meine Versuche mich aus seinem Griff zu befreien schlugen fehl. Vor dem vorletzten Haus am Ende der Straße blieben wir endlich stehen. Das erste was ich sah war der riesige Zaun der das Haus abschirmte wie ein Gefängnis. Er hatte einen kleinen Garten in dem lauter bunter Blumen blühten und hinterm Haus befand sich eine Wiese die genügend Platz für uns zum spielen bot. Bernd trug unsere Mutter über die Türschwelle da sie nun hier Hausherrin sein sollte. Sie schmolz in seinen Armen förmlich dahin. Meine Brüder konnten ihr lachen nicht unterdrücken. Dies sollte das erste Mal seit Wochen sein das ich sie wieder lachen sah. Mir dagegen war die ganze Sache einfach nur peinlich. Im Haus staunten wir erstmal alle nicht schlecht. Einen schlechten Geschmack konnte man ihm nicht nachsagen. Das Haus hatte große lichtdurchflutete Räume und wohin man sah Designermöbel. Alleine das Wohnzimmer war so groß wie unser Wohnzimmer, die Küche und die zwei Kinderzimmer zusammen. Doch es gab noch mehr zusehen. Wir gingen die Treppen hinauf und dort wartete für jeden von uns ein eigenes Zimmer. Ich konnte es kaum fassen. Meine Brüder, ich und selbst Vanessa bekamen unser eigenes Reich. Meine Brüder schienen ganz aus dem Häuschen zu sein. Sie kannten das ja auch nicht und ich gönnte es ihnen von ganzem Herzen. Endlich hatten sie mal Platz für sich und etwas Ruhe. Was mich aber noch mehr überraschte, war die Tatsache, dass Bernd sogar einige neue Spielsachen gekauft hatte. Jeder blieb erstmal in seinem Reich und begutachtete alles und hüpfte vor Begeisterung auf dem neuen Bett herum. Als sich schließlich die Tür zu meinem Zimmer öffnete glaubte ich, dass ich mich in einem Spielwarengeschäft befand. Mein neues Bett war komplett bedeckt mit Kuscheltieren und auf dem Tisch standen mehrere Puppen in ihren bunten Kleidern die mich anlächelten. Ich konnte nichts mehr sagen. Soviel Spielsachen hatte ich noch nie gesehen. Sollte das wirklich alles für mich sein? Mein kleines Herz machte einen riesen Hüpfer. Ganz langsam näherte ich mich den Stofftieren und ließ alles auf mich wirken. Ich nahm alles in die Hand und drückte es ganz fest. Ich freute mich in diesem Moment so sehr. Ich verlieh meiner Freude ausdruck und bedankte mich. Ich war selbst überrascht als ich mich diese Worte sagen hörte. Bernd kam lächelnd auf mich zu. Er strich mir zuerst durchs Haar und drückte mir dann einen Kuss fest auf die Wange. Im gehen meinte er, dass es ihm Spaß machte mir eine Freude zu machen. Ich strich mir angewidert über die Wange. Meinte er ernsthaft, dass er mit dem ganzen Zeug hier meine Zuneigung kaufen konnte? Meine anfängliche Freude verflog allmählich. Ich versuchte diese Gedanken aber abzuschütteln und stellte mir allmählich die Frage wo unsere ganzen Klamotten aus der Wohnung sich befanden. Ich hatte noch kein Teil davon gesehen. Später fand ich sie alle im Keller. Selbst meinen heißgeliebten Teddy fand ich dort, völlig verstaubt, wieder. Das konnte ich nicht dulden und nahm ihn mit hoch. Nach dieser ausführlichen Hausbesichtigung kehrten wir abends wieder in unsere leere Wohnung zurück. Hier befand sich nichts mehr ausser unsere Betten und die Lampen. Ich lief durch die leeren Räume und fand das alles sehr merkwürdig. Hier stand früher ein Tisch und dort drüben das Sofa und nun? Alles wirkte so trist und kalt. In meinem inneren nahm ich Stück für Stück Abschied von der Wohnung. Auch wenn hier viel geschah fühlte ich mich unwohl diesen Ort bald für immer zu verlassen. Ich musste zugeben das unsere neues Heim schon toll war und es wäre perfekt gewesen hätten wir es ohne Bernd bekommen. Mama fühlte sich dort schon wohl. Sie wollte hier nur noch weg und ein neues Leben beginnen. Es blieben jetzt nur noch wenige Tage bis zur Hochzeit. Mit klopfenden Herzen sah ich diesen Tag entgegen…

Am 5. September 1994 war es dann soweit. Mama heiratete wirklich Bernd. Bis zuletzt hatte ich gehoffte das noch etwas dazwischen kam. Diesen Tag hielt ich nur bruchstückweise in Erinnerung. Morgens wurden wir alle fein rausgeputzt. Mama trug ein langes cremefarbenes Kleid und Bernd einen schwarzen Anzug. Ihre Eheringe waren Weißgold. Mama hatte wieder diesen Glanz in den Augen und ein Lächeln im Gesicht wovon mir richtig schlecht wurde. Meine Brüder und ich erfreute dieser Tag ganz und gar nicht. Vanessa hingegen hatte einen Heidenspaß. Sie spielte mit den Blumen und warf jubelnd die Blütenblätter durch die Gegend. Nach der Trauung fuhren wir in das, für uns, neue Haus. Als ich durch die Tür schritt wurde mir bewusst, dass wir alle nun für immer hier blieben. Daran konnte ich mich nur schwer gewöhnen. An diesem Tag schoss mir sogar die Frage durch den Kopf was Papa wohl davon hielt wenn er es erfuhr. Im Unterbewusstsein sehnte ich mich wohl nach der alten Zeit mit Papa zurück. Eine Zeit ohne Bernd. Wir alle feierten noch ein bisschen bei Häppchen und Sekt weiter. Auch wenn es für uns eigentlich kein Grund zum feiern gab, so machten wir doch mit. Mit seinen Freunden feierte er einige Tage später dieses Ereignis nach. In unserer ersten Nacht im neuen Heim fühlte ich mich wie ein Fremdkörper hier. Ich ahnte, dass ich mich nie wie zuhause an diesem Ort fühlen konnte. Ich starrte die halbe Nacht die Decke an und mir schossen etliche Gedanken durch den Kopf. Als meine Augenlieder irgendwann zufielen, verfiel ich in einen sehr unruhigen Schlaf. Ich träumte, dass ich irgendwann aus der Schule kam und unser Haus wie von einer schwarzen Wolke eingehüllt wirkte. Als ich eintrat brach ein entsetzliches Gewitter aus das mich sehr einschüchterte. Im Haus wirkte es so finster wie draußen. Als ich Licht machen wollte tat sich nichts. Ich musste mich im dunkeln vorsichtig weiter voran tasten. Mit jedem Schritt den ich ging, glaubte ich das immer weniger Sauerstoff zur Verfügung stand. Ich rang nach Luft als ich plötzlich Bernd vor mir sah. Ich schrie panisch, doch er lachte mich nur aus. Er packte mich und zerrte mich in den Keller. Dort drängte er mich in eine Ecke wo Ratten lauerten. Er nahm einen Gürtel und wollte mich damit schlagen. Ich schlug meine Hände panisch vors Gesicht und…. Dann erwachte ich aus diesem Alptraum. Ich schreckte richtig hoch und konnte mich kaum wieder beruhigen. Ich musste an ein Sprichwort denken das besagt, dass was man in einer neuen Wohnung träumte in Erfüllung ginge. Ich hoffte das nicht. Mich ängstigten meine Träume. Ich hatte schreckliche Angst vor dem Unbekannten das vor mir lag. Ich wusste nach dieser ersten Nacht hier änderte sich unser Leben noch weiter. Noch ahnte ich nicht in wie weit…..

Am nächsten Morgen frühstückten meine Brüder und ich alleine. Mama und Bernd zogen es vor, den halben Tag zu verschlafen. Heute mussten wir auch der Schule unsere neue Adresse mitteilen. Was nicht nur Michael zum kotzen fand. Er wirkte sehr mürrisch an diesem Morgen und verließ murrend, als erster, das Haus. Wir wunderten uns alle schon über seine heftige Reaktion obwohl wir sie verstanden. Trotz allem hätte kein anderer von uns gewagt uns das so anmerken zu lassen wie er. Ich hoffte nur, dass es durch sein Verhalten keine Probleme gab. Als ich Frau Wolff meine neue Adresse gab war sie sofort Feuer und Flamme und fragte mich über die Hochzeit aus. Dann noch über das neue Haus und meinen Stiefpapi, wie sie ihn nannte. Ich aber wollte nicht darüber reden und gab nur kurze knappe Antworten, was meine Lehrerin sehr überraschte. Sie sagte dann zu mir, dass sie meine Konzentrationsschwäche in der letzten Zeit verstand. Sie glaubte ernsthaft meine Leistung fiel nur ab, weil ich die freudigen Erwartungen kaum abwarten konnte. Dagegen anreden brachte nichts also beschloss ich sie in diesem Glauben zu lassen. Selbst Monika und Christin nervten mich mit ihrer Fragerei. Sie wirkten sehr verwundert, dass ich nicht viel preisgeben wollte. Irgendwann gaben sie dann auf. Ich wollte nur vermeiden, dass wir wegen so einem Thema in Streit gerieten. Das war Bernd nicht wert ! Oft verstanden sie nicht wenn mich diese Traurigkeit überkam oder ich mich in mein Schneckenhaus zurückzog. Wie konnten sie das auch? Ich sprach nie über meine Probleme und behielt lieber alles für mich. Ich schwor mir niemals andere mit meinen Problemen zu belasten.

Die neue Situation gestaltete sich als schwierig – ganz genauso wie ich das befürchtet hatte. Egal wo ich mich im Haus aufhielt, stand wie aus dem nichts Bernd hinter mir. Er kontrollierte alles und jeden. Er verlangte Sauberkeit und Pünktlichkeit. An oberster Stelle stand bei ihm aber Gehorsamkeit. Um dies zu erreichen tat er alles. Ich konnte mich im Haus nicht frei bewegen. Jeder Schritt den man machte, wurde kontrolliert. Den einzigen Trost den ich hatte, war das man nun wenigstens das Badezimmer abschließen konnte. Doch selbst hier fühlte ich mich nicht ungestört. Es kam schon mal vor, dass jemand unbedingt ins Badezimmer wollte wenn ich aus der Dusche kam. Ich wusste damals schon, dass es sich dabei nur um Bernd handeln konnte. Meine Brüder klopften wenigstens an wenn sie einen Raum betraten. Bernd versuchte sich anfangs noch bei meinen Brüdern und mir einzuschleimen um uns auf seine Seite zu ziehen. Doch dies gelang ihm nicht. Mich erschreckte nur der Gedanke, dass es dagegen bei Vanessa zu klappen schien. Aber wir alle konnten ihr keinen Vorwurf machen. Sie war doch erst drei Jahre alt und im Grunde sah sie in ihm eine Vaterfigur. Ihren richtigen Vater kannte sie ja kaum. Sie wurde mit Süßigkeiten und Spielsachen überhäuft um sie zu kaufen. Sie freute sich sehr darüber und sie schien ihn wirklich aufrichtig zu mögen. Dieser Gedanke ängstigte mich. Ich hatte eine zeitlang Angst, dass Bernd mit seiner Masche Erfolg haben könnte und uns unsere Schwester entfremdete. Doch zu meiner großen Freude gelang ihm das nie. Sie vergaß nie was sie an uns hatte und hing auch weiterhin an uns Geschwistern. Diese Tatsache erfüllte mich mit Stolz. Unseren Stiefvater weniger. Er verstand nicht, dass man wahre Zuneigung nicht kaufen konnte.

November 94: Eines Tages kam Bernd auf uns alle zugestürmt und warf Michael ein Heft vor die Füße. Er hatte eine Mathearbeit mit der Note fünf gefunden. Er flippte völlig aus, weil ihm das verheimlicht wurde. Wir fragten uns nur was ihm das anginge. Mama hatte sich nie für unsere Noten interessiert. Also warum sollten wir ihn darüber informieren? Langsam begriff ich erst, dass er in unseren Sachen herumschnüffelte. Wie sonst hatte er von der schlechten Note erfahren? So eine Unverschämtheit raubte mir fast die Luft zum Atmen. Mein Groll gegen diesen Mann wuchs dagegen stetig. Uns allen wurde nun klar, dass wir nun gar keine Privatsphäre mehr hatten und nichts herum liegen lassen durften. Michael wurde entsetzlich herunter gemacht und es tat mir leid, dass ich ihm nicht helfen konnte. Eine zeitlang hörte er sich das ganze Gemecker an bis es ihm zu viel wurde und er ebenfalls sauer wurde. Er schrie, dass dies seine eigene Angelegenheit sei und niemanden etwas anging. Man konnte förmlich spüren wie Bernd innerlich zu beben begann. Er ballte seine Fäuste und bevor noch ein weiteres Wort fiel schlug er Michael mitten ins Gesicht. Wir alle konnten nicht glauben was wir dort eben miterleben mussten. Vanessa fing schrecklich zu weinen an. Für sie war es eine völlig neue Situation die sie erstmals bewusst miterlebte. Mama hatte wieder nur danebengestanden und zugesehen. Sie ging ohne ein Wort zu sagen mit unserer Schwester in die Küche. Ein unglaubliches Verhalten. Sie waren gerade mal zwei Monate verheiratet und sie ließ zu, dass dieser Kerl ihren Sohn schlug. Genau wie zu Papas Zeiten. Auch da stand sie daneben. Sie sah zu, sagte aber nichts. Egal was ihr jetziger Mann auch tat oder sagte sie gab ihm stets Recht. Das sollte sein Freifahrtsschein sein mit uns zu machen was er wollte. Michael funkelte Bernd böse an und stürmte wortlos aus dem Haus. Ich hatte noch nie so einen Ausdruck von Hass und Wut bei meinem Bruder in den Augen gesehen. Das ängstigte mich. Ich hatte noch nie erlebt, dass er einfach so davonbrauste. Bernd fing daraufhin noch mehr zu toben an und schlug mit der Faust auf den Tisch. Völlig eingeschüchtert schlich ich hinauf auf mein Zimmer. Ich konnte es immer noch nicht realisieren was dort gerade geschah. Mir rollten Tränen über die Wange. Ich fühlte mich wieder so hilflos und hatte Angst das Michael vielleicht nie wieder zurückkehrte. Meist kehrte er aber dann nach einigen Stunden zurück und über die Schläge wurde nicht mehr gesprochen. Alles schien beim alten zu sein. Genau wie Papa, schoss es mir oft durch den Kopf. Außer unserer Wohnsituation blieb alles wie früher. Ich wusste nur das es bei Bernd immer wieder dazukam das er zuschlug. Damals hegte ich noch die leise Hoffnung, dass Papa sich änderte. Bei Bernd wusste ich aber, dass man bei ihm nicht ans gute glauben konnte. Von diesem Tage an verlangte er jeden Test und jede Arbeit zu sehen. Wenn irgendeiner von uns eine schlechte Note nach Hause brachte wurden wir jedes Mal als blöde Idioten (oder ähnliches) beschimpft. Als Krönung des ganzen gab es dann jedes Mal noch eine saftige Ohrfeige. Wir alle versuchten krampfhaft bessere Noten zu schreiben und lernten wie die verrückten aber das brachte nichts. Manchmal gelang es uns aber auch Tests zu verheimlichen. Wenn sie zu schlecht ausfielen entsorgten wir sie irgendwo nur nicht bei uns. Wir alle wussten ja nicht ob Bernd sogar den Müll durchwühlte um etwas zu finden. Einmal schrie uns Mama an, wir sollten nicht auf die Idee kommen ihr neues Glück zu zerstören. Was glaubte sie denn? Wir schrieben doch nicht absichtlich schlechte Noten. Wie konnte sie wieder nur so egoistisch sein und nur an sich selbst denken? Dieser ganze Druck der auf uns lastete wirkte sich auf unsere Noten und unsere Verhalten in der Schule aus. Doch davon wollte unsere Mutter nichts wissen…

Weihnachten 94: Was für trostlose Tage! Ich kam mir zu dieser Zeit noch verlassener und einsamer vor. Nicht mal der Anblick unserer wunderschönen großen und reichlich geschmückten Tanne konnte meine Stimmung aufhellen. Die Anwesenheit von Bernd verdarb uns alles. Das Beste was diese Tage hervorbrachten war eindeutig das endlich mal kein Streit herrschte. Mama und Bernd versuchten hier heile Welt zu spielen. Aber dieses ganze Getue zog nicht mehr. Nicht bei mir und auch nicht bei meinen Geschwistern. Wenn ich nur ins Gesicht des Mannes meiner Mutter sah kamen seine zahlreichen Wutausbrüche in mir wieder hoch. Ich spürte dann seinen Schlag wieder förmlich im Gesicht. Als es am Abend Bescherung gab mussten wir wieder die begeisterten spielen und uns artig bedanken. Dieses Ritual fiel uns von Jahr zu Jahr schwerer. Man konnte schon sagen, dass wir recht schöne Geschenke bekamen aber ich hatte immer im Hinterkopf das alles von unserem Stiefvater bezahlt wurde. Dieser Gedanke ließ die Freude etwas abklingen. Er wollte uns damit nur wieder demonstrieren, dass wir ohne ihn solche Sachen niemals besäßen So verhielt er sich immer. Stets gab er uns das Gefühl das wir ein niemand in seinen Augen waren. Mama tat dagegen alles was er verlangte.

Wenn er etwas eingekauft haben wollte sprang sie sofort und lief los. Wenn er mal nicht im Haus war mussten meine Brüder und ich alle anfallenden Hausarbeiten erledigen und später stellte sie alles so da, als ob sie alles erledigt hatte. Mein größter Wunsch blieb damals immer, dass sie es doch noch einsah was sie da für einen Mann geheiratet hatte und wieder mit uns auszog. Wieso nur konnte sie sich nicht von diesem Mann lösen? Sie blieb ihm immer hörig und ich fragte mich oft, was das noch mit Liebe zu tun hatte. Eine Liebe bis zur Selbstaufgabe. Die Tatsache, dass sie uns alle mit hineinzog machte mich so wütend. Sie verpfuschte nicht nur ihr, sondern auch unsere Leben.

Der größte Schock folgte jedoch am 1.Weihnachtstag. Als wir alle beim Frühstück saßen verkündete Bernd uns plötzlich das er und Mama sich noch ein Kind wünschten. Sein eigen Fleisch und Blut wie er betonte. Ich glaubte mich verhört zu haben und vor Schreck blieb mir mein Brötchen im Halse stecken. Keiner sagte mehr ein Wort, nicht mal Mama. Sie sah ihren Mann nur mit großen Augen an und wirkte mehr als überrascht. Sie tätschelte nur schwach die Hand von Bernd und widmete sich dann wieder ihrem Kaffee. Sollte ihr Blick gerade eine stumme Zustimmung gewesen sein? Sie war zwar mit ihren 33 Jahren noch jung genug dazu, aber reichten nicht die fünf Kinder die sie hatte? Sollte sie nicht erstmal uns eine Mutter sein bevor sie ein weiteres unschuldiges Leben zerstören wollte? Meine Brüder und ich schlichen später zu Michael aufs Zimmer und hielten dort unseren Kriegsrat ab. Wir alles konnten nicht begreifen was wir eben erfahren mussten. Wir stimmten aber alle darin überein, dass es keine gute Idee sein konnte wenn noch ein Baby kam. Es hatte nichts mit der Tatsache zu tun das wir ein Kind von Bernd nicht akzeptieren wollten. Unsere Angst bestand einfach darin das er dieses Kind zu sehr beeinflusste und zu seinem Ebenbild machen konnte. Wir alle wollten nicht noch jemanden diese Hölle zumuten, durch die wir schon all die Jahre gehen mussten. Wir konnten nur abwarten und hoffen.

Unsere Mutter wurde glücklicherweise nie wieder schwanger. Egal wie sehr sie sich auch bemühten, es wollte nicht gelingen. Bernd passte diese ganze Sache natürlich gar nicht. Wir anderen dagegen waren erleichtert. Aber nicht nur wir, sondern auch Mama wirkte darüber sehr froh. Gesagt hatte sie das zwar nie, aber man sah es ihr an. Ihre eigene Meinung zu äußern hätte sie sich sowieso nie getraut.

Frühjahr 95: In der Schule wurde nun ständig darüber gesprochen, dass wir nun alle bald getrennte Wege gingen. Einige würden ihren Weg auf dem Gymnasium einschlagen, andere auf der Realschule und wieder andere würden die Hauptschule besuchen. Alle Eltern wurden zu einem persönlichen Gespräch in die Schule gebeten. An Stelle meiner Mutter ging bei mir doch tatsächlich Bernd hin. Ich fragte mich was er damit zu tun hatte. Immer musste er sich überall einmischen. Nach dieser Unterredung bekam ich erstmal eine Strafpredigt. Bernd wollte mich nämlich unbedingt aufs Gymnasium schicken, aber Frau Wolff war der Ansicht, da ich doch sehr verschlossen am Unterricht teilnahm und auch einige Lernschwierigkeiten hatte wäre die Hauptschule die bessere Wahl. Bernd wurde daraufhin richtig sauer und stürmte wütend aus dem Klassenzimmer. Wieder zuhause ließ er dann bei mir erstmal Dampf ab. Ich hatte ihn enttäuscht und er hatte mehr Einsatz von mir erwartet und ähnlichen Mist. Diese Worte prallten allerdings an mir ab. Missmutig und nach einigem Widerstand meldete er mich schließlich doch an der Hauptschule an. Damit war mein weiteres Schicksal also besiegelt. An den Gedanken, dass ich bald eine neue Schule besuchen musste mit neuen Lehrern und Schülern konnte ich mich nur schwer gewöhnen. Mir wurde ganz flau bei dem Gedanken an diese einschneidende Veränderung. Das schlimmste daran war für mich, als ich erfuhr das Monika und Christin zur Realschule gehen würden. Das tat mir sehr weh da es nun hieß, dass ich bei diesem Neuanfang komplett auf mich alleine gestellt sein sollte. Als dann der Tag des Abschiedes kam, ahnte ich noch nicht, dass dies ein Abschied für immer war. Es sollte das letzte mal sein das ich die beiden sah. Diese Tatsache enttäuschte mich sehr, da mir bewusst wurde das ihnen wohl doch nicht soviel an dieser Freundschaft lag wie mir. Trotzdem fragte ich mich noch oft wo die beiden sich nun befanden und was sie machten. Auch von Frau Wolff musste ich mich verabschieden. Ein eigenartiges Gefühl machte sich in mir breit, als ich im Sommer 95 diesen Ort für immer verlassen sollte. Ich musste plötzlich an meinen ersten Schultag denken wo ich solche Angst verspürte. Was hatte ich seitdem nicht alles hier erlebt? Mit einem kleinen Seufzer drehte ich mich noch einmal um und verließ diese Schule für immer. Das sollte wieder ein Schnitt in meinem Leben sein. Hier wusste ich wer und was mich erwartete, aber auf der neuen Schule? Alles sollte wieder von vorne losgehen. Ein neuer Ort des Schreckens….

August 95: Es war soweit! Heute musste ich das erste Mal zu meiner neuen Schule gehen. Ich fragte mich wo die letzten Wochen geblieben waren. Die Sommerferien flogen im Nu dahin. Mit furchtbarem Herzklopfen und Magenschmerzen erwachte ich an diesem Morgen. Bernd bestand darauf mich zur Schule zu fahren. Bei dieser Vorstellung wurde mir noch schlechter. Ob ich das überhaupt wollte danach wurde wieder mal nicht gefragt. Nur sehr widerwillig stieg ich zu ihm ins Auto. Als ich so neben ihm saß überkam mich ein merkwürdiges Gefühl der Beklemmung. Ich fühlte mich eingeengt, so als ob mir die Luft zum Atmen genommen wurde. Seine Nähe war mir unangenehm und ich wollte nur schnell raus aus diesem Wagen. Die Fahrt zog sich jedoch leider hin. Ich nahm nichts von dem wahr was an mir vorbeizog. Mir schossen nur unzählige Fragen durch den Kopf. Wie war meine neue Schule? Sollte ich nette Klassenkameraden erhalten? Würde ich hier Freunde finden? Als ich **ES** dann sah wurde mir angst und bange. Das Gebäude wirkte so kahl und kalt. Es wirkte eher wie ein Gefängnis als wie eine Schule. Obwohl ich konnte durchaus parallelen ziehen. Im Klassenraum kam ich mir wie eine Gefangene vor mit ca. 18 anderen. In der Pause konnte man seine Runden auf dem Pausenhof drehen genau wie man es von Gefangenen aus Filmen kannte. Man konnte nicht einfach gehen. Für eine gewisse Zeit war man hier gefangen. In der Schule waren es täglich nur einige Stunden und dann durfte man gehen. Nicht so im Gefängnis. Das und das man hier nicht eingeschlossen wurde waren für mich die einzigen Unterschiede. All die vielen fremden Gesichter verunsicherten mich sehr. Sie wirkten noch schlimmer als ich es mir bis dahin ausmalte. Ich sah hier diese Möchtegern Halbstarken die sich beweisen mussten was für tolle Kerle sie doch waren. Sie trugen ausgeflippte Klamotten die sie als cool empfanden. Andere trugen Hosen die ihnen zwei Nummern zu groß waren so das man ihre Unterwäsche nicht übersehen konnte und wieder andere Jeanshosen mit unzähligen Löchern. Ich konnte nicht anders als sie ungläubig anstarren. Sie wirkten alle so anders als alle die ich bisher kennen lernte. Hier schien auch jeder zu rauchen. Ich sah im ersten Moment niemanden ohne Zigarette und bei diesem Gedanken schüttelte ich mich vor Ekel. Die Mädchen trugen alle Designerkleidung. Kurz, Knapp und Schrill schien hier das Motto zu lauten. Ich fühlte mich nun schon wie ein Außenseiter, wenn ich an mir runter sah. Ich trug eine Jeans und ein normales T-Shirt. Ich sah aus wie ein Landmädchen das nun in der Großstadt sich durchzuschlagen versuchte. Genauso fühlte ich mich auch. Ich hatte damals schon das Gefühl das alle mich anstarrten. Taten sie es aber wirklich? Wer so verunsichert durch die Welt ging wie ich, glaubte ständig das andere jeden Schritt von einem beobachteten. Als ich aus dem Auto steigen wollte, hielt mich Bernd am Arm fest. Erschrocken darüber versuchte ich mich loszureißen, doch es gelang mir nicht. Ich geriet in Panik, da ich nicht wusste was er vorhatte. Dann beugte er sich zu mir herüber und drückte mir einen dicken, nass widerlichen Kuss mitten auf den Mund. Er grinste mich schäbig an und wünschte mir einen schönen ersten Schultag. Ich sprang förmlich aus dem Auto und lief so schnell ich konnte ins Schulgebäude. Ich wollte nur weg. Weg von ihm. In mir stieg ein Ekel hoch, den ich bisher nicht kannte. Ich spürte immer noch seinen Kuss und glaubte mich übergeben zu müssen. Ich schluckte jedoch diese Abscheu herunter und begab mich auf der Suche nach meinem neuen Klassenzimmer. Doch egal was ich an diesem Tag noch versuchte, diesen widerwärtigen Blick und was er tat ging mir einfach nicht mehr aus dem Kopf….

Mein neues Klassenzimmer wirkte auf mich so schrecklich kalt. Am liebsten hätte ich mich umgedreht und wäre schreiend davon gelaufen. All diese komisch gekleideten Menschen. Die Mädchen wirkten wie Modepüppchen und die Jungs wie eine Mischung aus Hipp – Hopper und Gangster – Rapper. Als ich den Raum betrat sahen mich alle merkwürdig an. Einige von den Mädchen verzogen sogar das Gesicht. Aber keiner sagte etwas…..noch nicht.

Ich versuchte ihren Blicken auszuweichen und suchte mir wieder mal einen Platz ganz hinten. Ich fühlte mich so hilflos und verlassen und hätte sonst etwas dafür gegeben meine alte Klasse zurück zubekommen. Ich wusste bei ihnen was ich hatte, aber hier? Was erwartete mich hier? Als die Schulglocke schrillte betrat ein etwas dicklicher Herr, zwischen 40 und 45 Jahren, mit schwarz graumeliertem Haar den Raum. Er stellte sich als unser neuer Klassenlehrer vor. Sein Name: Herr Lubowski. Er hatte eine merkwürdige trockene Art Dinge zu erzählen. Wenn er irgendein Thema anschnitt meinte man, dass es ihn selbst nicht interessierte. Seine Unterrichtsmethoden waren zum einschlafen. Er sprach nun von unserer künftigen Zusammenarbeit und was er von uns erwartete. An oberster Stelle stand Disziplin. Dann folgten: Pünktlichkeit, Ehrlichkeit, Teambereitschaft, Einsatz, immer unsere Aufgaben zu erledigen und gute Noten....

Ich fragte mich damals warum er uns das alles nicht schriftlich gab. Einen besseren Einstieg gab es kaum. Gleich in den ersten Minuten Forderungen geben und Befehle erteilen. Wie sollte das nur in Zukunft werden? Nachdem wir einen ellenlangen Zettel bekamen, mit Dingen die nun benötigt wurden, durften wir in unsere erste Pause gehen. Alle strömten eilig hinaus – alle außer mir. Ich ging einfach zaghaft hinterher. Wo sollte ich denn auch hin? Ich stellte mir die bange Frage ob ich hier überhaupt jemand fand, der mit mir Kontakt wollte. Ich stellte mich in irgendeine Ecke wo ich mich den Blicken der anderen nicht ausgesetzt fühlte. Als ich dieses ganze Treiben nun beobachtete fühlte ich mich wie in einem Irrenhaus. Überall rannten Leute herum. Die einen warfen sich Worte an den Kopf die ich bisher noch nie gehört hatte. Sie pöbelten und beschimpften sich während andere sich prügelten. Wo war ich hier nur gelandet? Dieses ganze Szenario machte mir Angst. Ich hoffte nur, dass die Pause sich bald ihrem Ende neigte. Ich starrte ständig auf meiner Uhr, doch die Zeit schien nicht zu vergehen. Bei jedem Schüler der an mir vorbeilief senkte ich den Blick. Keiner sollte meine Angst sehen oder spüren. Ich hoffte einfach nur, dass sie mich in Ruhe ließen. Zu meiner großen Erleichterung lief der restliche Schultag friedlich ab. Trotzdem konnte ich es nicht erwarten hier wieder heraus zu kommen. Nachdem Unterricht sah ich Bernds dunkelblauen VW Kombi auf den Parkplatz stehen. Damit hatte ich nicht gerechnet, dass er mich auch wieder abholte. Nur ungern und äußerst widerwillig stieg ich erneut in sein Auto. Aber hatte ich eine andere Wahl? Tat ich es nicht, rastete Mama wieder aus - das wusste ich. Ich hoffte nur, dass wir diese Fahrt schnell hinter uns brachten. Bernd grinste mich wieder an und fragte nach meinem Schultag. Ich antwortete nur einsilbig und wollte nur nach hause. Bevor er losfuhr tätschelte er mein Knie und meinte, dass er stolz auf mich sei. Angeekelt wich ich zurück, traute mich aber nicht irgendwas zu sagen. In mir schüttelte sich alles und ich bekam eine Gänsehaut. Ich betete nur, dass ich heil aus diesem Auto wieder raus kam. Die Fahrt aber zog sich hin. Ich hatte den Eindruck, dass er mit Absicht langsamer fuhr um so noch etwas Zeit zu schinden. Ich wusste ehrlich nicht wie ich mit dem heute erlebten umgehen sollte. Erst gab mir dieser Kerl einen Kuss und dann streichelte er mein Knie. Ich hätte gerne mit jemandem überall das gesprochen, aber mit wem? Mit meinen Brüdern traute ich mich nicht darüber zu reden. Meine Scham war einfach zu groß. Ich wünschte nur ich hätte damals schon mein Schweigen gebrochen....

Nach dieser Höllenfahrt schwor ich mir nie wieder in sein Auto zu steigen. Aber es kam vor, dass ich quasi dazu genötigt wurde es doch wieder zu tun. Das war für Bernd natürlich jedes Mal ein kleiner Triumph, wenn er das bekam was er wollte. Manchmal versteckte ich mich aber solange auf der Schultoilette bis er wieder davon fuhr. Zum Glück gelang das auch. Wenn ich dann zur Haustür rein kam wurde ich zwar mit Vorwürfen überhäuft, aber an den Ärger hatte ich mich schon gewöhnt. Das machte mir nichts aus. Die Hauptsache war, dass ich nicht mit ihm alleine sein musste.

In der Schule fand ich zu meiner großen Erleichterung doch eine Freundin namens Margit. Von allen wurde sie aber nur Mary genannt. Mit der Zeit stellte sich heraus, dass es doch einige nette Leute bei mir in der Klasse gab. Man konnte sich mit ihnen unterhalten oder auch lachen. Das tat mir gut, da ich sonst nicht viel zu lachen hatte. Meine Klasse unterteilte sich aber in mehrere Gruppen. Es gab da die Schicki – Micki Clique denen es am wichtigsten war die teuersten Modefummel vorzuführen. Ihre Gespräche kreisten immer um die neuesten Trends, Schminke und Jungs. Sie hielten sich für die größten von der ganzen Schule. Die normalen, so wie ich, die keine Markenklamotten trugen nannten sie immer die ASI – Familie. Ich verachtete diese Modepüppchen mehr als alles andere. Diese Oberflächlichkeit das sie Menschen nur nach dem Aussehen beurteilten kotzte mich an. Dann hatten wir in der Klasse noch den MMC. Das war der Möchtegern Männer Club. Ich nannte sie so, weil sie sich für die tollsten und schönsten Männer hielten. Ein Geschenk Gottes einfach. Sie glaubten kein Mädchen könnte ihnen widerstehen. Sie unterhielten sich nur über Fußball. Mädchen und brachten ihre obercoolen Sprüche. Sie hatten einfach Spaß daran andere mit dem was sie sagten zu verletzten. Meist stürzten sie sich auf die Schleimer wie sie genannt wurden. In ihren Augen war das aber jeder der einen Beitrag zum Unterricht leistete und seine Hausaufgaben machte. Wenn jemand eine falsche Antwort gab brachen sie in schallendes Gelächter aus. Das führte dazu das bald keiner mehr Lust hatte sich am Unterricht zu beteiligen.

Die nächsten Monate liefen recht friedlich ab. Ich glaubte und hoffte, dass sich alles nun langsam eingependelt hatte. Noch ahnte ich nicht, dass bald ein regelrechter Alptraum für mich begann.... Ein Alptraum aus dem es kein Erwachen gab....

Es geschah, zum ersten Mal, im Juni 96. Es war knapp drei Wochen nach meinem elften Geburtstag. Dieser Tag fing wie jeder andere auch an. Wir frühstückten gemeinsam, gingen zur Schule, aßen gemeinsam zu Mittag, machten unsere Hausaufgaben usw. Eigentlich nichts Ungewöhnliches. Bis es Nacht wurde....

Ich schlief friedlich in meinem Bett, als ich durch einen hellen Lichtstrahl, der auf mein Gesicht gerichtet schien, geweckt wurde. Noch total schlaftrunken öffnete ich meine Augen und sah meinen Stiefvater. Er stand mit einer Taschenlampe genau vor meinem Bett. Als ich vollkommen erschrocken und ängstlich mich aufsetzte sah ich etwas in seinen Augen, dass ich bisher nicht kannte. Ich konnte nicht erklären was es war aber er machte mir Angst. Er kam mir immer näher und je näher er kam desto panischer wurde ich. Ich hatte Angst von ihm geschlagen zu werden. Ich hatte doch nichts getan. Aber was er dann tat sollte noch viel abartiger sein und niemals hätte ich geglaubt, dass mir so etwas passierte.

Zuerst setzte er sich zu mir aufs Bett und legte seinen Zeigefinger auf meinen Mund. Ich zitterte am ganzen Körper und konnte vor lauter Angst mich weder bewegen noch was sagen. Er strich mir durch mein Haar, dann über meine Wange bis seine schleimigen Hände sich schließlich an meinem Nachthemd zu schaffen machten. Nun versuchte ich ihn wegzustoßen, aber es gelang mir nicht. Er war einfach viel stärker als ich. Er schmiss sich auf mich und begann mich überall zu küssen. Ich weinte und versuchte ihn zu schlagen und zu schreien aber er hielt mir höhnisch lachend den Mund zu. Mit der anderen Hand umklammerte er meine Hände. Er hielt sie so fest, dass ich irgendwann gar kein Gefühl mehr darin hatte. Ich hörte wie er immer schwerer zu atmen begann und je mehr ich versuchte mich zu wehren desto mehr gefallen schien er daran zu haben. Schließlich vergewaltigte er mich. Als er dann irgendwann wieder von mir abließ und sich anzog sagte er zu mir, dass es Spaß gemacht hatte und ich sollte mich jetzt nicht so anstellen weil er wusste, dass ich das mal gebraucht hatte. Im gehen drohte er mir noch das ich es nicht wagen sollte jemanden davon zu erzählen. Er wollte mich sonst töten und furchtbare Rache an meiner Familie nehmen. Mit diesen Worten ging er zurück zu Mama ins Schlafzimmer.

Ich lag eine zeitlang apathisch auf dem Bett und konnte mich nicht bewegen. Ich versuchte zu begreifen was hier eben passiert war, aber es gelang mir nicht. Aus einem Schluchzen wurden plötzlich Tränen. Ich weinte unerbitterlich und konnte mich gar nicht mehr beruhigen. Es brach nun alles aus mir heraus. Ich fühlte mich so schmutzig, beschämt und elend. Ich schlich leise ins Bad und als ich mich selbst im Spiegel sah konnte ich mich kaum erkennen. Ich brach erneut in Tränen aus und hockte zusammengekauert am Boden. Ich sah dann die After Shave Flasche von Bernd und plötzlich stieg dieser Geruch wieder in meiner Nase hoch. Mir wurde übel und ich glaubte zu spüren wie der Magen meinen Hals hochstieg. Zum Glück saß ich neben dem Klo. Ich kotzte so heftig das ich danach das Gefühl hatte das mein kompletter Magen leer geräumt wurde. Ich fühlte mich hundeelend. Aber dieser Geruch schien an mir festzusitzen. Ich musste ihn wieder loswerden. Ich beschloss mich zu waschen. Duschen durfte ich um die Zeit aber nicht, da Mama sonst davon aufwachte. Wenn sie ihren Schönheitsschlaf nicht bekam wurde sie wütend. Ich nahm also einen Waschlappen und ließ das Wasser im Becken laufen. Ich benutzte alles was ich an Duschgel und Seife fand. Ich rieb so fest damit über meiner Haut das sie fast durchscheuerte. Das einzige was es bewirkte war, dass meine Haut sich komplett rötete. Dieser Geruch und den Schmutz den ich empfand schien aber an meiner Haut wie Pech zu haften. Völlig entkräftet gab ich irgendwann auf und schlich zurück in mein Zimmer. Aber als ich es jetzt betrat, kam es mir nicht mehr wie ein Kinderzimmer vor, sondern wie ein Folterraum. Mein persönliches Gefängnis wo ich jede Nacht aufs neue in diesem Raum eingesperrt wurde. Ich versuchte zu schlafen aber das wollte mir nicht gelingen. Jedes mal wenn ich auch nur für den Bruchteil einer Sekunde die Augen schloss sah ich wieder ihn! Ich sah sein Grinsen und diesen Ausdruck in den Augen. Ich zwang mich daraufhin zum wach bleiben. Mir schossen viele Fragen durch den Kopf auf die ich keine Antwort fand. Warum? Warum hatte er mir das angetan? Was muss man für ein Mensch sein um einen anderen solche Schmerzen zuzufügen? Ich stellte mir auch die Frage ob ich irgendetwas getan oder gesagt hatte was diese Tat provozierte. Aber diesen Gedanken verwarf ich sofort wieder. Ich wusste es besser. Nichts rechtfertigte so eine Tat und man durfte sich niemals einreden oder einreden lassen das man etwas dafür konnte. Man hatte körperliche Gewalt erfahren, das schlimmste was es gab, aber man durfte nicht zulassen, dass die eigene Seele davon zerstört wurde. Es sollte für mich noch ein langer Weg werden bis ich das begriff….

Am nächsten Morgen hatte ich furchtbare Angst vor einer erneuten Begegnung mit Bernd. Was konnte ich nur tun? Wie sollte ich reagieren? Was tat Bernd wenn er mich sah? Alle saßen bereits am Frühstückstisch – auch Bernd. Er schien bestens gelaunt. Er scherzte und lachte und Mama hing mal wieder an seinen Lippen. Mich grüßte er nur beiläufig mit einem Guten Morgen bevor er sich seinem Kaffee widmete. Er spielte hier heile Welt, so das ich es kaum ertrug. Er behandelte mich wie Luft, nur einmal sah er zu mir herüber. Er warf mir dabei so einen finsteren Blick zu das es mich erschauern ließ. Mir schien als ob ich seine Gedanken lesen konnte. Er schien mir sagen zu wollen, dass ich nicht vergessen sollte was er mir sagte. Völlig eingeschüchtert davon schwieg ich. Meinen Brüdern fiel mein merkwürdiges Verhalten natürlich auch auf. Als sie mich darauf ansprachen erfand ich irgendwelche Ausreden. Die Wahrheit behielt ich für mich. Ich schämte mich aber trotzdem, denn ich hatte meine Brüder zuvor noch nie angelogen. Ich aber hatte Angst, dass Bernd seine Drohung wahr machte. Ich hätte mir das niemals verzeihen können wenn einer meiner Geschwister etwas passiert wäre. Mit diesem Verhalten spielte ich ihm natürlich genau in die Hände. Er wusste welche Macht er nun über mich besaß und nutzte sie aus. Ich wünschte nur ich hätte damals den Mut gefunden mich jemanden anzuvertrauen.

In der Schule verlief es gar nicht gut. Ich konnte mich nicht konzentrieren, da meine Gedanken ständig abschweiften. Meine Lehrer beäugten mich die nächsten Tage besorgt, da sie mich so nicht kannten. Als ich durch einen unangekündigten Test fiel, bat mich mein Lehrer um ein Gespräch. Er redete mit Engelszungen auf mich ein um zu erfahren was mich bedrückte. Ich aber schwieg. Meiner Freundin entging auch nicht das ich mich verändert hatte. Auch sie löcherte mich mit Fragen. Doch mit der Zeit wurde ich eine Meisterin im Ausreden erfinden. Mich erschreckte das manchmal selber wie gut ich lügen konnte. Aber so hörte wenigstens diese Fragerei auf.

Seit diesem besagten Tag geschah der Missbrauch regelmäßig. Mindestens zwei bis drei Mal in der Woche schlich er sich nachts in mein Zimmer. Am Tag darauf dann sprühte er nur so vor guter Laune. Wenn ich dann mal Ruhe hatte wurde er stets sehr mürrisch und Mama verlangte von uns alles zu tun was seine Stimmung heben könnte. Es verging keine Nacht mehr wo ich ruhig schlafen konnte. Bei jedem noch so kleinen Geräusch schreckte ich hoch. Ich begann zu zittern und mein Puls beschleunigte sich. Ich war in der Schule mehr als übernächtigt und hatte Mühe mich dort wach zuhalten. All das spiegelte sich auch in meinen Noten wieder. Jedes Mal wenn er sich an mir verging, war mir als ob ein Stück Leben von mir ausgelöscht wurde. Mich schien es nicht mehr zu geben. Doch still ertrug ich meinen Schmerz und den Ekel und litt dabei Höllenqualen....

September 96: An einem regnerischen Nachmittag teilte uns Michael mit, dass er ausziehen wollte! Diese Nachricht schlug ein wie eine Bombe. Martin, Sebastian und ich starrten zuerst uns und dann Michael ungläubig an. Er wollte uns wirklich verlassen? Einfach so? In diesem Moment wurde mir der Boden unter den Füßen weggezogen. Ich hing so an ihm und konnte nicht glauben, dass ich ihn bald nicht mehr täglich sehen sollte. Er erzählte uns, dass er eine Lehrstelle als Tischler gefunden hatte und er bekam die Möglichkeit die kleine Wohnung über der Werkstatt zu mieten. Da hatte er sofort zugegriffen. Natürlich freute ich mich für ihn und es erfüllte mich mit Stolz das er seinen Weg ging, trotzdem wusste ich das ich ihn furchtbar vermissen würde. Unsere Mutter sagte zu der ganzen Sache gar nichts. Sie starrte uns alle nur mit offenem Mund an. Bernd dagegen prahlte, dass er froh war, dass nun wenigstens einer dieser Rotzlöffel, wie er uns nannte, das Haus verließ. So sparte er Geld und Ärger. Michael wurde daraufhin so wütend das er bereits am nächsten Tag auszog. Ein merkwürdiges Gefühl wenn ein Mensch den man sein ganzes Leben kannte plötzlich nicht mehr bei dir war. Es sollte schwer werden sich daran zu gewöhnen. Wenn Martin und Sebastian vom Fußball spielen heimkamen, horchte ich jedes Mal auf und glaubte das sie Michael wieder mitbrachten. Doch ich irrte mich jedes Mal aufs Neue. Aus dem unzertrennlichen Trio wurde nun also ein Duo. Zum Glück riss der Kontakt zu Michael nicht ab. Wir sahen uns weiterhin regelmäßig. Vor der Schule, nach der Schule oder in der Stadt. Er wollte immer alles wissen. Was die Schule machte, ob wir Ärger hatten, wie es zuhause lief oder was uns sonst alles bewegte. Einmal hätte ich Michael fast alles erzählt was seit Monaten mit mir geschah. Aber im letzten Moment verließ mich der Mut. Als wir alle das erste Mal seine neue Wohnung betraten spürte man gleich, dass man dies ein Heim nennen konnte. Es war eine kleine Wohnung gemütlich eingerichtet mit alten Holzmöbeln. Hier musste es einem Gefallen und ich spürte ein kleinwenig Neid in mir aufsteigen das er das geschafft hatte wovon ich immer träumte. Von da an stand für mich fest, dass auch ich mal so ein kleines Heim mein eigen nennen wollte. Denn wo ich nun lebte konnte man nicht zuhause nennen. Unsere Mutter besuchte Michael nur ein einziges Mal in seiner Wohnung. Es schien sie nicht zu interessieren wie es ihm ging oder wo er sich befand. Nicht mal zu Weihnachten oder zum Geburtstag wurde er noch eingeladen oder bekam Geschenke. Bernd besuchte ihn nie. Selbst uns wollte er den Kontakt verbieten, aber da machten wir nicht mit. In dieser Hinsicht ließen wir uns nicht einschüchtern, egal was er auch sagte. Wir hielten zusammen. Keiner konnte uns trennen. Uns verband ein unsichtbares Band das niemand zerreißen konnte. Das spüre ich auch heute noch. Meine Geschwister waren immer fest in meinem Herzen verankert und das wird sich nie ändern.

So verliefen die nächsten Monate. Ich hätte nie gedacht, dass alles noch viel schlimmer werden könnte....

Januar 97: Die Schule hasste ich zwar schon immer, doch in den letzten Monaten wurde es auch zu einem Zufluchtsort vor Bernd. Nur hier war ich vor seinen Übergriffen sicher. Doch plötzlich von einem Tag auf den anderen veränderte sich das Verhalten meiner Klassenkameraden mir gegenüber.

Ich betrat wie immer den Klassenraum und mir schlug eine Welle der Verachtung entgegen. Alle die gerade noch eifrig miteinander redeten verstummten als sie mich sahen. Ich spürte ihre Blicke, die mir wie giftige Pfeile ins Herz gestoßen wurden. Ich fragte mich was hier passiert war. Doch ich sollte nie darauf eine Antwort erhalten. Dieses Verhalten versteh ich bis heute nicht. Ich wurde zu einer isolierten Einzelgängerin. Selbst meine gute Freundin Mary wandte sich von mir ab und redete nie wieder mit mir. Ich schrieb ihr einen Brief und bat sie mit mir zu reden und mir zu erklären was denn los sei, doch ihre Antwort lautete nur, dass sie Ruhe vor mir haben wollte. Ich glaubte, dass sie einfach nicht den Mut fand zu mir zu stehen. Dieser typischer Gruppenzwang. Hätte sie es gewagt sich zu mir zu bekennen hätte auch sie diesen Hass und Terror zu spüren bekommen. Ich verstand gar nichts mehr. Wieso musste diese Welt immer so grausam sein? Wie sollte ich das alles nur alleine durchstehen? Es verging kein Tag wo ich nicht weinte. Aber immer nur wenn ich alleine war. Niemand sollte den Triumph bekommen meine Tränen zu sehen. Alles was mit mir passierte schluckte ich in mich hinein und es drohte mich innerlich zu zerfressen und zu zerstören. Aber es sollte natürlich nicht dabei bleiben, dass mich jeder ignorierte. Das sollte erst der Anfang sein....

Danach folgten solche Sachen wie hinter meinen Rücken über mich tuscheln oder mich auslachen. Wenn ich mich am Unterricht beteiligte und falsch antwortete lachte die ganze Klasse über mich. Ich zog mir das so rein, dass ich mich am Unterricht gar nicht mehr beteiligte. Dieses ständige Lästern und auslachen schmerzte mich so sehr, auch wenn ich immer so tat als ob mir das alles am Arsch vorbei ging. Dann fingen sie an mich zu beschimpfen. Doofes billiges Miststück und Schlampe sollten noch eine der harmlosesten Sprüche sein die man mir an den Kopf knallte. Ich war am Ende. Sowohl körperlich als auch psychisch. Egal wo ich mich auch befand überall fügte man mir Schmerzen zu. Ich wurde durch die ganze Situation krank und bekam immer öfter Magenprobleme. Mein Körper und meine Seele schrieen um Hilfe, doch keiner nahm Notiz davon. Wenn morgens schon der Wecker klingelte wurde mir schlecht so das ich mich übergeben musste. Manchmal spielte ich auch krank (wenn ich es nicht wirklich war) und blieb dann im Bett. Ich saß in der Zwickmühle. Blieb ich zuhause musste ich stets damit rechnen von Bernd missbraucht zu werden, Ging ich aber zur Schule wusste ich nie was für Schikanen mich dort wieder erwarteten. Manchmal übertrieb ich dann auch, dass ich z.B. eine ansteckende Krankheit hatte. Da Bernd schon Angst hatte sich nur einen Schnupfen einzufangen, ließ er mich dann in Ruhe. Da ich aber nicht immer krank im Bett liegen konnte schwänzte ich einfach so die Schule und ging die ganze Zeit spazieren. Selbst in der größten Kälte. Alles schien mir besser als diesen Terror über mich ergehen zu lassen. Das machte ich jeden Monat für mindestens eine Woche. Ich meldete mich krank und fälschte dann die Unterschrift meiner Mutter auf der Entschuldigung. Meine Noten wurden in einigen Fächern immer schlechter. Wenn einiges in der Schule mir nicht so leicht gefallen wäre, hätte das bedeutet, dass ich sitzen geblieben wäre. Ich fühlte mich wie ein Versager, dessen Leben keinen Sinn mehr hatte....

Die nächsten Wochen wurden immer unerträglicher für mich. Die Mobbingattacken nahmen immer weiter zu. Mein Tisch wurde mit Schlampe beschmiert und einmal legten sie eine Reißzwecke auf meinen Stuhl die ich im letzten Moment noch sah bevor ich mich da draufsetzte. Im Sportunterricht versteckte jemand meine Sachen, so das ich beschloss nie wieder am Sport teilzunehmen. So hatte ich wenigstens etwas Ruhe. Dann wurde ich bespuckt und man schubste mich herum. Der Hass meiner Klassenkameraden kannte kein Halten mehr. Selbst fremde Mitschüler die ich nicht kannte beschimpften mich mit einem Male. Das waren ihre Freunde aus den Parallelklassen. Man konnte sagen, dass ich nach einigen Wochen 90% der gesamten Schüler gegen mich hatte. Die anderen sagten nichts hielten sich aber auch sonst daraus. Sie verhielten sich wie die drei Affen. Sie sagten nichts, hörten nichts und sahen nichts. In den Pausen suchte ich mir stets eine Ecke, irgendwo abgelegen, so das mich niemand sehen konnte um Ruhe zu haben. Hörte ich aber Stimmen oder Schritte näher kommen wurde mir Angst und Bange. All das was mich bedrückte und quälte steckte tief in mir drin und ich spürte das ich nie wieder das gleiche Mädchen sein konnte was ich mal war.

April 97: Ich hielt das alles nicht mehr aus. Nach einem schrecklichen Schultag und einer erneuten Vergewaltigung von Bernd wollte ich nur noch eins: STERBEN ! Ich hielt dem ganzen Druck nicht mehr stand. Der Ekel, die Schmerzen und Qualen wurden übermächtig. Ich fühlte mich innerlich so leer, dass ich glaubte schon gar nicht mehr zu leben. Mein Körper funktionierte zwar noch, aber mein Herz und mein Innenleben waren schon vor langer Zeit gestorben. Als ich dann noch in einem Buch ein Gedicht über den Tod las, stand mein Entschluss fest. Ich musste dem allen ein Ende setzten. (Gedicht aus dem Buch Heilig Abend zusammen! Ein garstiges Allerlei von Uwe Wandrey S. 91):

Ich möchte schlafen,

schlafen viel lieber denn leben,
einen Schlaf, so sanft und tief wie der Tod.
Freund Tod, wer bist du das man dich so fürchtet?
Bedeutest du nicht ewige Ruhe und Frieden?
Mich dünkt, wir fürchten die Seligkeit!
Mein Leben ist keinen Pfennig wert,
das wär schon übertrieben.
Vom Schicksal wurd es arg bedacht
Mit Qual, anstatt mit Frieden.
Ich hab´s nun wirklich übersatt,
nichts gutes hat es mir zu bieten…
Im Tod such ich, was mir verwehrt,
im Tod such ich den Frieden.
Kein Pfennig ist mein Leben wert,
mein Tod jedoch den Frieden…

Sprach das nicht alles aus mir raus? Mir kam es vor, als ob das nur für mich geschrieben wurde. All das empfand ich auch. Ich hoffte im Tod dann endlich meinen Frieden zu finden. Keinen Menschen, außer meinen Geschwistern, würde ich fehlen. Aber sie hielten ja stets zusammen und waren stark genug das zu verkraften. Welchen Sinn hatte denn mein Leben? Ich sah keinen mehr. Ich wollte einfach dieses Leid nicht mehr spüren. Da ich aber keinen allzu gewaltsamen und qualvollen Tod wollte, entschied ich mich Schlaftabletten zu nehmen. Ich wollte friedlich schlafend diese Welt verlassen. Ich wusste, dass wir immer Schlaftabletten im Haus hatten. Bernd überredete Mama oft welche zu schlucken damit er nicht Gefahr lief, dass sie mal aufwachte wenn er sich an mir verging. Ich beschloss nachts alle Schlaftabletten die im Haus waren zu nehmen. So hatte ich auch die Gewissheit nicht gerettet zu werden wenn alle schliefen. In Mamas Packung waren noch achtzehn Stück drin und sie nahm ich alle an mich. Als ich dann das Badezimmer wieder verließ, sah ich mich noch einmal um, da ich wusste ich sah dies alles zum letzten Mal. Als ich vor den Türen meiner Brüder stand musste ich mit den Tränen kämpfen und hoffte sie würden mir eines Tages verzeihen. In meinem Zimmer bereitete ich langsam alles vor. Ich kniete am Boden, in der einen Hand die Tabletten in der anderen das Glas Wasser. Beim Anblick der Pillen wurde mir schon etwas mulmig. Es waren so viele und ich wusste, dass diese Entscheidung die ich nun traf unwiderruflich sein sollte. Es gab dann kein zurück mehr. Mein ganzes Leben lief plötzlich wie in Bildern vor mir ab. Ich sah das Glücksgefühl wenn ich bei meinen Geschwistern sein durfte, dachte an Vanessas Geburt, der ständige Streit der Eltern, die Schläge durch Papa, die Scheidung, den Missbrauch durch Bernd und die Folter in der Schule. Lohnte sich das alles wirklich länger zu erdulden? Nein, mein Leben schien mir vorbei. Ich sah mich noch mal, mit einem Seufzer, in meinem Zimmer um. Mein Blick blieb an meinem geliebten Teddy hängen der mich freundlich lächelnd ansah. Auf meinem Tisch sah ich ein Bild von meinen Geschwistern und mir und an meiner Wand hingen etliche Bilder gemalt von Vanessa. Ich begann zu zittern und erste Zweifel machten sich in mir breit. Konnte ich wirklich so einfach Selbstmord begehen? Was würde aus Vanessa? Ich konnte sie dann nicht mehr beschützten. Hatte ich das nicht mal geschworen? Ein furchtbarer Gedanke machte sich in mir breit. Was wenn sie mich morgen früh hier so vorfand? Wie oft rannte sie in mein Zimmer und hüpfte auf meinem Bett herum um mich zu wecken. Sollte sie sich von so einem Schock je erholen, wenn sie als sechsjährige ihre große Schwester tot auffand? Dachte ich in diesem Moment nicht sehr selbstsüchtig? Ich fing plötzlich furchtbar zu weinen an. Nun hatte mich der Mut verlassen. Die Tabletten glitten aus meiner Hand und rollten auf den Boden. Das Glas zersprang in tausend Teile. Zum Glück weckte niemand dieser Knall auf. Ich beschloss also auf dieser Welt zu bleiben. Ich wusste, dass nur die Liebe zu meinen Geschwistern, besonders zu Vanessa, mich rettete. Wenn ich ein Einzelkind gewesen wäre, hätte es nichts gegeben was mich hier gehalten hätte. Da ich hier aber nicht mehr leben konnte und wollte, beschloss ich einfach abzuhauen. Das schien mir die einzig lebbare Möglichkeit. Ich wusste noch nicht wohin, Hauptsache weg von hier. Am liebsten hätte ich Vanessa mitgenommen aber das ging nicht. Vanessa brauchte Stabilität und ein zuhause. Ich wollte erstmal weg und dann sehen, dass auch sie hier herausgeholt wurde. Sollte ich die Polizei verständigen? Das Jugendamt? Oder Michael? Ich wusste es jetzt noch nicht genau. Ich wollte mir darüber Gedanken machen, wenn auch ich mich in Sicherheit befand. Ich nahm nichts mit außer meinem Teddy. Was natürlich dumm und unüberlegt war, aber damals dachte ich nicht darüber nach. Ich hoffte einfach nur ein neues Leben anfangen zu können, fernab von all den negativen Ereignissen die mein Leben bestimmten. Ich kroch förmlich die Treppe hinunter um ja nicht gehört zu werden. Ich hatte selbst zu atmen Angst. Vielleicht hätte das jemand mitbekommen? Ich schloss die Haustür und spürte mich irgendwie wie von einer Last befreit. Ich ging die einsame dunkle Straße entlang die ins nirgendwo zu führen schien. Es war so gespenstisch still und kalt. Ich fürchtete mich schon etwas, zwang mich aber zum weitergehen. Ich hatte überhaupt keinen Plan wohin ich nun gehen sollte. Ich wollte erstmal so weit laufen wie mich meine Füße tragen konnten. Ein komisches Gefühl nicht zu wissen wo man hin sollte oder man gehörte. Unzählige Gedanken schossen mir wieder durch den Kopf. Auch eine leise Stimme die mir sagte, dass mein Handeln falsch war. Aber ich versuchte diese Stimme zu ignorieren. Es gab kein zurück. Ich hatte jegliches Zeitgefühl verloren und wusste nicht wie lange ich schon unterwegs war. Alles was ich wusste war, dass es noch dunkle Nacht war. Der kühle Wind ließ mich frösteln und langsam wurden meine Augen schwer aber ich musste weiter. Schlafen konnte ich später immer noch genug. Ich lief nun eine verlassene Landstraße entlang die wer weiß wohin führte. Ich ahnte aber, hatte ich diese Straße erstmal hinter mir gelassen war ich endlich frei! Wie aus dem nichts tauchte auf einmal ein Auto neben mir auf. Ich erschrak mich fast zu Tode. Als ich zur Seite blickte erkannte ich es sofort. Ein Polizeiauto! Was sollte ich jetzt nur tun? Ich wusste das weglaufen nichts brachte. Die nackte Panik stieg in mir hoch. Ich erlebte das folgende alles nur wie durch einen Schleier. Wie sie mich mit aufs Polizeirevier nahmen und dort mit viel Geduld auf mich einredeten damit ich ihnen meinen Namen und Adresse verriet. Ich hatte so schreckliche Angst zurück zu müssen. Aber es gab keine Alternative. Wenn Mama und Bernd mein verschwinden bemerkten hätten sie eh die Polizei benachrichtigt. Ich gab also meinen Namen und Anschrift preis. Die beiden Polizisten atmeten erleichtert auf und fuhren mich dann höchstpersönlich zurück in mein Gefängnis. Warum brachte ich damals nicht den Mut auf zu gestehen warum ich abhauen wollte? Ich hatte diese innere Stärke noch nicht erreicht. Ich spürte nur Angst in mir. Ich stellte mir die bange Frage wie Mama und Bernd wohl reagierten. Was sollte ich ihnen sagen? Wie erklären? Viel Zeit zum Grübeln blieb mir aber nicht. Die Fahrt ging viel zu schnell vorbei. Ich stieg aus und stand wieder vor meiner Hölle. Ein merkwürdiges Gefühl stieg in mir hoch. Meine Angst wurde immer größer. Am liebsten hätte ich mich losgerissen und wäre abgehauen aber ich wusste, dass ich keine Chance hatte. Meine Füße schienen mit Blei gefüllt zu sein. Nur widerwillig setzten sie sich in Bewegung. Jeder Schritt schmerzte und ich glaubte zu ersticken. Ich rang nach Luft doch die beiden Beamten schienen nichts zu bemerken. Einer der beiden klopfte an unsere Tür doch ich vernahm nur ein dumpfes Pochen. Es schien mir, als ob gleich der Folterknecht die Tür zu meinem Verließ öffnete. Stimmte das nicht eigentlich auch? Ich verspürte ein stechen in der Brust und warf den beiden verzweifelte und Hilfesuchende Blicke zu – ohne Erfolg. Dann öffnete sich langsam die Wohnungstür und Bernd stand total schlaftrunken im Bademantel an der Tür. Zuerst fluchte er etwas von nächtlicher Ruhestörung bis er mich sah. Augenblicklich schien er hellwach. Fragend, verwundert und zornig sah er mich an. Da ich ihn nicht anschauen konnte und wollte senkte ich meinen Blick. Die Polizisten klärten Bernd auf das sie mich auf der Landstraße aufgelesen hatten. Sie wunderten sich halt was so ein junges Mädchen mitten in der Nacht alleine unterwegs machte. Sie hätten mich mit aufs Revier genommen wo ich ihnen nach einigem Zögern endlich meine Adresse mitteilte. Bernd starrte entsetzt von den Polizisten zu mir. Ich wusste, dass seine Wut mit jedem weiteren Wort wuchs. Er packte mich am Arm und bedankte sich noch kurz bei den Polizisten für ihre Hilfe. Im gehen meinten sie noch er sollte nicht so streng zu mir sein. Dann wurde die Haustür geschlossen und ich sollte ihm wieder hilflos ausgeliefert sein. Total ängstlich und zitternd stand ich ihm nun gegenüber. Dann rastete Bernd aus und schrie mich an was mir einfiele und für wen ich mich hielt und anderes dummes Zeug. Ich stellte mich jedoch taub und bekam nicht mehr mit was er mir sonst noch an den Kopf knallte. Durch sein Gebrüll wurde schließlich die gesamte Familie geweckt. Sebastian, Martin und Vanessa standen oben an der Treppe und beobachteten besorgt die Szene die sich gerade unten abspielte. Mama die inzwischen auch alles erfahren hatte brüllte ebenfalls herum. Sie warf mir vor nur an mich selbst zu denken und ich sei völlig verzogen. Ihre einzige Sorge aber galt, was die Nachbarn denken mochten wenn sie das Polizeiauto gesehen hatten. Diese Nummer kannte ich ja schon. Die Meinung der anderen war ja stets das wichtigste. Ich sagte zu alldem überhaupt nichts. Ich musste es innerlich auch erst einmal verarbeiten das ich mich nun wieder hier befand. Doch mein Schweigen und scheinbare Gleichgültigkeit machten Bernd nur noch wütender. Er knallte mir eine. Doch auch das erzeugte keine weitere Reaktion bei mir. Dann schlug er wieder und wieder zu und brüllte mich dabei an. Dann packte er mich an den Haaren und schleifte mich so die Treppe herauf. In meinem Zimmer schlug er dann wie besessen auf mich ein. Er schubste mich zu Boden und trat mir in den Magen. Ich hatte keine Chance seine Schläge abzuwehren. Im Flur hörte ich meine kleine Schwester weinen, die immer wieder verzweifelt meinen Namen rief. Was musste das für ein Schock für sie gewesen sein solche Brutalität hautnah zu erleben. Ich musste urplötzlich an Papa denken wenn er mich schlug. Doch das hier erlebte ich völlig anders. Ich glaubte wirklich er wollte mich umbringen da er gar nicht mehr von mir abließ. Irgendwann wurde ich schwächer und schwächer und verlor schließlich das Bewusstsein. Als ich am nächsten Tag irgendwann wieder erwachte spürte ich überall nur einen stechenden Schmerz. Mein Körper schien nur noch aus Schmerzen zu bestehen. Jede Bewegung und jeder Atemzug taten mir unsagbar weh. In meinem Kopf schien sich alles zu drehen. Mir war schwindelig und fühlte mich als ob jemand mit einem Hammer auf meinen Kopf eingeschlagen hatte. Als ich mich aufsetzten wollte, fiel ich zurück in die Kissen, da ich völlig geschwächt war. Den Rest des Tages verschlief ich erneut. Am nächsten Tag saß Vanessa an meinem Bett und streichelte vorsichtig meinen Handrücken. Das zauberte ein Lächeln auf mein Gesicht und ich drückte schwach ihre kleine Hand. Ihre Kinderaugen fingen in diesem Augenblick zu strahlen an und ich wusste wir verstanden uns auch ohne Worte. Als die Tür aufging zuckte Vanessa panisch zusammen. Bernd stand mit einem mir völlig fremden Mann im Raum. Meine Schwester verließ fluchtartig das Zimmer. Dann stellte sich heraus, dass dieser Mensch ein befreundeter Arzt von Bernd war. Er hatte ihn angerufen damit er mal nach mir sah. Er konnte ja nicht mit mir ins Krankenhaus oder zu meinem Hausarzt. Das hätte eine Menge Fragen gegeben die er nicht beantworten konnte ohne sein Gesicht dabei zu verlieren. Viel sprechen konnte ich auch nicht, da mein Kehlkopf wie zugeschnürt wirkte. Er diagnostizierte eine leichte Gehirnerschütterung, Quetschungen, Prellungen und jede Menge Blutergüsse. Der Arzt riet aber mich vorsichtshalber in ein Krankenhaus zu bringen, wogegen Bernd aufs heftigste protestierte. Sein Freund zuckte daraufhin nur mit den Achseln und verschwand wieder. Schließlich wurde ich wieder alleine gelassen. Meine Geschwister durften mich an diesem Tag auch nicht mehr besuchen. Sie mussten jedes Mal um Erlaubnis fragen ob sie zu mir durften. Man wollte mir Zeit geben darüber nachzudenken was ich getan hatte wie Bernd sagte. Worüber sollte ich nachdenken? Ich hatte nichts falsch gemacht. Der einzige der über sein Verhalten nachdenken sollte war mein so genannter Stiefvater. Mama rechtfertigte aber noch seinen Ausraster und hielt weiter unbeirrt zu ihm. Keiner fragte mich mal warum ich überhaupt abhauen wollte. Nicht mal meine Brüder fragten danach. Als ich mich mühsam aus dem Bett aufrappeln konnte sah ich mit entsetzten mein Gesicht im Spiegel. Mein Körper war übersät mit blauen Flecken und mein Gesicht aufgequollen wie bei einem Boxer. Völlig gerötet mit aufgeplatzter Lippe. Ich sah wie ein aufgegangener Hefeteig aus. Bei diesem Anblick fing ich an zu weinen und verkroch mich wieder in mein Bett. Ich vermied in den nächsten Tagen in den Spiegel zu sehen. Wenigstens musste ich zwei Woche nicht zur Schule. So durfte mich schließlich keiner sehen. Das empfand ich als Glück, so konnte mich wenigstens keiner fertig machen. Dafür wurde ich in meinem Zimmer eingesperrt. Bernd schloss jeden Abend mein Zimmer zu damit ich nicht noch mal auf dumme Gedanken kam. Jeden Morgen musste ich darauf warten, dass er auch wieder aufschloss. Die Angst, dass er es einmal nicht mehr tat blieb. Die Tage wollten nicht so recht vergehen. Stunden wurden zur Ewigkeit. Ich langweilte mich schrecklich. Meine Geschwister durften mich nach vorheriger Absprache nicht länger als täglich dreißig Minuten besuchen. Wenn Bernd ins Zimmer platzte und sie raus warf fügten sie sich ohne zu murren. Vermutlich weil nun jeder wusste wozu er fähig sein konnte. In der Zeit wo ich verletzt im Bett lag, hatte ich auch Ruhe vor seinen Übergriffen. Als ich dann zwei Wochen später wieder mein gewohntes Leben aufnehmen sollte bekam ich Panik und musste mich wieder übergeben. Diese panische Angst vor dem täglichen Gang zur Schule verfolgte mich ständig und der Gedanke was dann wieder nachts mit mir geschah. Natürlich wurden meine Erwartungen noch übertroffen. Als ich zum ersten Mal nach dieser Zeit wieder das Schulgebäude betrat kam ich mir vollkommen verloren, leer und einsam vor. Ich fühlte mich als ob ich an einem mir völlig fremden Ort befand. Etliche Schüler strömten und drängten an mir vorbei. Alle schienen es eilig zu haben – alle außer mir. Ich ging diesen dunklen kalten Korridor entlang und begab mich Richtung Klassenzimmer. Bevor ich es betrat holte ich noch einmal tief Luft. Mit zögernden Schritten ging ich hinein. Alle Blicke ruhten nun auf mich. Einige sahen mich nur stumm an während andere zu tuscheln begannen. Ich wurde gefragt was ich denn hier wollte. Keiner hatte mehr damit gerechnet mich noch mal sehen zu müssen. Natürlich tat ich wieder so als ob ich ihre Kommentare nicht hörte und hoffte inständig, dass ich durch dieses ignorieren endlich mal meine Ruhe bekam. Dies sollte aber nie der Fall werden. Erst sehr viel später begriff ich, dass egal was ich auch versuchte, sie hätten nie von mir abgelassen. Sie hatten sich nun mal auf mich eingeschossen. Wenn man Mobbingopfer wurde sollte man nicht darüber schweigen. Damit spielte man solchen Leuten nur in die Hand. Man tat denen einen Gefallen, sich selber aber nicht. Was ich auch erst später lernte war, dass die wahren Probleme diese Leute hatten. Wer nur in der Gruppe stark war und andere dann fertig machte konnte man nur als erbärmlich bezeichnen.

Der erste Schultag wurde also wieder zur Qual. Ich hätte mich lieber wieder in mein Bett verkrochen. Diese ständigen Sticheleien und Sprüche ertrug ich kaum. Nach Schulschluss rannte ich förmlich nach Hause. Ich wollte nur weg. Doch auch hier durfte ich mir blöde Bemerkungen anhören. Doch je später es wurde, desto mehr fürchtete ich mich vor der Nacht.... Abends lag ich im Bett und konnte einfach nicht schlafen, als ich plötzlich Schritte hörte. Mir wurde ganz schlecht und ich zitterte wie Espenlaub. Doch zu meiner Erleichterung gingen die Schritte an meiner Tür vorbei. Es konnte sich nur um einen meiner Brüder gehandelt haben. Noch total verschreckt, schlief ich dann irgendwann doch noch vor lauter Müdigkeit ein. Doch mitten in der Nacht schreckte ich plötzlich hoch, als ich mitbekam das Bernd an mir herumgrapschte. Ich wollte ihn wegstoßen doch wieder war er stärker und meine Qual ging weiter. Er meinte noch, dass er jetzt solange warten musste und ich sollte doch nett zum kleinen Bernd sein. Ich fing zu weinen an, doch das kümmerte ihn nicht. Als er sich wieder anzog und ging fühlte ich wieder diesen Ekel in mir aufsteigen und dieses Gefühl der Machtlosigkeit. Ich wusste, wenn nicht bald etwas geschah ging ich hier kaputt. Ich schwor mir, dass ich hier irgendwann raus kam. Diesmal wollte ich die ganze Sache auch dann richtig angehen. Nur für diesen Tag lebte ich. Nur für diesen Tag konnte ich das alles über mich ergehen lassen.....

Februar 98: Als ich zum ersten Mal meine Periode bekam und Bernd das mitbekam wurde er wütend und schlug mir ins Gesicht. Er ekelte sich davor und in diesen Tagen hatte ich meine Ruhe. Jeden Monat wartete ich voller Ungeduld darauf und log dann immer das sie ein oder zwei Tage länger andauerten. Eine kurze Schonfrist für mich. Das sollten die besten Tage im Monat werden. Er rührte mich dann nicht einmal an. Das genoss ich sehr, auch wenn es viel zu schnell wieder vorbei war damit. Danach wurde er wieder sehr brutal und verging sich wieder an mir. Ich hatte keine Kraft mehr mich zu wehren. Ich fühlte mich nur noch wie ein Stück Fleisch. Immer öfter glaubte ich, dass mein Geist und meine Seele aus meinem Körper wichen wenn ich missbraucht wurde. Es war als ob ich von oben sehen konnte was da mit mir geschah. Meine Seele ging quasi auf Wanderschaft um sich diese Qualen nicht antun zu müssen.

Egal wo ich mich befand überall fügte man mir Schmerzen zu. Ich fragte mich oft warum es mich traf. Was hatte ich getan das ich so bestraft wurde? Ich hätte gerne alles laut aus mir herausgeschrieen aber ich tat es nicht. Einmal kam mir der Gedanke Bernd einfach umzubringen. Er sollte nur einmal so Leiden wie er mich leiden ließ. Er sollte Angst spüren und Schmerzen. Das Gefühl das er mal der Untergebene war. Doch diesen Gedanken verwarf ich schnell wieder. Das war er nicht wert das ich wegen ihm kriminell wurde. Ich wollte mich nicht mit ihm auf einer Stufe stellen.

April 98: Heute bekamen wir in der Schule Besuch von einer Frau irgendeiner Sozialen Einrichtung. Worüber sie mit uns sprach verschlug mir echt die Sprache. Das Thema lautete: Sexueller Missbrauch! Frau Busch-Peters (so ihr Name) klärte uns auf, dass Missbrauch viel öfter geschah als man annahm. Die Zahl der Verbrechen auch innerhalb der eigenen Familie wuchs stetig. Ich fühlte mich bei dem was sie sagte völlig unwohl und rutschte unruhig auf meinen Stuhl hin und her. Ich befürchtete, dass diese Frau es mir vielleicht ansah, dass was sie da erzählte schon seit Jahren mit mir geschah. Mit Schrecken vernahm ich auch das meine lieben Mitschüler dieses Thema überhaupt nicht zu interessieren schien. Sie bekritzelten lieber ihre Tische und tauschten den neusten Klatsch aus der Bravo aus. Diese Gleichgültigkeit machte mich richtig wütend. Am liebsten hätte ich sie angeschrieen was sie doch für egoistische nichtsnutzige dumme Personen waren und überhaupt nicht verstanden wie ernst dieses Thema war. Doch wie immer schwieg ich. Wir bekamen alle noch eine Broschüre zu diesem Thema mit Telefonnummern wo man sich hinwenden konnte wenn man betroffen war. Eindringlich sagte sie noch bevor sie ging, dass man niemals darüber schweigen sollte. Das einzige was man tun konnte um diesen Teufelskreis zu durchbrechen war darüber zu reden. Ich bildete mir eine Sekunde ein, dass Frau Busch-Peters mich bei diesen Worten direkt ansah und mich aufmunternd anlächelte. Bildete ich mir das tatsächlich nur ein oder tat sie es wirklich? Das alles wühlte mich sehr auf. Ich beschloss aber die Broschüre zu behalten und versteckte sie so, dass sie keiner fand. Manchmal spielte ich mit den Gedanken eine Nummer anzurufen und um Rat zu bitten doch im letzten Moment überlegte ich es mir immer anders....

Ende 98: Ein lautstarker Streit wurde im Wohnzimmer ausgetragen, wobei auch einiges an Glas zu Bruch ging. Vorsichtig schlich ich die Treppe hinunter um zu erfahren was dort vor sich ging. Ich bekam gerade noch mit wie Sebastian und Martin zu Bernd meinten, dass sie ja auch zu Michael ziehen konnten. Ich fühlte mich wie vor den Kopf geschlagen. Sollte das etwa heißen, dass auch sie mich alleine lassen wollten? Ich fühlte mich von der ganzen Welt verraten und im Stich gelassen. Bernd flippte daraufhin aus. Er packte meine Brüder und schmiss sie hinaus. Bevor er die Tür zuschlug brüllte er ihnen hinterher, dass sie sich hier nie wieder her verlaufen sollten. Ich rannte weinend auf mein Zimmer und konnte mich kaum beruhigen. Die Vorstellung gerade noch zwei Brüder zum spielen und reden gehabt zu haben die ich nun vielleicht nicht wieder sah, konnte ich nicht ertragen. Jetzt blieb mir nur noch Vanessa. Ich spürte wie mein Herz immer leerer wurde. Im Haus wurde es gespenstisch still. Die zwei weiteren leeren Stühle beim Essen zu sehen, versetzte mir jedes Mal einen Stich. Ich musste mit ihnen reden. Ich wollte versuchen ihr Verhalten zu verstehen. Am nächsten Morgen schwänzte ich die Schule und lief zu Michael. Ich wusste nicht wo sie sonst sein konnten. Sonderlich überrascht schien mein Bruder nicht zu sein mich zu sehen. Vermutlich hatte er mit meinem Besuch gerechnet. Sebastian und Martin erklärten mir, dass es für sie zuhause immer unerträglicher wurde. Dieser ständige Druck, dass Geschreie, dieses hinterher spionieren und die Schläge. Sie wollten nur weg. Als sie dann das Thema anschnitten, dass sie mit dem Gedanken spielten auszuziehen verlor Bernd, wie so oft, die Beherrschung. Deswegen wollten sie bei Michael bleiben, zumindest vorübergehend. Als sie meine Traurigkeit sahen versprach mir Michael, dass wir alle irgendwann wieder zusammenleben würden. Ich sollte nur noch etwas Geduld haben. Geduld? Die hatte ich nicht. Die Zeit schien in diesem Haus still zu stehen. Doch wenn ich mich ganz unten befand rief ich mir wieder die Worte meines Bruders ins Gedächtnis. An diesen Strohhalm klammerte ich mich wie eine Ertrinkende. Ich schwor mir aber niemals ohne meine Schwester zu gehen. Ich konnte und wollte sie dort nicht alleine zurück lassen. In diesen Tagen wuchs der Hass auf meine Mutter immer mehr. Ihr schien es völlig egal zu sein das ihr Gatte ein Kind nach dem anderen aus dem Haus trieb. Wir waren ihr alle egal, Hauptsache sie hatte ihren Bernd. Mehr zählte für sie nicht. Meine Brüder und ich beschlossen aber in Kontakt zu bleiben. Das gestaltete sich jedoch schwieriger als erwartet. Bernd verbot mir rigoros den Umgang mit ihnen und versuchte mich durch Schläge gefügig zu machen. Ich aber wollte mir das nicht verbieten lassen. So blieb uns nichts anderes übrig als uns heimlich zu treffen. Dadurch sah ich die drei nicht so oft, da ich kaum das Haus verlassen durfte. Die wenigen kurzen Momente genoss ich dagegen umso mehr.

Juli 99: Es war ein warmer Sommertag den man einfach zu einem Spaziergang ausnutzten musste. Hauptsache raus aus diesem Haus. Ich wollte wenigstens einige Stunden meiner Ferien genießen können. Noch ahnte ich nicht, dass dieser Tag eine entscheidende Wendung in meinem Leben bringen sollte....
Als ich nach einigen Stunden wieder seufzend die Wohnungstür aufschloss, sah ich als erstes das Mamas Wohnungsschlüssel fehlte. Der erste Gedanke der mir da durch den Kopf schoss war, dass sie wohl wieder Geld ausgeben musste. Ich vermutete alleine im Haus zu sein, bis ich plötzlich Vanessas ängstliche Stimme hörte die immer wieder, Nein rief. Ein ungutes Gefühl stieg in mir hoch. Wie von selbst ging ich die Treppe nach oben und fragte mich ängstlich, ob Bernd die ganze Zeit über mit Vanessa hier alleine gewesen war. Meine Schritte beschleunigten sich. Ich sah wieder all die unzähligen Bilder vor mir, was er mir seit Jahren antat. Ich spürte wieder diesen Ekel und sein Geruch stieg mir erneut in die Nase. Ich hatte Angst, dass er Vanessa das gleiche antat wie mir. Warum kam mir dieser Gedanke nicht schon früher? Vielleicht wollte ich an so etwas gar nicht denken oder verdrängte jeglichen Gedanken daran. Oben angekommen vernahm ich Stimmen aus dem Badezimmer. Was ich dort dann erblicken musste, verschlug mir die Sprache....
Da stand Bernd nur noch in Boxershorts bekleidet neben Vanessa die er, bis auf die Unterwäsche, ausgezogen hatte. Dem Gespräch zufolge, vernahm ich das Bernd mit meiner Schwester in die Badewanne wollte, sie sich aber weinend dagegen sträubte. Er meinte daraufhin zu ihr, dass er nur ein bisschen Spaß mit ihr haben wollte und sie sollte nett sein zum kleinen Bernd. Ich konnte nicht glauben, was ich da hörte. Genau das gleiche hatte er mal zu mir gesagt. Ich sah noch wie er sich nun Vanessa nähern wollte um sie mit seinen schmierigen Händen zu betatschen. In mir explodierte etwas. Meine ganze Angst, die ich zeit meines Lebens verspürt hatte, schien wie weggeblasen. Sie wich einer ungeheuren Wut und Stärke die ich bisher so nicht an mir kannte. Ohne lange darüber nachzudenken und zu realisieren was ich hier eigentlich tat riss ich die Badezimmertür auf. Bernd blickte überrascht und geschockt zur Tür während Vanessa sich weinend in meine Arme flüchtete. Er sah mich ziemlich wütend an, da ich seine Pläne durchkreuzt hatte. Noch vor wenigen Tagen wäre ich bei seinem Anblick ängstlich zurückgewichen, doch nun funkelte auch ich ihn böse an. Ich senkte nicht wie so oft beschämt den Blick sondern behielt ihn die ganze Zeit im Auge. Bevor er nun was sagen konnte schrie ich ihn an, er sollte es nie wieder wagen Vanessa anzufassen. Ich schnappte mir ihre Hand und lief so schnell ich konnte mit ihr in Martins früherem Zimmer und verschloss die Tür. In mein Zimmer konnten wir nicht ausweichen, da ich keinen Schlüssel hierfür besaß. Vor der Tür schrie und tobte Bernd. Er schlug mit den Fäusten gegen die Tür und sprach irgendwelche Drohungen aus, die uns erwarteten wenn wir nicht öffneten. Doch dieses Mal ließ ich mich davon nicht einschüchtern, sondern versuchte meine verzweifelte kleine Schwester zu trösten. Ich zog ihr erst einmal etwas von Martin an damit sie sich nicht so schutzlos und ausgeliefert so halb nackt vorkam. Dann nahm ich sie in die Arme und hielt sie ganz fest. Jetzt erst begriff ich langsam was ich gerade eigentlich getan hatte. Ich hatte zum ersten Mal in meinem Leben ohne darüber nachzudenken einfach gehandelt. Ich hatte den Mut bewiesen endlich den Mund aufzumachen. Warum hatte ich das alles nicht schon eher getan? Ich wusste nun, dass die Zeit gekommen war

wo ich Mama alles beichten musste was sei Jahren mit mir geschah. Schon alleine wegen Vanessa musste ich diesen Weg gehen. Trotzdem fürchtete ich mich vor dem Moment wenn sie die ganze Wahrheit über ihren Mann erfuhr. Ich beschloss in diesem Zimmer zu warten bis sie heim kam. Es wurden endlose Minuten die nicht zu vergehen schienen. Als einzigen Trost empfand ich im Moment, dass sich meine Kleine wieder beruhigt hatte. Als ich dann endlich hörte wie die Haustür aufgeschlossen wurde, fing mein Herz wie verrückt zu schlagen an und ich spürte ein flaues Gefühl in der Magengegend. Nun war es also so weit. Ich wusste, dass ich mit dem was ich gleich sagen wollte nicht nur mein, sondern auch das Leben unserer Mutter durcheinander wirbeln sollte. Ich aber hatte keine Wahl. Als Vanessa noch ein Baby war schwor ich mir sie zu beschützten und daran wollte ich mich halten. Die Wutausbrüche und Drohungen von Bernd machten mir keine Angst mehr. Die Liebe meiner kleinen Schwester hatte mich stark gemacht. Ich nahm ihre kleine Hand und gemeinsam gingen wir die Treppe hinunter zu Mama. Unten sah ich die beiden stehen. Mit jeder Stufe die ich hinunter stieg, sah ich noch mal was Bernd mir alles antat und was er mit Vanessa tun wollte. Je näher ich ihnen kam desto mehr Angst stieg nun doch in mir hoch. Diese Gefühle verdrängte ich jedoch sofort wieder. Er sollte nicht sehen wie es wirklich in mir aussah. Wenn ich eins in den vergangen Jahren lernte, war es mich zu verstellen. Ich stand nun ganz dicht vor ihnen und spürte diese unglaubliche Spannung in der Luft. Ein Sprichwort besagt: Wenn Blicke töten könnten. Wenn dem wirklich so wäre, hätte ich auf der Stelle tot umfallen müssen. Bernd sah mich so hasserfüllt an, dass ich glaubte er ginge gleich auf mich los um mir den Hals umzudrehen. Ich aber sah nicht weg sondern ihm direkt in die Augen. Nein, ich spürte diese Angst jetzt nicht mehr. Ich fragte mich nur ob er Mama schon irgendetwas erzählt hatte, weil sie mich so böse ansah. Doch bevor einer der beiden irgendetwas sagen konnte, ergriff ich die Initiative und dann brach die ganze Wahrheit einfach nur so aus mir heraus. Ich weiß nicht einmal mehr wie lange ich redete, ich spürte nur, dass es richtig war endlich einmal alles laut auszusprechen. Es befreite mich innerlich. Bernd ballte schon die Fäuste, sagte aber nichts. Als ich fertig mit meiner Erzählung war stiegen mir die Tränen in die Augen und ich musste weinen. Viel zu lange hatte ich alles erdulden und stillschweigend ertragen müssen. Ich sah in Mamas empörtes Gesicht. Ich glaubte für einen Moment sie würde Bernd aus dem Haus schmeißen und die Polizei rufen damit wir endlich wieder normal und ruhig miteinander leben konnten. Ihre Reaktion jedoch auf mein geschildertes konnte und kann ich ihr nie verzeihen. Sie kam auf mich zu, sah mir kurz in die Augen und schlug mir dann mitten ins Gesicht. Sie wurde hysterisch und schrie mich an das ich ein verlogenes Biest war und mir jedes Mittel recht schien um ihr Glück zu zerstören. Sie drehte sich um und meinte noch, dass ich für sie gestorben sei und sie mich nicht mehr als ihre Tochter sah. Sie wollte von mir nichts mehr hören und mich schon gar nicht mehr sehen. Fassungslos starrte ich ihr nach und konnte nicht glauben was sie eben zu mir sagte. Ich sah das schadenfrohe Gesicht von Bernd und schelmisch grinsend lief er meiner Mutter nach. Er spielte den zutiefst enttäuschten und verletzten Ehemann wirklich gut. Eine Oscarreife Vorführung. Ich wusste in meiner Verzweiflung nicht was ich tun sollte und rannte weinend auf mein Zimmer. Ich konnte nicht glauben, dass meine eigene Mutter mir vorwarf so etwas Schreckliches zu erfinden und als Krönung es ganzen mich noch schlug. Was mir widerfuhr war das schlimmste was ein Mensch überhaupt erleben konnte, aber auf Leute zu treffen die dich dann Lügner nannten war nur eine weitere Demütigung. In diesem Moment reifte der Plan in mir, dass nun der Zeitpunkt gekommen war um diesen Ort für immer zu verlassen. Ich konnte unmöglich noch länger mit meiner Mutter und Bernd unter einem Dach bleiben. Nur ein Gedanke ließ mich nicht los. Was sollte aus meiner kleinen Schwester werden? Ich wusste das ich sie nicht hier lassen konnte, Tat ich das würde ihr das gleiche widerfahren wie mir und das musste verhindert werden. Mir brach es fast das Herz, da ich nun irgendwo anders einen Neuanfang starten wollte - alleine und ohne meine Geschwister. Ich fragte mich ob und wann ich sie dann je wieder sah. Am liebsten hätte ich Vanessa mitgenommen doch was sie brauchte war ein richtiges Zuhause und ein geregeltes Leben. Ich musste sie zurücklassen. Dieses Opfer musste ich nun mal bringen. Ich grübelte lange darüber nach was ich nun tun konnte Dann beschloss ich meine Brüder einzuweihen. Sie sollten Vanessa hier herausholen und dafür sorgen, dass sie nie wieder in dieses Haus zurückzukehren brauchte. Ich schlich mich irgendwann hinunter zum Telefon und rief Michael an. Ohne ihn lange zu Wort kommen zu lassen redete ich ohne Punkt und Komma auf ihn ein. Ich beschwor ihn Vanessa hier rauszuholen. Keine Zeit für Erklärungen! Er sollte dann alles Genauere in meinem Brief erfahren. Mein Bruder, völlig überrumpelt, stimmte schließlich zu. Wir machten noch eine Uhrzeit aus und legten dann wieder auf. Wieder zurück auf meinem Zimmer begann ich mir den ganzen Kummer von der Seele zu schreiben. Ich schrieb vom Missbrauch, meinem Ekel, dieser unsagbaren Angst, von Bernd seinen Drohungen, was er Vanessa antun wollte und letztendlich Mamas Reaktion auf das ihr geschilderte. Ich schrieb und schrieb. Ich ließ kein noch so hässliches Detail aus. Ich schien das alles noch einmal durchleben zu müssen. Die eine oder andere Träne landete dabei auf meine Zeilen. Als ich das niedergeschriebene nochmals las, fühlte ich mich andererseits aber auch befreit. Einmal das loszuwerden was mich seid über drei Jahren innerlich aufzufressen drohte. Ich hatte so auch die Gewissheit, dass meine Brüder nicht an meinen Worten zweifelten wie meine Mutter. Das einzige das mir nun auf den Magen schlug war die Tatsache hier jetzt Fortzugehen. Ein Neues Leben, in einer neuen Stadt und komplett auf mich alleine gestellt. Es gab keine andere Alternative. Ich wollte nicht in irgendeinem Heim enden und dann vor völlig Fremden meine ganze Leidensgeschichte noch mal erzählen. Lieber wollte ich verschwinden. Die Angst, dass man mir auch diesmal nicht glaubte, war damals zu groß. Ich begann notdürftig ein paar Sachen in meinem Rucksack zu packen. Zwei Hosen, ein Pulli, zwei T-Shirts und Unterwäsche. Als ich mich dann nochmals so umschaute erblickte ich meinen Teddy der mich liebevoll anlächelte. Nein, ihn konnte und wollte ich nicht hier zurücklassen und stopfte auch ihn in meinen Rucksack. Jetzt musste ich nur noch warten bis meine kleine Süße hier herausgeholt wurde und dann konnte es losgehen. Bald schon sollte mein neues Leben beginnen. Je länger ich aber noch warten musste, desto unruhiger wurde ich. Ich fühlte mich als ob ein Knoten mein Magen zusammenzog. Obwohl ich wusste die richtige Entscheidung gefällt zu haben, fühlte ich mich schlecht. Dieser Schritt den ich nun wagte, sollte nicht nur mein Leben sondern auch das meiner Familie für immer verändern. Als es dann endlich klingelte, klopfte mein Herz wie verrückt. Ich konnte nicht glauben, dass mein Leid nach all den Jahren bald ein Ende haben sollte. Ich stürmte nach unten, weil ich unbedingt selbst die Tür öffnen wollte. Ich sah dann in das entsetzte und verblüffte Gesicht von Michael. Er verstand gar nichts mehr. Als er den Mund öffnete um etwas zu sagen drückte ich ihm wortlos den Brief in die Hand und nickte. Er schaute mich mehr als überrascht an, aber er schien zu verstehen. Er steckte den Brief weg und nickte mir ebenfalls zu. Als Vanessa sah wer zu Besuch kam war sie völlig aus dem Häuschen und flog unserem Bruder überglücklich in die Arme. Ich ließ sie dabei nicht aus den Augen und versuchte mir jeder ihrer Gesten und ihre Gesichtszüge einzuprägen. Glücklicherweise hatten Mama und Bernd nichts dagegen, dass Michael seine kleine Schwester mitnahm. Beiläufig erwähnte er noch, dass er, falls es zu spät werden sollte, Vanessa bei sich schlafen ließe und sie dann morgen früh zurück brachte. Nur wir beide wussten, dass dies nie geschehen sollte. Zufrieden lächelte ich. Das was wir ausgemacht hatten funktionierte wirklich. Als Bernd dem zustimmte fiel mir eine zentnerschwere Last vom Herzen. Ich wusste nun, dass alles gut werden sollte. Ich verweilte noch im Haus – aber nicht mehr lange! Ich umarmte Vanessa ein letztes Mal so fest wie ich konnte. Ich wollte sie gar nicht mehr loslassen. Ihre kleinen Arme umklammerten mich und dann drückte sie mir noch einen dicken Schmatzer auf die Wange. Ich hatte Mühe meine Tränen zurückzuhalten. Alles schien mir nun so endgültig. Als sie dann voller Stolz an der Hand unseres Bruders das Haus verließ, drehte sie sich ein letztes Mal um und winkte mir strahlend zu. Es brach mir fast das Herz sie ziehen zu lassen. Ich wusste, dass dies aber auch gleichzeitig ein Abschied von meinen Brüdern war. Ein Abschied für immer. In Gedanken sagte ich mir: Lebwohl Michael, Lebwohl Sebastian, Lebwohl Martin und Lebwohl Vanessa. Ich hoffe ihr werdet euer Glück finden. Ihr alle werdet immer fest in meinem Herzen verankert sein. Wie ferngesteuert ging ich dann auf mein Zimmer und dann konnte ich meine Tränen nicht länger zurückhalten. Ich konnte mir nicht vorstellen wie ich auch nur einen einzigen Tag ohne meine geliebten Geschwister verbringen sollte. Nie wieder mit ihnen reden oder lachen. Ein schwerer Schlag für mich. Ich wusste aber, dass es nun kein zurück mehr gab. Wenn Michael erstmal meinen Brief las dann ließ er es nie zu, dass Vanessa hierher zurückkehrte. Der Zeitpunkt zum verschwinden war nun gekommen. Der Countdown lief....

Spät in der Nacht schnappte ich dann meinen Rucksack und verschwand. Diesmal aber nicht zur Tür hinaus, nein ich war so verrückt und sprang aus dem Fenster. Ich wollte so einfach verhindern, dass mich jemand so aus dem Haus schleichen hörte. Der Sprung war dennoch schmerzhaft. Ich landete etwas unsanft und verdrehte mir mein rechtes Handgelenk. Ein heftiger Schmerz durchfuhr mich und am liebsten hätte ich laut aufgeschrieen. Ich biss mir aber auf die Zunge, schluckte den Schmerz hinunter und rannte so schnell ich konnte weg. Meine Flucht sollte nicht daran scheitern das ich mich verletzte. Die Verletzung schien mir nicht wichtig. Viel wichtiger für mich war, dass zum ersten Mal in meinem Leben ein Plan geklappt hatte. Ich war frei! Endlich! Ich lief durch sämtliche Straßen. Je weiter weg je besser. Doch ich erinnerte mich dann an meinen letzten Fluchtversuch und das mich später die Polizei aufgriff. Das durfte mir nun auf gar keinen Fall wieder passieren. Wenn ich nun ein Auto hörte versteckte ich mich nun in einen der Gärten die zu einem Haus gehörten. Ich wusste nicht wie lange ich nun schon unterwegs war. Es war finstere Nacht und man vernahm kaum ein Laut. Ich spürte nur, dass ich mich erschöpft, hungrig, müde und kalt fühlte. Meine Beine wollten mir nicht so recht gehorchen und auch meine Augen fielen mir vor Müdigkeit immer wieder zu. Auch wenn mein Körper sein Recht einfordern wollte durfte ich nicht nachgeben. Denn in meinem inneren wusste ich, dass dies meine letzte Chance sein sollte. Also zwang ich mich zum weitergehen. Als dann langsam die Sonne aufging, lief ich immer noch orientierungslos umher. Ich spürte aber, dass meine Kräfte sich dem Ende neigten. Sollte nicht bald ein Wunder geschehen kippte ich um und alles war umsonst. Ich beschloss nun per Anhalter zu fahren damit ich während der Fahrt wieder Kraft sammeln konnte. Dieses Vorhaben gestaltete sich jedoch schwieriger als erwartet. Jedes Auto fuhr achtlos an mir vorbei. Keiner würdigte mich auch nur eines Blickes. Wie konnten alle nur so egoistisch sein? Dachte denn jeder immer nur an sich? Gab es keinen der sah, dass ich Hilfe brauchte? Ich fragte mich in was für einer kalten Welt ich eigentlich lebte. Irgendwann setzte ich mich an den Straßenrand um kurz meine Füße zu schonen, die ich kaum noch spürte. Wie aus dem nichts tauchte plötzlich ein riesiger Transporter auf, hielt neben mir und die Beifahrertür öffnete sich. Ich konnte es nicht glauben das wirklich jemand anhielt der mich mitnehmen wollte. Mit letzter Kraft ging ich zur Tür und schaute hinein. Drinnen saß ein widerlicher Fettsack mit Bierbauch, schwarzem fettigen Haar und Dreitagebart. Bei seinem Anblick schüttelte sich schon alles in mir. Breit grinsend fragte er, ob er mich Täubchen nicht ein Stück mitnehmen dürfte. Entschlossen sagte ich nein und knallte die Tür wieder zu. Erstaunt sah er mir nach fuhr dann aber weiter. Auch wenn ich am Ende war, so konnte ich nicht mit diesem Typen fahren. Ich hatte bei ihm ein ungutes Gefühl. Ich wollte nicht mit dem erstbesten fahren. Man sollte sich sorgfältig aussuchen zu wem man in den Wagen stieg. Ich betete das sich bald jemand fand der mich mitnahm. Ich ging also weiter. Doch weit kam ich nicht. Ich hatte schrecklichen Hunger und eine staubtrockene Kehle. Ich fühlte mich als ob ich seit Tagen durch die Wüste irrte ohne einen Tropfen Wasser. Mir wurde schwarz vor Augen und ich musste mich erneut setzten. Ich bekam Atemnot und rang nach Luft. Ich durfte jetzt nicht schlapp machen. Ich hatte es doch schon soweit geschafft. Ich war am Ende und konnte nicht weiter. Ich brauchte eine Pause und dringend etwas Schlaf. Im gleichen Moment hielt vor mir ein LKW. Ich wollte diesmal erst gar nicht hingehen, da ich glaubte das es wieder nur so ein Typ war der mir an die Wäsche wollte. Ich beachtete ihn nicht weiter und hoffte er fuhr dann weiter – aber das tat er nicht. Dann kam ein Mann auf mich zu. Mitte dreißig, groß, schlank, dunkelbraunes Haar und grüne Augen. Besorgt fragte er mich ob ich Hilfe bräuchte und ob er etwas für mich tun könnte. Er machte einen vertrauenswürdigen Eindruck und die Besorgnis die ich in seinen Augen las wirkte nicht gespielt. Ich nickte und bat ihn mich ein Stück mitzunehmen. Er willigte sofort ein und half mir beim einsteigen. Als ich in dem LKW saß wusste ich, dass ich es geschafft hatte. Bernd würde mich nie finden. Der Mann stellte sich als Alexander vor, kurz Alex, und fragte mich wohin ich wollte. Schwach nannte ich meinen Namen und sagte, dass mir das Ziel egal sei, nur raus aus dieser Stadt. Alex nickte und fuhr los. Kaum setzten wir uns in Bewegung, schlief ich tief und fest ein. Ich weiß nicht wie lange ich schlief, doch mir kam es vor als ob ich tagelang nicht geschlafen hatte. Trotz der ganzen Aufregung im Vorfeld war es ein ruhiger Schlaf. Als ich nach einer für mich gefühlten Ewigkeit wieder erwachte, schreckte ich hoch. Im ersten Moment wusste ich nicht mehr wo ich mich befand. Ich hatte Angst, dass meine Flucht und alles andere nur ein Traum war. Als ich aber Alex neben mir sah, wurde mir wieder bewusst wo ich mich befand und es kein Traum sein sollte. Ich lehnte mich entspannt zurück und genoss diese Fahrt auf den Weg in meine Freiheit. Es schien mir immer noch alles so unwirklich. All der Schmerz und die Demütigungen lagen hinter mir. Zum ersten Mal seit langer Zeit konnte ich wieder lächeln. Ich stellte mir gerade das dumme Gesicht von Bernd und meiner Mutter vor, wenn sie mein Verschwinden bemerkten. Unweigerlich musste ich dabei aber auch an meine Brüder und Vanessa denken. Ich spürte eine große Traurigkeit und Leere in mir. Wie es ihnen wohl gerade ging? Wie hatte Michael auf meinen Brief reagiert? Ich musste ihn anrufen, sobald der Wagen mal hielt. Ich brauchte einfach Gewissheit wie alles nun weitergehen sollte. Als Alex bemerkte das ich aus meinem Schlaf erwachte lächelte er mich freundlich an und begann einen lebhafte Unterhaltung mit mir zu führen. Obwohl ich ihn sehr nett fand, hörte ich nur mit einem Ohr zu. Meine Gedanken schweiften ständig ab und ich hielt diese Ungewissheit kaum aus. Mir wurde nun aber auch bewusst wie hungrig und durstig ich noch immer war. Mein Magen fing laut zu knurren an was mir mehr als peinlich sein sollte. Ich glaubte, dass mein Kopf vor Scham feuerrot wurde. Alex ging aber glücklicherweise nicht darauf ein und reichte mir stumm seine Thermokanne. Als ich ihn fragend anblickte sagte er ich sollte mal ein Schluck Kaffe trinken was mir sicher gut täte. Mir stieg ein angenehmer Kaffeeduft entgegen. Obwohl ich, bis zu diesem Zeitpunkt, noch nie Kaffee getrunken hatte, trank ich die warme Flüssigkeit mit viel Genuss. Als mir dann auch noch ein belegtes Brot mit Schinkenwurst gereicht wurde fühlte ich mich wie im Paradies. Da ich ein riesiges Loch im Magen hatte, schlang ich das Brot etwas schneller hinunter als ich es eigentlich wollte. Ich fühlte mich nun gestärkt und es ging mir gleich viel besser. Alex musste wohl gespürt haben was in mir vorging und ich dankte ihm von ganzen Herzen. Er war damals mein Retter! Mein Schutzenge! Ich fragte mich oft was aus mir geworden wäre, hätte ich diesen zauberhaften Menschen nicht getroffen. Bis heute verspüre ich eine große Dankbarkeit wenn ich an ihn zurückdenke. Als wir dann irgendwann zum tanken hielten beschloss ich, mich endlich bei meinen Brüdern zu melden. Die Ungewissheit ließ mir keine Ruhe. Zum Glück hatte ich noch ein paar Groschen in der Tasche so, dass ich mir das Gespräch auch leisten konnte. Ich warf die Münzen in den Apparat, zögerte jedoch die Nummer zu wählen. Mir wurde ganz mulmig zumute obwohl ich doch wusste, dass mir nichts mehr geschehen konnte. Ich wählte Michaels Nummer und wartete. Es klingelte einmal, zweimal und beim dritten Mal hob er ab. Am anderen Ende hörte ich nur ein knappes Hallo. Es klang so gar nicht nach meinem Bruder. Seine Stimme hörte sich müde und traurig zugleich an. In der ersten Sekunde konnte ich nichts sagen. Ich atmete nochmals tief durch und gab mich schließlich zu erkennen. Als Michael meine Stimme hörte fing er an zu schluchzen und brach in Tränen aus. Dann sprudelte alles nur so aus Ihm heraus. Er hatte meinen Brief gelesen und entschuldigte sich tausendfach dafür, dass er nichts mitbekommen hatte was seiner kleinen Schwester seit Jahren widerfuhr. Er machte sich die größten Vorwürfe und obwohl ich selbst etwas Trost hätte brauchen können, tat ich alles um ihn zu trösten. Mit Tränen in den Augen versuchte ich so ruhig zu bleiben wie ich konnte und machte ihm begreiflich, dass er keine Schuld hatte und auch nichts hätte tun können. Er wollte wissen warum ich nicht zu ihm gekommen war so wie immer, doch ich erzählte ihm das ich aus Angst und auch aus Scham schwieg. Im nächsten Moment änderte sich der Tonfall in seiner Stimme. Es lag soviel Verachtung und Hass in ihr das es mich erschaudern ließ. Er stieß wüste Drohungen aus, dass er Bernd das Schwein am liebsten umbringen würde für das was er mir angetan hatte. Mama war für ihn ebenfalls gestorben, da sie mir nicht glaubte und weiter zu ihrem Mann hielt. Nein, mit dieser Frau wollte er nichts mehr zu tun haben. Er schwor mir auch, dass er es nie zuließe, dass Vanessa wieder dorthin zurückkehren musste. Als er diese Worte aussprach viel mir ein Stein vom Herzen. Das war genau das was ich hören wollte. Dann gab er kurz meiner kleinen Süßen den Hörer. Sie quietschte vor Vergnügen als sie meine Stimme hörte. Sie brabbelte ohne Punkt und Komma. Sie sagte, es gefiel ihr sehr gut bei ihren Brüdern. Sie hatte Schokoladenpudding gegessen und vorhin ein Bild für mich gemalt. Sie fragte mich wann ich denn nun wiederkäme und dabei krampfte sich mein Herz zusammen. Tränen rollten über meine Wangen und doch schaffte ich es nicht ihr die Wahrheit zusagen. Wie sollte sie das mit ihren jungen Jahren auch verstehen? Wie konnte ich das für sie plausibel machen, dass ich niemals wieder heimkehrte? Ich schluckte und log das wir und bald wieder sahen. Sie jubelte und sagte mir wie lieb sie mich hatte. Ihre Worte rührten mich sehr, und dennoch machte sie mir damit den Abschied nur noch schwerer. Michael trat wieder ans Telefon und beschwor mich sofort zu ihm zu kommen. Ich sollte bei ihm bleiben. Obwohl ich mir nichts mehr wünschte, wusste ich, dass dies keine Dauerlösung sein konnte. Entweder zwang man mich früher oder später zu Mama und Bernd zurückzugehen oder ich musste ins Heim. Beides wollte ich nicht. Ich brauchte Abstand zu allem. Ich konnte nicht frei atmen wenn ich wusste, dass Bernd immer in meiner Nähe sein könnte. Ich ertrug diesen Gedanken nicht. Darum suchte ich anderswo einen Neuanfang. All das sagte ich meinen Bruder, doch er versuchte alles um mich umzustimmen. Mein Entschluss stand aber unwiderruflich fest. Ich bat ihn noch auf Vanessa acht zu geben und er sollte nicht zulassen, dass sie zu einem Heimkind wurde. Das schien mir keine Umgebung zu sein wo meine Schwester aufwachsen sollte. Er versprach es. Er sollte noch die anderen grüßen und sagen, dass ich sie alle lieb hatte. Ich versprach mich wieder zu melden und hing ein. Meine Gedanken fuhren Achterbahn. Ich fühlte mich erleichtert, dass nun alles geklärt zu sein schien und andererseits fühlte ich mich einsamer denn je. Mir wurde immer mehr bewusst, dass ich meine Geschwister niemals mehr wieder sehen sollte. Alles in mir zog sich zusammen und doch ahnte ich, dass es keinen Weg mehr zurück für mich gab. Im LKW wartete bereits Alexander auf mich. Er lächelte mich aufmunternd an und unsere gemeinsame Fahrt ging weiter. Je weiter wir nun fuhren desto ruhiger wurde ich wieder. Ein Gefühl der Erleichterung machte sich in mir breit, da ich nun alles klären konnte was mir auf der Seele brannte. Jetzt erst konnte ich mich auf eine Unterhaltung mit meinem Retter einlassen und ihm auch zuhören. Er erzählte mir von seinem Job den er bereits seit acht Jahren ausübte und von seiner Familie. Er war verheiratet und hatte drei Kinder im Alter von drei, sieben und acht Jahren. Wenn er von ihnen sprach, lächelte er stets. Er deutete auf ein Foto, was im Wagen hing und ihn und seine Familie zeigte. Etwas wehmütig blickte ich auf diese Fotografie und hätte mir nichts mehr gewünscht als ein Teil dieser Familie zu sein. Man sah ihnen alle ihr Glück förmlich an. Nein, hier diese Familienidylle war echt und zum greifen nah. Ich stellte mir Alex gerade als Vater vor, wie er mit den Kleinen im Garten herumtollte und wie glücklich sie sicher darüber waren. Gab es etwas Schöneres als eine Familie zuhaben die stets füreinander da war? Ich verspürte eine Traurigkeit in mir, wie ungerecht das Leben doch sein konnte. Warum traf das Schicksal immer die falschen? Warum konnte ich nicht auch mal ein Stück vom Kuchen des Glücks abhaben? Aber diese Gedanken musste ich wieder verdrängen, denn das letzte was ich wollte war nun in Tränen auszubrechen. Niemand sollte sehen oder merken wie es gerade in mir aussah. Ich schüttelte all diese Gedanken ab und konzentrierte mich wieder auf das Gespräch. Wenn ich allerdings etwas gefragt wurde gab ich stets einsilbige Antworten oder log. Auch wenn ich diesen Mann sehr mochte konnte ich dennoch nicht die Wahrheit sagen. Ich hatte Angst wenn er erfuhr, dass ich von zuhause abgehauen war, dass er mich dann genau dorthin zurück brachte. Aber dann folgte die Frage vor der ich mich am meisten fürchtete. Er fragte wo ich herkam und warum ich aus dieser Stadt heraus wollte. Mein Herz schlug mir bis zum Hals und ich fühlte mich ertappt. Was sollte ich nun sagen? Panik machte sich in mir breit und ich spürte wie sich die ersten Schweißperlen auf meiner Stirn bildeten. Meine Hände wurden feucht und nervös knetete ich sie hin und her. Ich führte einen inneren Kampf mit mir, weil ich nicht wusste was ich auf diese Frage erwidern sollte. Er verdiente es nicht angelogen zu werden aber um mich selbst zu schützen gab es da leider keine andere Wahl. Diesen Preis für den Weg in die Freiheit musste ich zahlen. Ich holte nochmals tief Luft, doch bevor ich zu meiner großen Erklärung kam, fiel mir Alex ins Wort und meinte ich wollte bestimmt jemanden besuchen, hätte aber kein Reisegeld gehabt. Vollkommen erstaunt sah ich zu ihm herüber. Nach total verwirrt von seinen Worten, bejahte ich aber seine Frage schnell bevor er noch weiter bohrte. Doch ich schämte mich dabei und senkte meinen Blick. Die Reaktion von ihm war nur ein knappes das er sich so etwas schon gedacht hatte. Ich fühlte mich richtig mies. Natürlich war ihm längst klar, dass ich ihn angelogen hatte. Zu meinem Glück ging er nicht weiter auf dieses Thema ein. Mein schlechtes Gewissen wuchs stetig. So ein aufrichtiger und hilfsbereiter Mensch hatte es nicht verdient so angelogen zu werden und ich hoffte in meinem inneren er würde mir meine Lügen verzeihen. Eine ganze zeitlang fuhren wir dann schweigend weiter. Ich traute mich nicht ihn anzusehen sondern blickte die meiste Zeit aus dem Fenster. Nur manchmal sah ich mit gesenktem Kopf zu ihm hinüber und fragte mich was nun wohl in seinem Kopf vorging. Ich versuchte aber diese Gedanken loszuwerden, weil ich mich damit nicht auch noch belasten durfte. Ich nahm mir vor, mich abzulenken und fragte mich dann wo ich mich überhaupt befand. Wir fuhren schon so lange und diese Reise schien kein Ende zu nehmen. Alles wirkte irgendwie fremd und doch sah alles gleich aus. Ich sah nur die endlose Autobahn vor mir. Sie war voll gestopft mit kleinen und großen Autos. Rot, Grün, Schwarz, Blau alle Farben schienen vertreten zu sein. Mir wurde bewusst, dass alle ein Ziel vor sich hatten außer mir. Ich fand es irgendwie schon merkwürdig wenn man sich auf eine Reise begab und nicht wusste, wo diese letztendlich endete. Ein kleines Angstgefühl machte sich in mir breit und dennoch fand ich das alles sehr aufregend. So etwas hatte ich noch nie zuvor erlebt. Meine Furcht verflüchtigte sich schnell und die Neugier auf das Unbekannte siegte. Bisher hatte jeder bestimmt, was ich zu tun und zu lassen hatte. Nie durfte ich meinen eigenen Kopf durchsetzten. Diese Zeiten sollten nun endgültig vorbei sein. Von nun an war ich mein eigener Herr! Und daran sollte sich auch nichts mehr ändern. Ich hatte während der gesamten Fahrt jegliches Zeitgefühl verloren. Ich wusste weder wie spät wir hatten, noch wie lange wir uns schon unterwegs befanden. Nach kurzer Zeit verringerte sich die Geschwindigkeit des LKWs und wir fuhren auf einen Parkplatz. Mit ernster Miene sah mich Alex an und meinte, dass für ihn hier Endstation war. Weiter als Berlin fuhr er nicht. Er musste nun zu einer Spedition und seine Ware abliefern und anschließend wieder zurück. Ich konnte es kaum fassen, dass ich mich in Berlin befand. Diese große imposante Metropole, die ich bisher nur von Bildern kannte, durfte ich nun hier hautnah sehen und erleben. Ich beschloss zuerst einen Rundgang zu machen und alles erst einmal auf mich wirken zu lassen. Ich war so gespannt und zugleich nervös endlich mal etwas anderes zu sehen als meine Heimatstadt Bochum. Ich vergaß aber nicht mich bei meinem Retter zu bedanken und gab ihm lächelnd die Hand. Er hielt sie fest, räusperte dann und sagte er könnte mich auch gerne wieder mit zurück nehmen. Ich fand das sehr rührend, doch energisch schüttelte ich den Kopf und teilte ihm mit das ich hier blieb. Ich konnte und wollte nicht wieder zurück. Hier, so glaubte ich sei ich am richtigen Platz. Alex zuckte daraufhin nur mit den Schultern, sah aber irgendwie traurig dabei aus. Er wünschte mir noch weiterhin alles Gute und fuhr dann wieder los. Ich winkte ihm noch hinterher, bis ich ihn nicht mehr sah. Innerlich nahm ich nun Abschied von ihm. Machs gut Alex! Ich danke dir für deine Güte und Hilfsbereitschaft. Ich hatte mich sicher bei ihm gefühlt und er stand mir näher als andere Menschen, die ich schon mein ganzes Leben kannte. Er fehlte mir jetzt schon. Es war komisch ihn plötzlich nicht mehr zu sehen oder seine Stimme zu hören. Ich verdankte diesem Mann so unendlich viel. Ich wusste, dass ich es ohne ihn nie geschafft hätte. Noch heute frage ich mich wie es ihm und seiner Familie geht und wo er sich nun befand.

Ich atmete zuerst mal tief ein und wusste dies hier war die Freiheit. Ich schaute mich anfangs etwas orientierungslos um, aber dann marschierte ich einfach los. Ich folgte einfach den anderen Menschen. Ich glaubte wenn so viele Menschen in diese Richtung liefen konnte es nicht falsch sein. Ich war perplex und beeindruckt von dieser Stadt. Ungläubig sah ich mir alles an und versuchte alles auf mich wirken zu lassen. Ich nahm mir vor, mir jedes noch so kleine Detail einzuprägen. Lächelnd lief ich an unzähligen Geschäften vorbei und begriff immer mehr, dass ich nun frei war. Niemals wieder sollte Bernd mich quälen. Niemand bestimmte nun mein

Leben und in so einer Millionenstadt sollte mich niemand ausfindig machen. Vor jedem Schaufenster blieb ich stehen und betrachtete die bunten Auslagen. Ich fand das alles noch so neu und aufregend. Doch bald sah ich ein, dass jedes Abenteuer von der Realität eingeholt wurde. Irgendwann verloschen nach und nach die Lichter der Kaufhäuser und der Menschenstrom nahm deutlich ab. Es wurde dunkler und kühler. Jetzt erst realisierte ich, was es hieß nicht zu wissen wo man hin gehen konnte. Mein neues sorgenfreies Leben, was ich doch führen wollte, brachte schon die ersten Probleme mit sich. Es hieß nun schlafen gehen, aber wo? An so etwas hatte ich in der Eile nicht gedacht als ich floh. Ich wollte nur weg, aber nun? Ich fühlte mich so hilflos, alleine und mit der neuen Situation überfordert. Ich hatte keine Bleibe, kein Geld und nichts zu essen. Was sollte denn jetzt werden? Nun bekam ich es mit der Angst zu tun und zweifelte immer mehr, dass mein Plan richtig war. Mein Magen krampfte sich zusammen und mir wurde schlecht. Um mich herum begann sich alles zu drehen und ich glaubte zu ersticken. Bevor ich vollends den Boden unter den Füßen verlor, hielt ich mich an einer Straßenlaterne fest und fing zu weinen an. Ich wusste nicht mehr weiter und fragte mich was die Zukunft nun wohl brachte. Ich dachte an meine Geschwister wie sie gemütlich zuhause saßen und sich nett unterhielten. Mir kam es so vor, als ob ich nun gar nicht mehr zu ihnen gehörte. Ich war so weit weg von ihnen und musste mein eigenes Leben leben. Aber war das hier wirklich ICH? Sollte so mein Leben aussehen? Ich dachte auch an meine Mutter und Bernd. Ich sah seine grinsende Visage vor mir und all die Erinnerungen kamen wieder hoch. Die Angst, die Verzweiflung und der Ekel. Ich konnte unmöglich in mein altes Leben zurück. Dies hier war doch meine Chance allen zu beweisen was in mir steckte und das ich auch ohne fremde Hilfe etwas aus meinem Leben machen konnte. Ich beschloss mir morgen einen Job zu suchen, um wenigstens über die Runden zu kommen. Vielleicht Zeitungen austragen oder Babysitten? Leider hatte ich ja noch nicht so viel Auswahl, da mir mein Alter Steine in den Weg legte. Ich war mir für nichts zu schade und hart arbeiten kannte ich ja schon von zuhause. Ich freute mich auch schon darauf bald mein eigenes Geld in den Händen halten zu dürfen. Da ich nicht wusste wo ich sonst hin sollte, beschloss ich zum Bahnhof zu gehen und mich auf einer der Stühle dort zu setzten um ein bisschen zu dösen. Was blieb mir auch anderes übrig? So landete ich am Bahnhofs Zoo. Als ich dort ankam, bot sich mir ein Bild des Grauens. Szenen die man sonst nur aus dem Fernsehen kannte. Dort standen etliche junge Mädchen, kaum älter als ich und sogar noch jünger und gingen anschaffen. Ich sah wie einige dicke Protzkarren dort hielten mit alten Fettsäcken drin, die schon beim Anblick der Mädchen zu sabbern begannen. Ich fand das so etwas von abartig! Ich fragte mich was das für kranke perverse Kerle sein mochten, die auf so junge Dinger standen. Ich hatte Mitleid mit diesen Mädchen und fragte mich, wie sie hier nur landen konnten und was in ihrem Leben schief gelaufen war, dass sie sich für Geld verkauften. Ich sah in einer Ecke Mädchen herum kauern die am ganzen Körper zitterten und sich den nächsten Schuss setzten. Danach schienen sie wie ausgewechselt. Andere die ich sah wirkten völlig verschüchtert wenn man in ihre Augen blickte. Da lag so eine unendliche Traurigkeit und Leere drin, fast wie bei mir. Ich fragte mich, ob einiger dieser Kids nur drogensüchtig wurden um dieses ganze Elend und den Ekel überhaupt immer wieder ertragen zu können. Wie gerne hätte ich geholfen doch ich war selbst soweit unten das mir die Hände gebunden waren. Außerdem brauchte ich nicht selbst auch Hilfe? Würde es aber jemanden geben, der sie mir gab? Ich zweifelte daran. Mir wurde ganz anders als ich an diesen Mädchen vorbei laufen musste. Einige blickten mich feindselig an. Sie glaubten wohl, ich wollte ihnen ins Geschäft hinein pfuschen. Sie riefen mir nach, dass ich verschwinden sollte. Dies sei ihr Revier und wenn ich nicht machte, dass ich weg kam würde es knallen. Erschrocken über soviel Hass und Ablehnung lief ich immer schneller. Plötzlich hielt mich jemand am Handgelenk fest, so dass ich nicht weiterlaufen konnte. Ich bekam riesige Angst und dachte, nun haben sie dich. Vor lauter Furcht blieb mein Herz fast stehen. Langsam und vorsichtig drehte ich mich um und sah einem jungen Mädchen direkt in ihre großen braunen Augen. Sie hatte lange blonde Haare, war grell geschminkt und ihre Kleidung zeigte mehr als sie verdeckte. Sie schien kaum älter als ich zu sein. Ich glaubte, dass sie mich verprügeln wollte, da ich mich in ihrem Revier befand - aber ich irrte mich. Das

Mädchen sprach eindringlich auf mich ein, dass ich nicht hier her gehörte und verschwinden sollte solange ich es noch konnte. Panisch riss ich mich los und rannte weg. Ich blickte mich nochmals um und konnte noch erkennen wie das Mädchen mir nachsah. Ich lief so schnell wie noch nie in meinem Leben und direkt in die Bahnhofshalle rein. Die Leute blickten mich verwundert an und einige schüttelten nur den Kopf. Die hielten mich wohl für verrückt und vermutlich wirkte ich auch genauso. Ich blieb erst stehen, als ich außer Atem nach Luft schnappen musste. Ich versuchte zu realisieren was hier gerade geschehen war. Warum hatte das Mädchen mich angesprochen und gewarnt? Denn wie eine Drohung klang es nicht. Es schien eher so, als ob sie wollte, dass mir ihr Schicksal erspart blieb. Wurde sie etwa auch zum anschaffen gezwungen? Ich kam mir nun absolut kindisch vor, dass ich einfach so wegrannte. Ich überlegte eine Weile zurück zu gehen um mit dem Mädchen zu reden, traute mich dann aber doch nicht. Ich setzte mich auf einen der harten und kalten Stühle und versuchte mein erhitztes Gemüt wieder zu beruhigen. Hunderte von Menschen zogen an mir vorbei, doch keiner achtete auf mich. Je mehr ich diesem Treiben folgte, umso müder wurde ich. Irgendwann fielen mir die Augen zu und ich schlief ein. Es war kein fester und ruhiger Schlaf, dafür war die Schlafgelegenheit zu unbequem. Mir machte das aber nicht sonderlich viel aus. Ich wollte mich nur ausruhen und Kraft für den nächsten Tag sammeln. Kraft die ich sicher brauchte....

Als ich am nächsten Morgen erwachte, wusste ich im ersten Moment nicht mehr wo ich mich befand. Erschrocken fuhr ich hoch und brauchte einige Sekunden um mich zu sammeln und Revue passieren zu lassen, was gestern so alles geschah. Als mir wieder alles ins Gedächtnis fiel, bemerkte ich, dass jemand direkt neben mir saß und mich anstarrte. Es war mir sehr unangenehm zumal ich auch völlig übernächtigt aussehen musste. Peinlich berührt sah ich in das fremde Gesicht. Alle düsteren Gedanken schienen mit einem Mal verflogen. Ich sah in ein braun gebranntes Gesicht mit funkelnden, strahlend grünen Augen und einem unwiderstehlichen freundlichen Lächeln. Wenn er lächelte bildete sich ein kleines Grübchen am Kinn. Seine Kleidung war vom feinsten. Er trug eine edle schwarze Hose dazu ein schwarzes Jackett und darunter ein meerblaues Hemd, dass er lässig über der Hose trug. Dazu sündhaft teure Lederschuhe. Ich fragte mich, was dieser edle und Gutaussehende Mann von mir wollte. Wenn ich so an mir herunter sah, musste er mich doch für eine Asoziale halten. Anstatt mich aber von oben herab zu behandeln, sprach er mich freundlich und charmant an. Er plauderte einfach drauf los, was mich schon ein wenig irritierte. Ich erfuhr, dass er Carlos hieß, er war 23 Jahre alt und arbeitete als Bankangestellter (diese Tatsache jedoch sollte sich schon wenig später als falsch heraus stellen). Je mehr er von sich erzählte und mich zum lachen brachte, desto mehr verlor ich meine Scheu. Er überhäufte mich mit Komplimenten und sagte mit immer wieder was für ein süßes Lächeln ich doch hätte. Seine Worte trieben mir die Schamesröte ins Gesicht. Dennoch waren diese netten und warmen Worte wie Balsam für meine geschundene Seele. Wann hatte ich denn zuletzt mal was Nettes gehört? Ich erinnerte mich schon gar nicht mehr daran. Ich wollte seinen Worten einfach glauben und sog alles in mich auf, wie ein Schwamm Wasser aufsaugte. Ich begann dann so ganz gegen meiner Art auch von mir zu erzählen. Ich ließ aber das ein oder andere Detail weg, wie z.B. das ich von zuhause abgehauen war. Nach einer kleinen Ewigkeit fragte er, ob er mich auf einen Kaffee einladen durfte. Obwohl noch etwas unsicher, nahm ich trotzdem seine Einladung an. Ein Kaffee brachte mich schon nicht um, so glaubte ich. Da ich im Übrigen kein Geld hatte und mir sonst gar nichts hätte leisten können, kam seine Einladung gerade recht. Er wirkte sehr sympathisch und so ging ich, ganz ungewohnt für mich, mit einem fremden Menschen zusammen weg. Wir setzten uns in ein kleines gemütliches Cafe das nicht weit vom Bahnhof lag. Da es noch sehr früh am morgen war, herrschte hier noch eine ruhige Atmosphäre, die ich sehr genoss. Carlos bestellte sich einen Cappuccino während ich einen heißen Kakao mit Sahne bekam. Ich taute wieder auf und mir wurde innerlich ganz warm. Lag es nur am Getränk? Während der gesamten Zeit ließ mich mein Begleiter nicht aus den Augen. Obwohl mich seine Blicke verwirrten, schmeichelten sie mir aber auch andererseits. Endlich schenkte mir auch mal jemand Aufmerksamkeit und Anerkennung die ich schon so lange vermisste. Ich genoss einfach die Situation und vergaß komplett die Zeit und für einen Moment auch meine Sorgen. Wir redeten über Gott und die Welt und lachten viel. Wir schienen auf einer Wellenlänge zu sein. Als Carlos auf seine Uhr sah meinte er zu mir, dass er nun zu einem Geschäftstermin musste. Ich versuchte mir meine Enttäuschung und Traurigkeit nicht anmerken zu lassen. Ich wusste wenn er nun ging sah ich ihn nie wieder und ich war wieder alleine. Dieser Gedanke machte mir große Angst. Ich war nur eine von vielen in dieser Millionenstadt wie, sollte man sich da wieder finden? Ich klammerte mich an diese Person, da sie mein einziger Lichtblick seit Ewigkeiten war und schließlich auch die einzige Person die ich hier kannte. Ich wollte ihn nicht verlieren. Was sollte nun werden wenn ich hier komplett alleine dastand? All die Unsicherheit und Ängste kamen wieder hoch. Mein Blick wirkte wohl etwas zu traurig und hilflos, so das sein Plan aufging. Er nahm lächelnd meine Hand und meinte, dass er wollte, dass ich mit ihm kam. Ich konnte kaum glauben was ich da hörte. Konnte es wirklich soviel Glück im Leben geben? Ich warf alle Bedenken über Bord und ergriff mechanisch seine Hand. Hand in Hand und glückstrahlend liefen wir durch Berlin. Die Welt schien mir wieder schön. Es gab also doch noch Gründe weshalb sich das Leben lohnte. Ich spürte ein nie gekanntes Glücksgefühl in mir und hätte die ganze Welt umarmen können. Ich fühlte mich so sicher wie noch nie im Leben und glaubte, dass ich hier in dieser Stadt und an Carols Seite eine Zukunft hatte. Wir gingen stundenlang spazieren und Carlos zeigte mir alle Sehenswürdigkeiten von Berlin. Voller Erfurcht und tief beeindruckt sah ich mir alles an. Während der gesamten Zeit ließ er nicht einmal meine Hand los und wollte mir damit zeigen, dass ich zu ihm gehörte. Mittags aßen wir in einer Imbissbude eine echte Berliner Currywurst. Ich schlang sie etwas zu gierig hinunter da ich ewig nichts mehr gegessen hatte. Ich war ihm so dankbar und hätte in diesem Moment wohl alles gegessen. Er spendierte mir dann noch eine zweite Portion die ich nun noch mehr genoss. Carlos war in diesem Augenblick der liebste Mensch auf Erden für mich. Aber trotzdem fragte ich mich warum er das alles für mich tat. Ich schämte mich zwar so zu denken und trotzdem ließ es mir keine Ruhe. Ich nahm meinen ganzen Mut zusammen und fragte ihn nach dem Grund für seine Hilfsbereitschaft. Er sah mich überrascht an und ich hatte Angst, dass ich mit meiner Fragerei nun vielleicht alles kaputt gemacht hatte. Ich glaubte er schrie mich gleich an und jagte mich dann zum Teufel. Sein Blick wurde plötzlich ernst und er sprach leise was ihn dazu bewegt hatte mir zu helfen. Vor einigen Jahren war seine geliebte kleine Schwester von zuhause weggelaufen weil es Streit mit dem Stiefvater gab. Nach einem Monat wurde sie tot zwischen Müllcontainern aufgefunden. Sie hatte auf der Straße gelebt und fiel einem Gewaltverbrechen zum Opfer. Ich schluckte schwer als ich das hörte und bekam Gewissensbisse, diese Wunde wieder aufgerissen zu haben. Carlos studierte damals noch im Ausland und konnte seiner Schwester nicht helfen. Er machte sich deswegen immer noch Vorwürfe und als er mich am Bahnhof sah, erinnerte ihn das an seine Schwester. Er wollte nicht, dass mir etwas passierte und beschloss, bei mir das nachzuholen was er bei seiner Schwester versäumt hatte. Er schwor sich immer, wenn er mal die Gelegenheit bekam etwas wieder gut zumachen dann tat er das. Nun wollte er das an mir wieder gut machen. Eine Träne rollte über meine Wange und ich konnte kaum glauben was für ein Glück ich hatte. Alle Zweifel und Unsicherheiten flogen dahin. Ich schenkte Carlos blind mein Vertrauen. Diese traurige Geschichte hatte den ausschlaggebenden Punkt gemacht, dass ich nie mehr an ihm zweifeln und auch keine dummen Fragen mehr stellen wollte. Wie konnte ich auch ahnen, dass ich ihm damit genau ins Netz ging…

Irgendwann ging sein Handy, woraufhin er mich alleine und ohne ein weiteres Wort stehen ließ. Das er nun einige Schritte vorlief wunderte mich schon irgendwie, wollte dem aber keine zu große Bedeutung bei messen. Ich nahm von dem Gespräch nur Wortfetzen wahr wie etwa: neue Ware eingetroffen, sie sei bald soweit und er würde zufrieden sein. Was sollte das wohl bedeuten? Da ahnte ich noch nicht das er von mir sprach…..Grinsend kam er wieder zu mir und meinte das er nun seiner kleinen Prinzessin (so nannte er mich nun immer) jeden Wunsch erfüllen wollte. Er hatte den Rest des Tages frei und wollte seine Zeit mir widmen. Ich fühlte mich durch seine Worte geschmeichelt, weil er mich wie eine Erwachsene behandelte und nicht nur das Kind in mir sah. Seine Nähe zu genießen reichte mir schon aus, aber ihm nicht. Er wollte mit etwas Gutes tun und mir etwas schenken. Ich sagte ihm, es reichte mir schon wenn er mir seine Aufmerksamkeit schenkte. Er streichelte lächelnd meine Wange und meinte ich sei etwas ganz besonderes und mir würde nur das Beste zustehen. Er wollte dafür sorgen, dass ich das auch bekam. In diesem Moment schmolz ich vollends dahin und wurde willenlos. Ich fühlte mich so glücklich wie noch nie zuvor in meinem Leben. Wir schlenderten über den Kurfürstendamm und ich wurde in sämtliche Boutiquen geschleppt wo er mir alles Mögliche kaufen wollte. Freundlich aber bestimmt lehnte ich immer ab. Ich fand das schon peinlich, weil ich mich nicht aushalten lassen wollte und auf teure Geschenke eh keinen Wert legte. Doch irgendwann meinte Carlos, dass ich doch neue Sachen brauchte und er wollte, dass seine Freundin nett aussah. Er nannte mich wirklich seine Freundin. Ich spürte ein Kribbeln in meinem Bauch und ließ ihn dann einfach gewähren, was ihn sehr freute. Ich fand es schön, dass auch ich mal etwas für ihn tun konnte. Wenn er sich freute dann ging es mir auch gut. Ich hatte für nichts anderes mehr Augen als für ihn. Genauso wie es jetzt lief, hatte ich mir das Leben und die Liebe immer vorgestellt. Wie naiv! Wie konnte man nur glauben nach wenigen Stunden einen Menschen schon zu kennen und dann von einem Leben zu zweit zu träumen? In einer Boutique kaufte er mir Pullis, Hosen, T-Shirts und Blusen. In allen möglichen Farben. In einer anderen kaufte er mir ein feuerrotes Abendkleid. Es war schon sehr kurz und rückenfrei hatte aber einen fantastischen Stoff. Ich fand das übertrieben und merkte auch das es nicht zu mir passte, doch wollte ich ihm nicht die Freude verderben und behielt meinen Zweifel erstmal für mich. Dann fand er noch einen Minirock mit passendem Top dazu was er auch kaufte. Er strahlte über das ganze Gesicht und ich nickte nur stumm. Ich hatte mich zum ersten Mal im Leben verliebt und hatte Angst dieses Glück zu zerstören wenn ich über die Kleider meckerte. Völlig bepackt gingen wir in ein Parkhaus wo sein Auto stand. Ich staunte nicht schlecht als ich es sah. Es war ein silberner Mercedes der S-Klasse mit Schiebedach und schwarzen Ledersitzen. Ich fand große Autos zwar schon immer etwas protzig, aber ich wollte seinen Charakter nicht an seinem Auto festmachen. Nachdem wir alle Taschen gut verstaut hatten hielt er mir noch elegant die Autotür auf. Was für ein Gentleman! Wir brausten eine zeitlang einfach so durch die Gegend als Carlos einfiel das ich auch noch neue Schuhe brauchte. Ich fand meine Turnschuhe zwar noch ausreichend, aber wieder gab ich nach. Nach endloser Suche entschieden wir uns, oder besser gesagt er, für drei Paar Schuhe. Ein Paar bequemer Adidas Sportschuhe, ein Paar roter Pumps mit sehr hohem Absatz (passend zum Abendkleid) und dann noch ein paar schwarze Lederstiefel. Er gab jedes Mal Unsummen an Geld für mich aus und zahlte stets mit seiner Kreditkarte. Bei diesen Beträgen wurde mir schlecht und ich bekam ein schlechtes Gewissen. Diese Beträge schienen ihm aber überhaupt nichts auszumachen. Ich fragte mich ob man in einer Bank wirklich so gut verdienen konnte. Das teure Auto und die vielen Klamotten, irgendeine Stimme in mir riet mir zur Vorsicht und gleichzeitig schämte ich mich, dass ich auch nur eine Sekunde etwas Schlechtes denken konnte. Carlos war so gut zu mir und ich glaubte an Hintergedanken. Nein, so ein Misstrauen verdiente er nicht. Hätte ich doch nur auf meinen Verstand gehört....

Völlig erschöpft kamen wir am späten Nachmittag vom Shoppen zurück in seine Wohnung. An der Türschwelle blieb ich allerdings stehen. Ich hatte Bedenken diese fremde Wohnung zu betreten. Ich war schließlich noch nie mit einem Mann alleine in seinen eigenen vier Wänden gewesen. In diesem Moment kamen all die Erinnerungen an Bernd wieder hoch und ich begann am ganzen Körper zu zittern. Carlos sah wie unsicher und ängstlich ich war und genau das nutzte er aus. Er lächelte mich liebevoll an und sagte, dass er mich beschützen wollte und dies der sicherste Ort der Welt für mich sei. Er würde nie zulassen, dass irgendetwas oder jemand mich verletzten durfte. Er gab mir einen zarten Kuss auf die Stirn und führte mich in seine Wohnung. Die erste Anspannung löste sich und er zeigte mir sein Reich. Eine sehr schöne Wohnung hatte er. Das Wohnzimmer war groß, hell und freundlich eingerichtet. Es hatte riesige Fenster wodurch der ganze Raum Licht durchflutet wurde. Er hatte Parkettboden und die Wände waren in einem burgunderrot gestrichen. In der Mitte des Raumes stand eine riesige weiße Couch und am Ende hatte er einen direkten Durchgang zur Küche, was ich sehr praktisch fand.

Das Badezimmer war ebenso riesig wie das Schlafzimmer wo ein XXL Bett stand. Hier trohnte sein Wasserbett mit Tigerfellüberzug. Ich setzte mich drauf und es fing herrlich an zu glucksen. Ich begann auf dem Bett zu hüpfen, was mir großen Spaß machte, Carlos setzte sich zu mir und begann nun ebenfalls herum zu hüpfen. Wir hatten mächtig Spaß und lachten viel. Endlich fühlte ich mich so ausgelassen wie ein Kind, auch wenn ich es in Gewisserweise noch war. Irgendwann hörten wir auf herumzualbern und man konnte merken wie es zwischen uns knisterte. Wir saßen uns stumm gegenüber und blickten uns tief in die Augen. In diesem Moment verstanden wir uns auch ohne Worte. Obwohl ich mich geborgen fühlte, bekam ich auf der anderen Seite auch Angst vor soviel Nähe. Ich zerstörte den Zauber des Augenblicks in dem ich meinen Blick senkte und mich räusperte. Carlos, so glaubte ich, verstand mich. Er strich mir sanft durchs Haar und hauchte mir einen zarten Kuss auf die Lippen. Ein unbeschreiblich schönes Gefühl breitete sich in meinem Körper aus. Ich fühlte mich verstanden und geliebt. Es schien, als ob ich nach langer Irrfahrt endlich zuhause angekommen war. Er drängte mich zu nichts sondern stand auf und meinte er wollte nun für mich etwas kochen. Ich war ihm so dankbar und glaubte es gab keinen so verständnisvollen Mann wie ihn auf der Welt. Alles in mir schrie, dass er der richtige für mich war und es ernst meinte. Mein Vertrauen zu ihm wuchs in jeder Sekunde die wir gemeinsam verbrachten. Wir hatten einen wundervollen Abend zusammen und endlich gab es einen Menschen der mir zuhörte und der sich dafür interessierte was ich dachte. Wie sehr hatte ich das vermisst. Später schauten wir uns noch einen Film an, von dem ich aber nicht so viel mitbekam. Ich durfte mich an ihn kuscheln und genoss seine Nähe. Ich konnte nicht anders als ihn ständig anzusehen. Ich prägte mir jeden seiner Gesichtszüge ein und atmete den Duft seines Aftershaves. Ich liebte diesen süßlichen Geruch und konnte nicht genug davon bekommen. Zufrieden lächelte ich und glaubte, dass es noch so etwas wie Gerechtigkeit gab. So und nicht anders stellte ich mir ein erfülltes Leben vor und so wollte ich leben. Ich verdiente es nach all den Qualen der Vergangenheit. Mit diesem friedlichen Gefühl schlief ich zum ersten Mal seit langer Zeit wieder tief und fest ein. Erstaunlich wie sehr an einem einzigen Tag das Leben sich ändern konnte. Gestern kannte ich Carlos noch überhaupt nicht und heute konnte ich mir nicht mehr vorstellen ohne ihn zu sein…

Am nächsten Morgen wurde ich von dem Geruch von frisch gerösteten Kaffee geweckt. Carlos hatte Frühstück gemacht. Ich fand das sehr süß. Es gab Rühreier mit Schinken und ofenfrische Brötchen. Den Tisch hatte er festlich gedeckt und in der Mitte stand ein kleiner Blumenstrauß, deren lieblicher Wohlgeruch sich im ganzen Zimmer verbreitete. Als er mich sah lächelte er mich liebevoll an und führte mich zu meinem Platz. Diese Fürsorge rührte mich sehr, da ich so etwas überhaupt nicht kannte. Während ich mir ein Marmeladenbrötchen schmierte, meinte Carlos wie beiläufig das heute Abend im Club eine Party stattfand und ich als seine Begleiterin herzlich eingeladen sei. Vor Überraschung verschluckte ich mich fast. Was den für eine Party? Und von welchem Club redete er? Ich hatte da doch nichts zu suchen. Das war eine völlig fremde Welt. Noch nie hatte ich so einen Ort von innen gesehen. War ich für so einen Laden nicht auch noch zu jung? Wer ließ mich denn da schon rein? Als ich zögernd meine Bedenken äußerte, schließlich wollte ich ihn nicht verletzten, wischte er diese aber lächelnd vom Tisch. Er sagte der Nachtclub gehörte einem engen Freund von ihm und er durfte mitbringen wen er wollte. Er setzte seinen Dackelblick auf, der mich unweigerlich zum lachen brachte. Ich konnte nicht anders und sagte schließlich zu. Jubelnd riss er mich vom Stuhl und wirbelte mich im Kreis, bis mir schwindlig wurde und wir beide taumelten. Carlos versicherte mir, dass ich meinen Spaß haben würde und ich sollte es nicht bereuen zugesagt zu haben. Restlos hatte mich das noch nicht überzeugt, ließ mir das aber nicht anmerken. Ängstlich fragte ich mich was mich wohl dort erwartete. Würden mich alle anstarren? Mich gar wie eine aussätzige behandeln? Oder in mir nur ein Kind sehen? Mich vielleicht sogar auslachen? Am liebsten hätte ich gekniffen doch gleichzeitig regte sich mein Gewissen. Ein junger Gutaussehender Mann nahm mich bei sich auf und kümmerte sich aufopferungsvoll um mich. Er tat es ohne etwas zu fordern und dann hatte er eine kleine Bitte an mich und daraus machte ich so eine Staatsaffäre? Ich fand, dass es nun an der Zeit war etwas zurückzugeben.

Am Abend wollte ich ganz lässig in Jeans, T-Shirt und Sportschuhen gehen doch Carlos schüttelte daraufhin nur den Kopf. Er versuchte mir klar zu machen, dass es sich um einen eleganten Club handelte und er würde sich freuen wenn ich das rote Kleid anzog. Ich schluckte, weil ich das Kleid doch schon sehr freizügig fand. Ich fühlte mich darin einfach nicht wohl. Ich sagte ihm das und das ich mich dafür noch zu jung fand und hoffte er hatte ein Einsehen. Er streichelte zärtlich meine Wange und meinte er wollte doch allen zeigen was er für eine hübsche Freundin hatte und ich sollte es doch bitte ihm zu liebe tun. Ich wusste nicht warum aber er schaffte es immer wieder mich umzustimmen. Er brachte mich dazu Dinge zutun, die ich eigentlich gar nicht wollte. Ich war wie Wachs in seinen Händen und ließ mich manipulieren. Ich schlug alle Bedenken die ich hegte in den Wind. War es vielleicht nur Angst? Ich hatte doch niemanden außer ihm und ich wollte ihn nicht verlieren. Lieber tat ich das was er wollte bevor ich alleine dastand. Ich glaubte damals ernsthaft, wenn ich tat was man mir sagte würde man mich lieben und respektieren. Ausgehungert nach solchen Gefühlen gab ich dann nach. Die Komplimente die er mir dann machte ließen mich alles wieder vergessen. Er frisierte mir dann noch mein Haar und schminkte mich, da ich von so etwas keine Ahnung hatte. Bei meiner Mutter gab es so etwas nicht. Mein sonst eher dünnes Haar wurde zu einer richtigen Lockenmähne und auch von meinem Kindergesicht blieb nicht viel übrig. Ich erkannte mich kaum wieder. Ich sah nicht mehr aus wie ich, sondern wie eine junge Frau Anfang Zwanzig. Ich hatte feuerrote Lippen, lange Wimpern und schwarzumrandete Augen. Ich hatte keine Ahnung wie ich eigentlich aussehen konnte und wie sehr Make Up und andere Klamotten einen veränderten. Zufrieden betrachtete Carlos sein Werk und führte mich dann galant zum Auto. Ich lächelte nur gequält und sagte während der gesamten Fahrt kein Wort. Meine Unsicherheit kehrte zurück. Ich fühlte mich unwohl und wäre am liebsten weggelaufen. Doch nun gab es kein zurück mehr. Als wir ankamen sah ich zuerst nur diese riesige Menschenmenge, die drängelte in den Club gelassen zu werden. Diese Massen schüchterten mich ein. Noch nie zuvor hatte ich so viele Menschen zugleich gesehen. Nur widerwillig ließ ich mich von Carlos dorthin ziehen. Ich sah junge Mädchen in superknappen Teilen die dumm kicherten und mit dem Türsteher flirteten um Einlass zu bekommen. Zu meiner Verwunderung schien das auch noch zu klappen. Als Carlos ohne Umwege die Eingangstür ansteuerte begrüßte der Typ ihn an der Tür mit den Worten: Hey Boss! Ohne weiteres ließ er uns hinein. Mich musterte er mit einem grinsenden Blick und pfiff anerkennend durch die Zähne. Ich ließ meinen Blick gesenkt und hielt mich krampfhaft an Carlos Hand fest. Ich ahnte, dass ich hier alleine verloren ginge. Als ich drinnen ankam und mir laute Musik entgegen dröhnte wurde mir schlagartig klar, dass dies nicht meine Welt war. Die stickige Luft schnürte mir die Kehle zu und ich sah mich hilflos um. Überall standen Leute herum die gegen diese furchtbare Musik anschrien um sich zu unterhalten. Dafür war hier eindeutig der falsche Platz. Andere tanzten, aber für mich sah es eher so aus, als ob sie eine Teufelsaustreibung vornahmen. Während ich all diese Eindrücke an mir vorbeiziehen sah, gingen mir die Worte des Türstehers nicht aus dem Kopf. Wieso hatte er Carlos Boss genannt? Er hatte mir doch erzählt dieser Club gehörte einem Freund. Als ich deswegen nachbohrte versuchte er dies natürlich als Scherz abzutun, doch der erste Keim des Misstrauens war nun gesät. Irgendwie begann ich meinen Begleiter nun genauer zu betrachten. Er schien hier wirklich jeden zu kennen. Er begrüßte jeden und stellte mich als seine Prinzessin vor. Merkwürdigerweise schien keiner sonderlich überrascht darüber zu sein. Sie grinsten nur und nickten mir zu. Während der gesamten Zeit huschte kein Lächeln über mein Gesicht sondern hatte sich zu einer versteinerten Maske entwickelt. Ich konnte es kaum erwarten wieder nach Hause zu kommen. Schon komisch das ich diese Wohnung nach so kurzer Zeit so nannte, aber dort fühlte ich mich einfach wohl und konnte wieder normale Klamotten tragen. Carlos führte mich zu einem Tisch und nannte es seine VIP-Lounge. Er ließ mich dann kurz alleine um etwas zu trinken zu besorgen. Nun fühlte ich mich vollends allein gelassen, wie ein Kind in einer großen Menschenmenge das seine Mutter nicht wieder fand und den Weg zurück nicht kannte. Unsicher blickte ich mich um, und plötzlich blieb mein Blick an einem blonden Mädchen haften. Sie tanzte wild als gäbe es keinen Morgen und als ob sie meinen Blick gespürt hatte sah sie hoch und mir direkt in die Augen. Ein Entsetzten lag in ihrem Blick. Genauso hatte sie mich am Bahnhofs Zoo angesehen, wo sie mir riet zu verschwinden. Ich glaubte eine tiefe Traurigkeit in ihr zu sehen und zu spüren. Obwohl hunderte von Menschen um mich herum waren nahm ich sie ebenso wenig mehr wahr wie die Musik. Ich konnte nicht sagen warum, aber dieses Mädchen rührte an meinem Herzen als ob ich sie schon ewig kannte. Als Carlos wieder neben mir trat ergriff das Mädchen wie panisch die Flucht und verschwand in der tanzenden Menge, bis sie nicht mehr zu sehen war. Dieses Mädchen schien so geheimnisvoll und gerne wäre ich ihr hinterher gelaufen um endlich mit ihr zu reden. Doch wo sollte ich sie suchen? Oder maß ich dem alles was sie betraf zuviel Bedeutung zu? Nachdenklich nippte ich an meinem Getränk und verschluckte mich fürchterlich. Ich hatte keine Ahnung was ich da trank aber es brannte und ich glaubte mir wurde die Speiseröhre weggeätzt. Carlos fing schallend an zu lachen woraufhin ich ihn verärgert ansah. Er meinte dann besänftigend dies sei ein Long Island Ice Tea und wenn ich noch einen Schluck davon nahm würde es besser werden. Dabei hielt er meine Hand fest und reichte mir mit der anderen das Glas. Ich genoss seine Berührung und nahm wie hypnotisiert das Glas. Ich nahm erst einen kleinen, dann einen größeren Schluck und leerte dann das Glas komplett. In den Augen von Carlos lag Stolz und er sagte, dass er mich bewunderte und gab mir dann einen Kuss auf den Mund. Dieser brannte tief in mein Herz. Ich spürte, dass ich mich unendlich verliebt hatte. Alle Zweifel die mich vorhin noch quälten schienen wie weggeblasen. Für mich gab es nur noch Carlos. Meinen Carlos. In diesem Moment wünschte ich mir nur die Zeit anzuhalten und das dieser Augenblick nie verging. Ich trank noch drei oder vier weitere Long Island Ice Tea und fühlte mich als ob ich auf Wolken schwebte. Da ich keinen Alkohol gewohnt war, zeigte er schnell seine Wirkung bei mir. Ich kicherte herum und wurde ausgelassen wie nie. In dieser Situation ließ ich mich zu einer großen Dummheit hinreißen. Die Gruppe an unserem Tisch wurde immer größer und dann reichte jemand eine Zigarette herum (zumindest hielt ich sie dafür). Jeder zog einmal kräftig daran, und blies dann den Rauch genüsslich aus. Carlos reichte sie mir doch ich verneinte. Alle anderen fingen an zu lachen, und meinten ich sollte mich nicht wie ein Kleinkind benehmen. Dieses Lachen und ihre Worte drangen tief in mein Unterbewusstsein ein und plötzlich hatte ich meine Klassenkameraden vor Augen. Ich dachte daran wie sie mich immer auslachten und Angst machte sich in mir breit. Ich hatte Angst nicht akzeptiert zu werden und das Carlos mich dann alleine ließ. Bevor ich richtig begriff was ich da tat, nahm ich einen kräftigen Zug und inhalierte etwas zu tief so, dass ich einen Hustenanfall bekam. Mir wurde so richtig schlecht, doch die anderen klatschten Beifall und klopften mir anerkennend auf die Schulter. Carlos strich mir sanft über die Wange und betonte immer wieder wie stolz er auf mich sei. Ich lächelte nur kurz und konnte nicht fassen was ich dort gemacht hatte. Nach kurzer Zeit fühlte ich eine innere Ruhe die mich glücklich machte und alle Sorgen irgendwie im Nebel einhüllte. Langsam begriff ich, dass es keine normale Zigarette war an der ich zog und diese Vorstellung machte mir Angst. Ich wollte aufstehen doch meine Beine gehorchten mir nicht mehr. Der Alkoholkonsum hatte hier sein übriges getan. Ich musste hier raus. Die laute Musik und die stickige Luft hielt ich nicht mehr aus. Ich riss mich zusammen und schwankte mit letzter Kraft zur Toilette. Dort hielt ich mich am Waschbecken fest, als wenn diese Schüssel mein einziger Halt im Leben war. Als ich dann in den Spiegel sah, erschrak ich mich vor mir selbst. Ich war weder der Teenager, noch die perfekt gestylte junge Frau. Mein Haar war zerzaust, das Make-up schon etwas verwischt, mein Gesicht aschfahl und unter meinen Augen zeichneten sich tiefe dunkle Augenringe ab. Ich konnte nicht glauben was ich sah und spritzte mir erstmal eine richtig große Ladung Wasser ins Gesicht, um wieder klar im Kopf zu werden. Als ich dann wieder aufsah stand erneut das blonde junge Mädchen hinter mir. Mir kam es immer so vor, als ob sie immer in großen Krisensituationen erschien. Wie ein Geist kam sie immer aus dem nichts. Sie sah mich mit weitaufgerissenen Augen an und nickte dann nur stumm. Sie trat zu mir ans Waschbecken und wusch sich ihre Hände. Durch meine momentane Verfassung war ich nicht in der Lage zu sprechen. Sie dagegen trat dicht an mich heran und flüsterte mir verschwörerisch ins Ohr, dass Alkohol und Drogen alles kaputt machten. Sie riet mir nochmals von hier zu verschwinden, weil ich nicht hier her gehörte und dies meine letzte

Chance sei, alldem zu entkommen. Sie legte mir ihre Hand auf die Schulter und im nächsten Augenblick verschwand sie wieder. Ich wollte ihr hinterher doch konnte ich mich nicht bewegen. Ich schleuderte mir noch zwei Ladungen Wasser ins Gesicht und ließ endlos Wasser über mein Handgelenk laufen. Langsam wurde ich wieder klar und schämte mich entsetzlich. Was hatte ich nur getan? Was war nur aus mir geworden? Ich hatte nicht nur Alkohol getrunken sondern auch noch gekifft. Ich war nicht mehr ich selbst gewesen. Wie hatte ich mich nur so hinreißen lassen können? Ich schämte mich so sehr, das ich in Tränen ausbrach und zusammengekauert zu Boden sank. Ich dachte an meine Geschwister. Was würden sie nur von mir denken wenn sie mich so sahen? Ich hatte mir mal vorgenommen immer ein Vorbild für Vanessa zu sein, aber nun? Ich war erst zwei Tage weg und hatte alle meine Prinzipien über Bord geworfen. Ich ahnte nur, wenn ich so weitermachte, würde ich auf die schiefe Bahn geraten und das war das letzte was ich wollte. Ich schwor mir nie wieder etwas zu tun, nur weil andere das von mir erwarteten. Ich wollte diesen Gruppenzwang widerstehen und wusste, dass ich das konnte. Ich sah nun klarer denn je. Ich wusste wieder was ich wollte. Ich wollte ein ganz normales zuhause, einen Menschen der mich liebte und einen Job um endlich mein eigenes Geld zu verdienen. Die Welt in der ich mich aber hier befand wollte ich nicht. Zum Glück hatte ich das noch so früh erkannt. Ich wollte auch nie wieder etwas mit Drogen zutun haben. Ich begriff, dass dieses Zeug einem das Leben zerstörte. Es half nichts seinen Kummer und seine Probleme damit bekämpfen zu wollen. Alles, aber wirklich alles holte einen wieder ein. Ich wusch mir die Schminke vom Gesicht und da erkannte ich wieder das junge Mädchen das ich eigentlich war. Ich konnte mir wieder selbst in die Augen schauen. Ein schönes Gefühl. Am liebsten hätte ich diesen Fetzen auch ausgezogen aber das ging leider nicht. Ich beschloss nun Carlos zu suchen. Ich glaubte er würde mich verstehen. Ich fand ihn in einer großen Menschenmenge. Er stand da umgeben von einer riesigen Weiberschar. Er, der berühmte Hahn im Korb schien sich so zu gefallen. Diese Frauen hingen förmlich an seinen Lippen, als ob jedes Wort das er sprach das Evangelium sei. Sie alle lachten und scherzten und ich fühlte immer deutlicher das ich hier nicht her gehörte. Ich fühlte mich so fremd und trotz der vielen Leute hier so alleine. Zuerst schien Carlos mich nicht zu bemerken, da er zu sehr die Bewunderung dieser Hühner genoss. Doch ich fixierte ihn und wandte mich keine Sekunde von ihm ab. Dann endlich schien er mich zu sehen. Für den Bruchteil einer Sekunde trafen sich unsere Blicke, bevor er wieder wegsah. Ich ließ mich davon nicht beirren und starrte ihn weiter mit ungerührter Miene an. Als er nochmals kurz zu mir sah und meinen versteinerten Gesichtsausdruck bemerkte gestarb sein Lächeln augenblicklich. Er löste sich unter einem Vorwand von seinem Harem, während alle ihm ganz verzückt nachstarrten. Er kam breit grinsend auf mich zu und nahm mich in die Arme. Er glaubte wohl, dass so alles wieder im Lot war. Ich erstarrte in seiner Umarmung und als er dies bemerkte ließ er mich los und sah mich fragend an. Mein Blick musste wohl eine Mischung aus Traurigkeit und Wut gewesen sein. Ohne dass ich auch nur ein Wort sagte meinte er dann, dass es nun wohl an der Zeit sei nach Hause zu fahren. Ich fixierte ihn immer noch, nahm seinen Vorschlag aber dankbar an. Er nahm meine Hand und führte mich langsam hinaus. Im gehen verabschiedete er sich noch von seinen Bekannten, die sich wunderten das er nun schon verschwand. Die Horde von Frauen blickte ihm seufzend hinterher. Ich dagegen vernahm diese Menschen nicht mehr. Ich wollte nur noch weg. Erst an der Tür blickte ich mich noch einmal um und sah erneut das blonde Mädchen. Sie starrte mir entgeistert hinterher und ich glaubte sogar Tränen in ihren Augen zu sehen. Irgendetwas in mir sagte, geh noch mal zurück. Doch als ich stehen blieb zog Carlos mich weiter und dann war das Mädchen wieder einmal verschwunden. Als wir draußen in der kühlen Nacht standen, bemerkte ich erst wie kalt es nun war. Ich trug ja auch einen Hauch von Nichts und das hier gab mir nur die Bestätigung, dass diese Art von Kleidung nichts für mich war. Fröstelnd stieg ich in das Auto ein. Ich fror aber nicht nur äußerlich, sondern auch innerlich. Ich weiß gar nicht mehr genau den Zeitpunkt wann es anfing, und ich nicht mehr alles durch eine rosarote Brille sah. Ich spürte die Veränderung an Carlos und während der gesamten Fahrt redeten wir kein Wort miteinander. Diese Totenstille bereitete mir in meinem Magen Unbehagen. Wenn früher bei uns zuhause so eine Stille herrschte, kam hinterher immer das große

Donnerwetter und davor fürchtete ich mich sehr. Ich wollte mit Carlos nicht streiten. Ich sah ihn unter gesenkten Lidern an und bekam prompt ein schlechtes Gewissen. Nach alldem was er für mich tat hatte ich ihm so den Abend verderben müssen. Ich war nun mal keine Partymaus und feiern kannte ich ja auch nicht. Ich fühlte mich einfach fehl am Platz. Deswegen wirkte ich wohl auch etwas verkrampft oder verklemmt obwohl ich das keineswegs war. Diese Unsicherheit die mich schon immer begleitete kriegte in solchen Momenten Oberhand. Die Angst ausgelacht zu werden, wenn ich versuchte mal locker zu sein war einfach zu groß. Lieber tat ich gar nichts. Sollten Menschen die mir wichtig schienen mich auslachen, würde ich innerlich daran zerbrechen und ich wollte niemanden mehr Gelegenheit geben über mich zu lachen. Als wir dann endlich nach langer Fahrt zuhause ankamen, herrschte immer noch ein eisiges Schweigen zwischen uns. Carlos nahm auch erstmals nicht meine Hand sondern lief wortlos vor. Das versetzte mir einen Stich ins Herz und ich merkte wie sehr mir seine Berührungen und seine Nähe fehlten. Ich hatte so etwas doch gerade erst kennengelernt und hatte wahnsinnige Angst all das wieder zu verlieren. Ich trottete wie ein begossener Pudel hinter ihm her und hatte furchtbares Herzklopfen. Ich rang nach Luft, da ich mich fühlte als ob jemand meinen Hals zudrückte. Ich begann vor Angst am ganzen Körper zu zittern. Ich fürchtete mich vor dem was gleich auf mich zukam. Würde er mich anschreien? Mich beschimpfen? Oder gar schlagen? Ich malte mir in meinem innersten tausend Dinge aus. Ich kannte es ja bisher nicht anders. An der Wohnungstür blieb ich erst stehen, trat dann aber zögerlich ein. Als die Tür ins Schloss fiel ahnte ich, dass es nun kein entkommen mehr gab. Ich blieb unschlüssig an der Tür stehen und atmete schwer. Als Carlos sich umdrehte und auf mich zukam glaubte ich, dass nun alles vorbei war. Ich kriegte es mit der Angst zutun und fühlte mich ihm hilflos ausgeliefert. Ich konnte mich nicht bewegen und betete nur, dass ich glimpflich aus dieser Nummer raus kam. Dann stand er vor mir. So nah, dass ich sein Rasierwasser riechen konnte. Als er die Hand hob schloss ich meine Augen. Es war wie ein Reflex. Ich erinnerte mich plötzlich wieder an all die Demütigungen die Papa und Bernd mir zugefügt hatten. Ich wollte aber keinem Mann mehr die Genugtum geben, mir danach in die Augen zu schauen um dort meinen Schmerz und meine Traurigkeit zu sehen. Ich hoffte nur, dass es schnell vorbei ging damit ich es hinter mir hatte. Umso überraschter war ich das seine Hand mich nicht schlug, sondern mir über das Haar streichelte. Verwundert öffnete ich die Augen und sah wie Carlos mich zärtlich anlächelte. Er meinte nur, dass dieser Tag für seine Prinzessin wohl ziemlich anstrengend war und ich nun schlafen gehen sollte. Entgeistert und mit offenem Mund starrte ich ihn an und ließ mich wortlos zum Schlafzimmer bringen. Mehr als ein leises Gute Nacht kam dann nicht über meine Lippen. Als ich dann so alleine auf dem Bett saß wurde mir richtig übel. Ich hatte solchen Gewissensbisse wegen Carlos. Wie konnte ich nur auch nur eine Sekunde so schlecht von ihm denken? Was hatte er mir nicht alles ermöglicht? Ich fühlte mich wie der schlechteste Mensch auf Erden und hätte am liebsten losgeheult. Ich legte mich schlafen und sagte mir immer wieder, was ich doch für ein Glück mit Carlos hatte, und was er für ein toller Mensch er war. Wie sollte ich da auch ahnen, dass kurze Zeit später alles anders sein würde....

In der Nacht wachte ich auf, weil ich eine trockene Kehle hatte und mich fühlte als ob ich tagelang in der Sahara herumirrte ohne einen Tropfen Wasser. Ich ging in die Küche um etwas zu trinken doch was ich dann sah ließ mir das Blut in den Adern gefrieren....

Total schlaftrunken ging ich zum Kühlschrank und trank erst mal ein Glas Mineralwasser. Als ich mich umdrehte um wieder ins Bett zu gehen, sah ich das Carlos noch im Wohnzimmer saß. Zuerst entlockte mir sein Anblick ein Lächeln, da ich mich freute ihn noch zu sehen. Doch dieses Lächeln starb augenblicklich als ich sah was er dort machte. Zu meinem Entsetzten sah ich das er sich Kokain mit einem Hundertmarkschein durch die Nase zog. Dies war vermutlich der Schock meines Lebens. Ich konnte es nicht fassen. Das sollte mein Carlos sein? Ich fühlte nur, dass alles woran ich glaubte und worauf ich baute erneut wie ein Kartenhaus zusammenstürzte. Ich fühlte mich total verraten und spürte das alles hier auf einer Lüge aufgebaut war. Trotz meines Entsetzten, meines Ekels und meiner Enttäuschung ging ich auf ihn zu. Warum ich das tat wusste ich nicht einmal genau. Doch je näher ich ihm kam, desto fremder wurde er mir. Ich merkte, dass ich eigentlich gar nichts über ihn wusste. Mir stiegen Tränen der Wut, Verzweiflung und Hilflosigkeit in den Augen. Carlos drehte sich kurz in meine Richtung und blickte mich so geschockt wie noch nie an. Er hatte wohl nicht vermutet, dass ich hinter sein Geheimnis kam. Doch schnell fing er sich wieder und redete ohne Punkt und Komma auf mich ein. Er meinte nur, dass Zeug war völlig harmlos und jeder würde es mal nehmen. Er aber brauchte es nur um fit zu bleiben und schwor mir das er alles unter Kontrolle hatte....Bla, Bla, Bla...

Das war das, was sich jeder Süchtige einredete und genauso das man jederzeit aufhören konnte. Mit diesen Aussagen log man sich nur selbst in die Tasche. Wenn man erst in diesem Teufelskreis steckte, konnte man nur schwer wieder entkommen. Carlos hielt mir nun den Geldschein hin und legte eine neue Linie. Wie beiläufig meinte er zu mir, ich sollte das mal testen damit ich merkte, dass alles nicht so dramatisch war wie ich dachte. Entgeistert starrte ich ihn an. Das konnte doch nicht sein Ernst sein? Er wollte mich verleiten Drogen zu nehmen? Er nahm meine Hand und führte mich zum Tisch. Nun saß ich vor dem weißen Teufelszeug das so harmlos aussah und doch so tödlich sein konnte. In meinem Kopf kreisten tausend Gedanken hin und her und ich fühlte mich mit der Situation überfordert. Mein Blick wanderte von Carlos zum Kokain. Als er mein Zögern bemerkte, sah er mir tief in die Augen. Fast schon beschwörend meinte er zu mir, dass ich mir von der Gesellschaft nicht einreden lassen sollte was falsch und was richtig war. Ich könnte schließlich nur über etwas urteilen was ich mal wenigstens ausprobiert hatte. Seine Worte leuchteten mit ein und doch widerstrebte sich mein Inneres. Ich musste mir von niemand sagen lassen was richtig oder falsch war, aber die Meinung der Massen ließ ich mir auch nicht aufdrücken. Langsam wurde er ungeduldig und meinte genervt, wie man sich nur so kindisch wegen so einer kleinen Belanglosigkeit anstellen konnte. Ich wurde sehr traurig bei diesen Worten. Wieso wurde ich nicht ernst genommen? Immer wenn ich etwas tat was andere nicht passte, hieß es immer ich würde mich wie ein Kleinkind benehmen. Carlos sah aber schnell ein, dass er mit diesem Satz zu weit ging. Dann sagte er etwas das mich fast dazu verleitet hätte eine Dummheit zu begehen. Er meinte dann wie beiläufig wenn ich es einmal ausprobierte, dann hätten meine Sorgen und Ängste ein Ende. Egal welche Qualen ich auch erdulden musste, ich würde alles vergessen und mir ginge es dann nur noch gut. Wenn ich also die Fesseln der Vergangenheit lösen wollte, um endlich frei zu sein, sollte ich das Zeug nehmen. Ich sah Carlos mit weitaufgerissenen Augen an. Obwohl ich wusste, dass es falsch wäre, überlegte ich nun ernsthaft es zu tun. Ich dachte wieder an all die Demütigungen die mir meine Eltern zugefügt hatten. Ganz besonders aber an die Schmerzen die ich durch Bernd erdulden musste. Was hätte ich darum gegeben all das auslöschen zu können. Auf einmal schien es so einfach zu sein das alles auszuschalten. Ja, ich wollte frei sein und ein neues Leben beginnen. Ich nickte dann stumm und nahm den gerollten Geldschein an mich. Carlos lachte mich an und meinte schon richtig eindringlich ich sollte es endlich tun. In meinem Kopf herrschte Chaos. Meine ganze Gefühlswelt fuhr Achterbahn. Unweigerlich musste ich an all die Dinge denken, woran ich bisher immer glaubte. Diese Sache aber nun, die ich hier tun wollte, passte nicht dazu. Ich hatte mir doch mal geschworen nichts unrechtes zu tun und daran hatte ich mich doch weitgehend gehalten. Immer wieder sagte Carlos: Tu es, Tu es! Seine Worte drangen aber allmählich nicht mehr zu mir durch. Alles was ich nun nur noch vernahm war ein dumpfes Geräusch. Ich beugte mich herunter und hatte diese Teufelsdroge nun direkt vor Augen. Ich holte tief Luft, doch plötzlich verschwamm alles vor mir. Meine Augen füllten sich mit Tränen und ich dachte an Vanessa. Ich sah wieder ihr fröhliches Gesicht, wie wir zusammen lachten und spielten. Was würde sie nur von mir denken, könnte sie mich hier jetzt so sehen? Ich wollte ihr doch stets ein Vorbild sein und jetzt? In meinem Inneren wurde es mir klar, dass ich diesen Weg nicht weitergehen wollte. Wie hätte ich wohl reagiert wenn meine Schwester damit angefangen hätte? Ich hätte Himmel und Hölle in Bewegung gesetzt um sie davon wieder wegzubekommen. Kraftlos glitt der Schein nun aus meiner Hand und ich blickte Carlos mit tränendurchnässten Gesicht an. Ich stammelte nur, dass ich es nicht konnte. Er sah mich wütend an und ich sah soviel Zorn in seinen Augen, dass es mir kalt den Rücken herunterlief. Noch nie zuvor hatte er mich so angesehen und das machte mir Angst. Niemals hätte ich es für möglich gehalten, dass diese Augen, die mich sonst nur so freundlich anlächelten so voller Hass und Verachtung anschauen würden. Wie ein aufgescheuchtes Huhn lief er nun im Wohnzimmer auf und ab. Immer wieder fluchte er, doch es interessierte mich nicht sonderlich. Ich stand ohne ein weiteres Wort auf und ging in mein Zimmer. Ich musste meine Gedanken sortieren und mein erhitztes Gemüt beruhigen. Ich saß auf dem Bett und fühlte Übelkeit in mir aufsteigen. Ich schlug die Hände vors Gesicht und ließ meinen Tränen freien Lauf. Was war da gerade nur passiert? Wozu hatte ich mich da fast hinreißen lassen? Ich verstand die ganze Welt nicht mehr. Am meisten schockierte mich aber die Sache, dass Carlos drogensüchtig war. Immer und immer wieder sah ich das Bild vor mir, wie ich ihn beim koksen erwischte. Wie konnte ich mich nur so in ihm täuschen? Hatte ich gar irgendwelche Anzeichen übersehen die darauf hindeuteten? Ich stellte mir auch die bange Frage, ob er dieses Zeug nicht nur selbst nahm sondern damit auch dealte. Verkaufte er das Zeug vielleicht auch an Kindern? Mir wurde schwindelig bei all diesen Fragen die ich mir stellte. Ich begriff nun erst, dass ich mich von seinem Charme und seinen glänzenden Augen hab täuschen lassen. Ich war blind für die Realität und sah nur das was ich sehen wollte und vermutlich auch sollte. Wie konnte das passieren? Ich war doch sonst nicht so. Durch das erlebte der Vergangenheit ließ ich mich von ihm blenden. Ich wusste nun, dass ich hier keine Zukunft hatte und wollte am nächsten Morgen wieder verschwinden. Dieser Gedanke, wieder alleine zu sein, bereitete mir Magenschmerzen. Ich hatte dann keinen Menschen zum reden und auch kein Dach mehr über den Kopf. Ich hatte diese Wohnung schon lieb gewonnen und als zuhause angesehen, aber mir blieb keine andere Wahl. Ich wollte nicht im Drogensumpf enden oder mit diese Art von Leben auch nur etwas zutun haben. Ich versuchte nun ein wenig zu schlafen, was mir aber nicht gelang. Ich wälzte mich nur unruhig hin und her. Die Zeit schien still zu stehen, da die Stunden nicht vergehen wollten. Ich konnte den Morgen kaum erwarten. Dieser Morgen würde einen Aufbruch in mein neues Leben bedeuten. Wieder einmal....

Diese schlaflose Nacht hatte mich total gerädert und ich fühlte mich wie erschlagen. Ich wollte zuerst sofort aus der Wohnung stürmen doch als ich mich im Spiegel sah überlegte ich es mir anders. Ich sah aus wie eine lebende Tote und beschloss erstmal ausgiebig zu duschen. Mit jedem Tropfen Wasser der auf meiner Haut perlte spürte ich neue Energie in mir aufsteigen. Kraft brauchte ich, dass war mir klar. Nachdem ich mich frisch genug fühlte packte ich meine Sachen zusammen und verließ das Zimmer. Dieses Mal aber ohne mich umzudrehen. Ich nahm aber nur die Dinge mit, mit denen ich kam. Alles was Carlos mir schenkte ließ ich zurück. Als ich das Wohnzimmer betrat, blickte ich auf einen liebevoll gedeckten Frühstückstisch. Für den Hauch einer Sekunde überkam mich das schlechte Gewissen, weil er sich so sehr bemühte. Doch im nächsten Moment musste ich an die Geschehnisse der letzten Nacht denken, und verbat mir weitere Gewissensbisse. Carlos kam ganz unbefangen und breit grinsend auf mich zu. Er drückte mir einen Kuss auf die Wange und erkundigte sich nach meinem Wohlbefinden, während er mich zum Tisch schob. Nur widerwillig nahm ich Platz. Ich aber wollte höflich sein und ihm noch dieses Frühstück gönnen und dann sofort gehen. Ich glaubte ernsthaft das schuldete ich ihm. Ich brachte aber trotzdem keinen Bissen herunter. Mir wurde allein bei dem Gedanken an essen schon wieder schlecht. Ich starrte die ganze Zeit auf meinen leeren Teller, so als könnte ich in ihm die Zukunft erblicken. Carlos redete mal wieder wie ein Wasserfall. Was wir doch für einen schönen Tag hätten, man könnte ja spazieren gehen, etwas shoppen und dann..... Bla Bla. Ich vernahm sein Gerede nicht mehr, weil es mich nicht mehr kümmerte. In diesem Augenblick fiel mir erstmalig auf, wie viel und welchen Unsinn er doch redete. Wenn man erstmal die rosarote Brille abnahm, bemerkte man Sachen die einem vorher nie in den Sinn kamen. Nach einer für mich andauernden Ewigkeit stand ich vom Tisch auf und holte meinen Rucksack. Als ich dann so vor Carlos stand verdüsterte sich sein Blick. Ich holte einmal tief Luft und versuchte dann kurz zu erklären warum ich nicht hier bleiben konnte und wollte. Ich redete wohl etwas zu schnell und zu hektisch, aber es musste alles raus. Ich wagte während der ganzen Zeit nicht einmal, ihm dabei in die Augen zu sehen. Natürlich versicherte ich ihm auch wie dankbar ich dafür war, dass er mich so umsorgte und mich aufgenommen hatte. Nachdem ich meine Ansprache beendet hatte fühlte ich mich erleichtert und Stolz zugleich. Ich hatte endlich mal den Mut besessen die Wahrheit zu sagen. Erst jetzt traute ich mich wieder ihm in die Augen zu sehen, doch was ich dort sah gefiel mir gar nicht. Seine einst so strahlenden Augen blickten mich kalt und leer an, als er wie selbstverständlich sagte, dass er mich nicht gehen ließe. Ich fand das da sogar noch süß, weil ich glaubte er hatte aufrichtige Gefühle für mich und sagte das nur, weil er mich nicht verlieren wollte. Das entlockte mir sogar ein kleines Lächeln das mir aber augenblicklich wieder gefrieren sollte. Carlos kam auf mich zu und hielt mich am Handgelenk fest. In einem ruhigen Ton meinte er ich sollte mir das noch mal überlegen. Ich aber schüttelte nur den Kopf und wollte mich abwenden. Er jedoch zog mich zurück und drückte mein Handgelenk so fest das es schon zu schmerzen anfing. Panik machte sich in mir breit, da ich mich nicht aus seinem Griff befreien konnte. Ich bat ihn inständig mich loszulassen, doch er lachte nur laut. Er meinte, ich schuldete ihm noch so einiges für die Klamotten, Essen und Unterkunft. Im Leben sei schließlich nichts umsonst. Ich konnte nicht glauben was ich da hörte. Er hatte sich mir doch quasi aufgedrängt und nun wollte er Geld? Ich schämte mich so sehr das ich auf ihn hereingefallen war und spürte einen Stich im Herzen. Den Mann den ich glaubte zu lieben, ging es in Wahrheit nur ums Geld. Fast trotzig entgegnete ich ihm, dass er doch genau wüsste, dass ich kein Geld besaß. Jetzt gewann er wieder Oberhand, als er wie nebenbei erwähnte das er genau wüsste wie ich meine Schulden abarbeiten konnte. Ich sei schließlich jung und hübsch. Es gab eine menge Kerle die auf so etwas wie mich standen und dafür bereit waren jede Summe zu zahlen. Ich war wie vom Donner gerührt und glaubte Statist in einem schlechten Film zu sein. Ich konnte nicht glauben, dass dies hier gerade wirklich passierte. Ich bat den Himmel um einsehen und hoffte aus diesem Alptraum wieder zu erwachen, doch nichts geschah. Er konnte doch nicht ernst meinen was er da von sich gab. Er wollte mich verkaufen? Ich sollte für ihn anschaffen gehen? Erst jetzt fiel es mir wie Schuppen von den Augen, dass ich an einen Zuhälter geraten war. Zuerst verdrehte er jungen Mädchen den Kopf und schickte sie dann auf den Strich. Vermutlich wollte er mich mit dem Kokain nur schneller gefügig machen. Langsam begriff ich in was für einer Gefahr ich mich befand und überlegte fieberhaft wie ich hier wieder raus kam. Dann sagte er drohend zu mir, ich sollte mir das gut überlegen. Ich könnte brav sein und tun was er verlangte, sollte ich mich aber weigern würde er andere Seiten aufziehen. Und je eher ich alles akzeptierte desto leichter wäre es für mich. Mir liefen Tränen übers Gesicht. Wie konnte der Mann dem ich mal vertraute so etwas sagen und verlangen? Ich hatte Angst - Angst vor Carlos und vor dem was passieren würde. Allein der Gedanke daran ekelte mich so sehr an, dass mir fast die Luft weg blieb und ich glaubte ohnmächtig zu werden. In meiner Fantasie malte ich mir schon meine Zukunft aus wie ich leichtbekleidet am Bahnhof auf Freier warten musste. Wie so dicke alte Säcke keuchend und schwitzend auf mir lagen und Sachen von mir verlangten die ich nicht machen wollte. Es wäre wie eine erneute ständige Vergewaltigung gewesen und ich sah plötzlich wieder Bernd vor mir. Ich sah sein Grinsen und spürte wieder diese Erniedrigung wenn er sich an mir verging. Ich wollte und konnte das alles nicht noch einmal erleben. Ich flehte Carlos an mich gehen zu lassen. Ich schwor ihm er würde Geld bekommen, aber er sollte nicht das von mir verlangen. Genervt meinte er, dass sich am Anfang jede so anstellte aber er bekäme am Ende doch was er wollte und mein Sträuben brächte überhaupt nichts. Ich schüttelte die ganze Zeit den Kopf und sagte immer wieder NEIN! Ich schrie es förmlich aus mir heraus. Meinen Kummer und die ganzen Qualen schrie ich nun raus. Daraufhin schlug Carlos mir so brutal ins Gesicht, dass ich glaubte mein Kopf explodierte. Er schrie mich an, wenn ich nicht spurte würde er schon einen Weg finden mich gefügig zu machen und stieß mich mit voller Wucht gegen die Wand. Ich konnte mich gar nicht mehr beruhigen und weinte und flehte immerzu. Wieder meinte ein Mann das Recht haben zu dürfen mich zu schlagen. Papa, Bernd und nun Carlos. Ich fragte mich ob es auf der Welt überhaupt Männer gab die nicht direkt zuschlugen. Ich verlor daran meinen Glauben. Jeder Mann in meinem bisherigen Leben demütigte und erniedrigte mich auf irgendeine Art. Doch das schlimmste sollte noch folgen....

Durch den Schlag gegen die Wand saß ich nun zusammengekauert am Boden und zitterte am ganzen Körper. Als Carlos sich direkt vor mir aufbäumte fühlte ich mich in die Ecke gedrängt. Er umkreiste mich so, dass mir kein Weg zur Flucht freistand. Dann packte er mich am Arm und zog mich zu sich hoch. Von Schmerz und Kummer gezeichnet blickte ich nur an ihm vorbei und konnte ihm nicht in die Augen sehen. Plötzlich streichelte er mich am Arm und sagte ich sei doch seine kleine Prinzessin. Er wollte mich immer nur glücklich machen und damit nun beginnen. Bei dieser Aussage schrillten sämtliche Alarmglocken in mir. Ich sah in seinen Augen einen Ausdruck den ich bisher nicht bei ihm kannte, jedoch von Bernd. Ich erstarrte als er mir durchs Haar fasste und meine Wange streichelte. Ich ahnte was er vorhatte und spürte diesen Ekel der wieder durch meinen ganzen Körper zog. Ich flehte ihn an aufzuhören und sagte immer wieder BITTE NICHT! Doch er lachte nur und meinte er würde doch nicht die Katze im Sack kaufen. Er müsste schließlich vor seinen Kunden wissen wovon er redete. Er redete über mich als sei ich nur eine Ware, irgendein Stück Fleisch. Aber als was anderes sah er mich wohl nie. Als er mit seinem Gesicht meinem immer näher kam, wandte ich den Kopf ab. Doch in dem Moment spürte ich nur noch wie seine Hand meinen Hals zudrückte. Verzweifelt versuchte ich mich zu wehren und rang nach Luft. Dann begann er mich überall im Gesicht zu küssen und schob mir seine Zunge in den Mund. Ich verspürte dabei so einen Ekel, als er wie wild mit seiner Zunge in meinem Mund herumfuhr. Dann wanderte die eine Hand runter zu meiner Brust und er begann sie so heftig zu kneten das ich heftige Schmerzen spürte. Ich hörte wie er immer schwerer zu atmen begann und hatte so unglaubliche Angst wie schon lange nicht mehr in meinem Leben. Ich fragte mich nur WARUM? Warum immer ich? Was hatte ich verbrochen, dass ich permanenter Gewalt ausgesetzt wurde? Was musste ich noch alles erdulden? Carlos seine Hand glitt weiter runter und schließlich fasste er mir so brutal zwischen die Beine, dass ich aufschrie. Ich wusste, dass ich das alles nicht noch mal durchstehen konnte und daran zerbrechen würde. Mir war nur eins klar und zwar, dass ich hier weg musste. Als er sich an meiner Hose zu schaffen machte, überkam mich etwas das mich dazu veranlasste ihm zwischen die Beine zu treten. Augenblicklich ließ er von mir ab und ging stöhnend in die Knie. Dies war meine Gelegenheit zu fliehen. Ich schnappte meinen Rucksack und rannte so schnell ich konnte weg. Einfach drauflos und ohne Ziel. Mir war egal wie alle Leute mich anstarrten, ich musste nur ganz schnell verschwinden. Nach einer für mich kleinen Ewigkeit bekam ich furchtbare Seitenstiche und blieb keuchend stehen. Die Leute sahen mich an, als ob ich von einem anderen Stern kam, aber ich nahm sie nicht weiter wahr. Ich versuchte erstmal meine Orientierung wiederzufinden. Ich hatte keine Ahnung wo ich mich befand. Krampfhaft versuchte ich mich zu erinnern ob ich schon mal hier war, aber nichts, ich hatte einen totalen Blackout. In meinem Kopf herrschte nur Chaos. Ich ahnte das Carlos hinter mir her war und mich suchte. Dieser Gedanke machte mir Angst. Ich wusste nicht wohin ich sollte und fühlte mich dieser großen Stadt hilflos ausgeliefert. Ich versuchte Orte und Straßen zu meiden wo ich alleine war oder sich nur wenige Menschen befanden. Ich stürzte mich mitten in den Menschentrubel und hoffte und betete das Carlos mich hier nicht vermutete und fand. Wo aber führte mich mein Weg nun hin? Zur Polizei? Nein, dass konnte ich nicht. Sie hätten mich zurück zu Mama und Bernd geschickt und was das dann für mich hieß wusste ich. Ich sehnte mich nach meinen Geschwistern zurück doch sie schienen so unendlich weit entfernt, wie auf einen anderen Planeten. Unerreichbar waren sie ja auch für mich in gewisser weise. Ich wollte einfach mal bei jemandem sein der mich mochte und mich beschützend in die Arme nahm ohne etwas zu fordern. Einfach an einem Ort zu sein wo ich mich sicher fühlte und mein Gemüt wieder beruhigen konnte. Aber da gab es nichts und niemand. Diese Gewissheit tat mir unendlich weh. Niemand nahm Notiz davon wie es mir ging und keiner würde bemerken wenn mir etwas passierte. Welchen Sinn machte dieses Leben überhaupt noch? Ich sah keinen mehr. Während ich so meinen Gedanken nachhing, bemerkte ich, dass ich inzwischen am Bahnhof angelangt war. Ein komisches Gefühl beschlich mich, als ich daran dachte, dass vor ein paar Tagen hier alles anfing. Ich stand nun etwas unschlüssig herum und wusste nicht was nun. Sollte ich hier bleiben? Weitergehen? Aber wohin dann? Plötzlich war mir, als ob jemand hinter mir stand und mich anstarrte. Ich spürte diesen Blick im Rücken. Mein Herz fing laut an zu pochen. Ich hatte Angst – Angst, dass er mich nun gefunden hatte. Mit flauem Gefühl im Magen und zitternden

Knien drehte ich mich um, schon darauf bedacht den Schrecken wieder ins Auge zu blicken. Was ich aber dann sah verschlug mir die Sprache. Ich sah erneut das blonde Mädchen das mich entgeistert anstarrte. In ihren Augen sah ich Kummer, Schmerz, Leere und unendlich viel Leid. Diese Leere in ihrem Blick ließ einen erschaudern. Noch nie zuvor hatte ich einen anderen Menschen mit so einem Ausdruck im Blick gesehen. Obwohl ich dieses Mädchen nicht kannte, fühlte ich mich mit ihr verbunden und spürte ihr gegenüber eine große Vertrautheit. War das Schicksal? Ich sah sie stets wenn es mir richtig dreckig ging. Aber genauso schnell wie sie auftauchte, verschwand sie auch wieder. Doch diesmal wollte ich das nicht zulassen. Wie üblich lief sie nach einigen Sekunden weg, doch irgendetwas trieb mich an ihr hinterherzulaufen. Ich wollte endlich hinter ihr Geheimnis kommen, denn tief in meinem Inneren fühlte ich da gab es etwas und ich wollte herausfinden was. Immer wieder rief ich ihr zu sie sollte stehen bleiben. Sie aber beschleunigte ihre Schritte und ich hatte Mühe ihr zu folgen. Mit letzter Kraft und Verzweiflung schrie ich dann BLEIB STEHEN! Natürlich glaubte ich, dass sie trotzdem weiter lief und wieder verschwand. Umso überraschter war ich, als sie stehen blieb und sich langsam umdrehte. Ängstlich und unsicher starrte sie mich an, während ich völlig außer Atem auf sie zukam. Danach standen wir uns eine Weile stumm gegenüber und keiner traute sich was zu sagen. Ich unterbrach schließlich die Stille und überhäufte sie mit Fragen. Wer bist du? Wie ist dein Name? Wo kommst du her? Warum läufst du immer vor mir weg? Was willst du? Ich holte gar keine Luft und ließ ihr eigentlich keine Gelegenheit zum antworten. Sie nahm dann wortlos meine Hand und zog mich in eine kleine Seitengasse. Ein Ort den man sonst lieber mied. Es sah hier aus wie in einem Krimifilm. Eine Ecke wo man wusste, gleich passierte irgendetwas. Trotz meines mulmigen Gefühls verspürte ich keine Angst, weil ich mich nicht mehr alleine fühlte. Als wir endlich stehen blieben, packte sie mich an den Schultern und beschwor mich von hier zu verschwinden. Wieder sagte sie, dies sei kein Ort für mich und ich sollte gehen bevor noch ein Unglück geschah. Mit diesen Worten drehte sie sich um und wollte weg. Reflexartig hielt ich ihr rechtes Handgelenk fest. Fast schon wütend sagte ich ihr, dass ich endlich wissen wollte was hier gespielt wurde und ich keine Ruhe gab bis ich Antworten bekam. Das Mädchen sah mich mit ihren tieftraurigen Augen an und nickte stumm. Wir gingen ein paar Schritte schweigend nebeneinander her und ich spürte, dass sie innerlich mit sich kämpfte mir was zu sagen. Ich beschwor sie nochmals mir alles zu erzählen, weil es für mich und für den weiteren Verlauf meines Lebens wichtig war. Mit Tränen in den Augen schluckte sie einmal schwer und dann erzählte sie mir ihre traurige Lebensgeschichte. Mit 14 Jahren war sie von zuhause geflohen. Sie lebte mit ihren Eltern und sieben Geschwistern auf engstem Raum. Nie hatte sie einen Rückzugsort oder mal ein paar Minuten für sich. Irgendeiner war immer da. Durch die viele Arbeit im Haushalt blieb kaum Zeit zum Spielen oder Spaß haben. Ihre Eltern waren beide arbeitslos und das Geld immer knapp. Es reichte kaum um alle durchzubringen. Oft reichte es dann nur dafür, dass alle den ganzen Tag mit einer Scheibe Brot auskommen mussten. Ihre Eltern waren mit allem überfordert und vernachlässigten ihre Kinder und schenkten ihnen nicht die Aufmerksamkeit die sie brauchten. Aus diesem Elend und der Not wollte sie nur weg. Sie glaubte, dass Leben musste ihr doch mehr zu bieten haben als bisher. So landete sie in Berlin und wurde auf die gleiche Weise von Carlos umschwirrt wie ich. Er nannte sie seine Prinzessin, kümmerte sich um sie und sie genoss das ihr endlich mal jemand Aufmerksamkeit schenkte. Er kleidete sie ein und tat all das was er auch bei mir versuchte. Diese Tatsache erschreckte mich sehr. Alles was er bei mir versuchte, hatte er bei diesem Mädchen geschafft. Ich stellte mir die bange Frage wie vielen jungen Mädchen er das schon angetan hatte und wie viele noch folgen sollten und niemand konnte ihn stoppen. Mit Schrecken lauschte ich weiter ihrer Geschichte. Carlos brachte sie erstmals mit Drogen in Berührung. Sie wollte diesen Kick und die Leichtigkeit der Sorgen zu vergessen mal erleben. Unter Tränen gestand sie dann, dass damit ihre Probleme aber erst anfingen und ihre Sorgen nur noch größer wurden. Jedes mal wenn die Wirkung nachließ fühlte sie sich schlechter als zuvor. Bald aber reichte ihr das nicht mehr um sich wirklich gut zu fühlen. Dabei zeigte sie mir ihre durchgestochenen Arme, wo man schon jede Vene sehen konnte. Ich hatte noch nie zuvor so etwas gesehen und bei dem Anblick liefen mir Tränen übers Gesicht. Carlos hatte sie auf den Geschmack von Heroin gebracht. Als sie immer mehr brauchte meinte er höhnisch lachend, dass sie sich das Zeug verdienen musste und schickte sie auf den Strich. Ihr erster Freier war ein etwa 50 Jahre alter Mann mit Bart, Brille und Halbglatze. Nie vergaß sie seinen widerlichen Schweißgeruch als er auf ihr drauf lag. Unter Tränen ließ sie alles geschehen, nur mit dem Gedanken sich bald den nächsten Schuss setzten zu können. Bis heute blieb es so bei ihr. All das bestimmte nun seit drei Jahren ihr Leben. Diese Geschichte musste ich erstmal verdauen. Ich war sprachlos und hatte keine Ahnung was ich nun sagen sollte. Was konnte man in so einer Situation überhaupt sagen? Trotzdem brannte mir eine Frage unter den Nägeln die mir keine Ruhe ließ. Ich wollte wissen warum sie immer dort auftauchte wo Carlos mich hinschleppte, und warum sie mich warnen wollte. Mit einem schwachen Lächeln entgegnete sie dann, dass sie es nicht mit ansehen konnte was Carlos mit mir vorhatte. Sie wollte nicht, dass ich so endete wie sie selbst. Sie hatte ihr Leben schon verpuscht aber wie andere junge Mädchen, die noch am Anfang standen, um ihre Zukunft beraubt wurden, konnte sie nicht ertragen. Ich empfand diesem Mädchen gegenüber eine tiefe Dankbarkeit, aber auch Mitleid. Ich nahm mir vor sie nicht im Stich zu lassen. Ich beschwor sie mit mir von hier zu verschwinden, damit wir woanders neu anfangen konnten. Wir verdienten es beide ein normales Leben zu führen und all diese schrecklichen Erinnerungen zu vergessen. Müde winkte sie aber nur ab und meinte, dass sie hier nicht weg konnte. Sie glaubte, es gab für sie kein zurück. Mir riet sie aber zu verschwinden. Weit weg, damit ich sicher vor Carlos war. Ich wollte widersprechen, doch sie meinte, dass es so am besten war. Sie nahm mich in den Arm und wünschte mir Kraft und Glück. Sie drehte sich um und meinte dann noch, dass nun jeder auf sich selbst gestellt war. Ich rief ihr noch hinter her, sie sollte mir doch wenigstens ihren Namen verraten. Sie drehte sich nochmals um und sagte lächelnd, dass sie Sarah hieß. Dann verschwand sie aus meinem Blickfeld und für immer aus meinem Leben...

Ich traf Sarah niemals wieder und doch, dachte ich noch oft an sie und fragte mich wie es hier wohl ginge. In diesen Momenten wurde mir immer stets schwer ums Herz, und ich bedauerte es das ich ihr nie so helfen konnte wie ich es gewollt hätte...

Als ich dann so alleine in der Straße zurückblieb, wurde mir wieder bewusst, dass sich mein ganzes Leben nun erneut änderte. Wo sollte ich denn nun hin? Ich war der Hölle in Bochum mit Mühe entflohen und in Berlin gelandet. Ich war doch so froh gewesen, alles hinter mir gelassen zu haben. Und wo stand ich nun? Konnte es denn wirklich sein, dass es auf dieser Welt keinen Platz für mich gab? Gab es keine Stadt wo ich sicher sein konnte, um normal zu leben wie ich es mir doch so wünschte? Ich fing aus Hilflosigkeit zu weinen an. Ich fühlte mich in dieser Welt so fehl am Platz und verspürte nur noch den Wunsch zu sterben. Ich setzte mich auf den kalten und nassen Bordstein um erstmal zur Ruhe zu kommen. Ich überlegte was ich nun tun sollte. Durch Zufall geschah dann etwas, dass mein Leben entschieden verändern und beeinflussen sollte...

An mir liefen zwei elegant gekleidete Herren vorbei, die mich zum Glück nicht weiter beachteten. Einer sprach von seiner letzten Geschäftsreise nach Hamburg und seinen Besuch auf der Reeperbahn. Er fing regelrecht zu schwärmen an und meinte das in dieser Stadt wohl alles möglich war. Weiter konnte ich ihrem Gespräch nicht folgen und doch hatte ich aufgehorcht. Ich hatte plötzlich wieder ein Ziel vor Augen. Ich wollte nach Hamburg! Egal wie! Ich glaubte, dass bedeutete einen Neuanfang für mich. Da ahnte ich noch nicht, wie sehr sich mein Leben dort von Grund auf ändern sollte....

Da ich keine finanziellen Mittel hatte, blieb mir nichts anderes übrig als zu trampen. Diesmal mit einem noch viel größeren und mulmigeren Gefühl als beim letzten Mal. Es gestaltete sich allerdings schwieriger als erwartet. Alle die hielten, fragten mich direkt wie viel ich den nehmen wollte, für eine Nummer mit ihnen. Das machte mir solche Angst, dass ich jedes Mal weglief. Ich gelangte irgendwann in einen Wald, wo ich dann auch übernachten musste. Als es dann auch noch zu regnen anfing musste ich mich ins nasse Laub legen. Das kostete viel Überwindung, aber ich hatte keine Wahl. Ich fühlte mich so müde das ich glaubte mir knickten jede Sekunde die Beine weg. Frierend wartete ich auf den neuen Morgen. Als die Sonne aufging stand ich direkt auf und fühlte mich so schmutzig und hungrig wie noch nie. Ich fragte mich nur, wie ich diesen Tag überstehen sollte. Ich stellte mich wieder an meine Ecke und hoffte und betete, dass es mir endlich gelang diesen Ort hier zu verlassen. Nach einer gefühlten Ewigkeit hielt ein alter weißer Opel neben mir. Am Steuer saß eine Oma, ungefähr 70 Jahre alt und rief mir geschockt zu, dass ich armes Kind doch einsteigen sollte. Unendlich dankbar nahm ich ihr Angebot an. Zum Glück stellte sie mir keine quälenden Fragen. Sie gab mir sogar zum Abschied ein Stück selbstgebackenen Kuchen den ich genussvoll aß. So kam ich von Ort zu Ort, bis ich schließlich in Hamburg ankam. Hamburg! Ich atmete auf. Eine neue Stadt und ich hoffte auf ein bisschen Glück. Obwohl ich mich hier wieder sicher fühlte, beschlich mich doch eine Angst was mich hier erwartete. Denn letztendlich erinnerte mich alles an Berlin. Nichts, außer dem Ort, hatte sich geändert. Auch diesmal lief ich ziellos herum und landete irgendwie wieder am Bahnhof. Wieder setzte ich mich auf einen Stuhl und wartete. Aber worauf eigentlich? Auf ein Zeichen? Auf ein Wunder? Ich wusste es selbst nicht. In meinem inneren jedoch flehte ich um ein Zeichen des Himmels, der mir den Weg in eine bessere Zukunft deuten sollte. Ich war nie sehr gläubig, aber meine letzten Kraftreserven steckte ich nun in meine Gebete. Stunde um Stunde verging, aber nichts geschah. Der Bahnhof wurde leerer und immer kühler. Doch zu schlafen traute ich mich nicht. Ich hatte einfach Angst, dass mir jemand dann zu nahe kam. Trotz meiner Müdigkeit befahl ich mir die Augen offen zu halten. Ich versuchte mich irgendwie abzulenken und dachte an die vergangen Tage. Was war in diesen Tagen nicht alles passiert. Ich wusste zwar, dass Carlos mich hier niemals fand und dennoch fühlte ich mich hier irgendwie nicht sonderlich wohl. Was wenn ich auch hier jemanden wie ihn traf? Ich musste dann an meine Geschwister denken und wie gerne ich bei ihnen wäre. Mir schien es als ob ich seit Jahren nicht mehr in Bochum lebte, dabei handelte es sich doch nur um ein paar Tage. Mich beschlichen langsam leise Zweifel, dass ich hier glücklich werden konnte. Ich versuchte aber diese Gedankengänge abzuschütteln. In mir wachte die Erkenntnis, dass wenn ich überleben wollte, ich mich nie wieder auf jemand anderen verlassen durfte. Ich hatte ja gesehen was geschah wenn ich glaubte jemanden zu vertrauen. Durch meine Kindheit war ich das Alleinsein ja schon gewohnt. Es sollte für mich also keine Umstellung sein. Trotzdem tat mir dieser Gedanke irgendwie weh, dass ich nun immer alleine sein sollte. Sah mein Leben von nun an wirklich so aus? Meine Gedanken fuhren Achterbahn. Immer schneller und immer mehr Gedanken kamen hinzu, so dass ich sie nicht mehr sortieren konnte. Wenn ich meine Augen schloss tauchten Bilder der Vergangenheit auf. Ich sah wieder Bernd und Carlos vor mir. Ich konnte ihr höhnisches Gelächter hören und spürte wieder ihre Brutalität. Langsam bekam ich Angst den Verstand zu verlieren. Ich musste weg! Ich rannte aus dem Bahnhof und versuchte vor meinen Gedanken zu fliehen. Ich hoffte, dass sie irgendwann hinter mir lagen. Nach einiger Zeit, müde und außer Atem blieb ich stehen. Ich atmete tief ein und ließ erstmalig diese imposante Stadt auf mich wirken. Ich spazierte an der Alster entlang und in mir wurde es ruhig. Ich sah die Lichter der Stadt und beobachtete das rege Treiben auf den Straßen. Plötzlich fühlte ich mich frei und langsam begriff ich, dass all das geschehene nun endgültig hinter mir lag. Ich hatte doch viel Glück aus Berlin abhauen zu können. Ja, ich empfand es als Glück. Schlimmstenfalls stände ich jetzt am Bahnhof und wartete auf einen Freier. Welch grauenhafter Gedanke! Ich staunte, dass ich diese Kraft besaß und mich gegen Carlos zur Wehr setzte. Warum konnte ich diese Kraft nicht damals schon bei Bernd haben? Inzwischen war es kalte und finstere Nacht. Ich wurde so müde, dass ich mich am liebsten sofort auf den Boden gelegt hätte. Eine Stimme in mir trieb mich aber zum weitergehen an. Ich fühlte mich schlapp und hungrig und realisierte jetzt erst, dass ich zuletzt am Morgen etwas gegessen hatte. In diesem Moment hätte ich wohl fast alles zu mir genommen. Doch leider hatte ich ja nichts. Selbst eine einfache Scheibe Brot, wäre mir da wie ein Festmahl erschienen. Die Leute sahen mich merkwürdig an. Hörten sie etwa meinen Magen knurren? Das war mir mehr als peinlich. Oder sah man mir etwa das erlebte der Vergangenheit an? Ich lief die ganze Zeit mit gesenktem Blick und wagte niemanden anzusehen. Ich wusste nicht mehr genau wie, aber irgendwann fand ich mich in einer kleinen Seitenstraße wieder. Obwohl ich sonst solche Orte mied, ging ich mit klopfenden Herzen weiter.

Ein Ort zum spazieren gehen war das allerdings nicht. In den Ecken standen überquellende Mülltonnen und genauso roch es hier auch. An den Resten, die am Boden lagen, machten sich die Ratten zu schaffen. Ich ekelte mich so und bekam eine Gänsehaut. Ich sah viele ältere Menschen die in diesem Schmutz lagen und schliefen. Andere durchforsteten wiederum den Müll nach etwas essbarem. Diese Bilder brannten sich tief in meine Seele und mir taten diese Leute leid. Ich fragte mich was in ihrem Leben schief gelaufen war, dass sie so endeten. Ein Angstgefühl beschlich mich, dass auch ich eines Tages so endete. Einsam, alt, hungrig und umgeben von Ratten. Ich sah mein Leben vor mir, als ob es schon vorbei war. Ein seltsames Gefühl. Das was ich mir ausmalte, missfiel mir sehr. So durfte es nicht sein. Ich hasste mein Leben bisher schon und war doch geflohen um endlich normal leben zu dürfen. Sollte aber mein Leben so aussehen wie ich es mir ausmalte, dann hasste ich es auch. Ich bemerkte aber gleich, dass die Menschen die auf der Straße lebten freundlicher wirkten als andere die ich bisher kennenlernte. Ich war es gewohnt, dass man mich verjagte oder beschimpfte wenn man mich sah. Doch hier kümmerte sich jeder nur um sich selbst und man ließ mich gewähren. Ich ahnte nicht wohin diese Straße führte, noch wusste ich wo ich mich befand. Doch dieser Ort hier sollte mein Schicksal werden....

Ich sah, dass die Straße eine Sackgasse war und sich ihrem Ende zuneigte. Genau dort, bemerkte ich auch ein Feuer. Etwas verunsichert ging ich näher ran, weil ich wissen wollte was dort geschah. Ich blieb aber stehen, als ich eine Gruppe junger Leute um ein Lagerfeuer versammelt sah. Sie wollten sich in dieser kalten Nacht nur etwas aufwärmen und nun bemerkte auch ich, dass ich sehr fror. Ich schaute faszinierend in die Flammen. Ich hatte so etwas zuvor noch nie gesehen. Sie wirkten wunderschön, hatten gar etwas Beruhigendes an sich. Jedoch konnte solch ein Wunder der Natur bedrohlich sein und alles in seiner Umgebung zerstören. Wie gerne wäre ich dort hingegangen und hätte mich etwas aufgewärmt. Aber leider ging das nicht. Ich konnte noch nie einfach auf Fremde zu gehen, und mich aufdrängen das wollte ich nicht. Was tat ich aber nun? Die Straße endete vor einem alten Abrisshaus. Ging ich trotzdem weiter oder lieber zurück? Was aber tat ich dann? Unschlüssig stand ich nun da und starrte weiter ins Feuer. Als mich einer aus der Gruppe erblickte, gab er mir ein Zeichen das ich näher kommen sollte. Meinte er wirklich mich? Ich sah mich vorsichtshalber links und rechts um, konnte aber niemanden sonst entdecken. Noch einmal gab er mir ein Handzeichen, und ich beschloss auf die Gruppe zu zugehen. Doch ich fragte mich dann, was sie von mir wollten. Wollten sie mir klar machen, dass ich von hier zu verschwinden hatte? Oder mich gar anschreien? Ich bekam Panik. Sollte ich wirklich zu ihnen gehen? Ich wollte wieder umdrehen, doch wie ferngesteuert und mit klopfenden Herzen ging ich weiter. Total verunsichert und zugleich eingeschüchtert stand ich dann schließlich vor den großen Sechs (so nannten sie sich damals). Alle grüßten mich freundlich und einer bot mir an mich am Feuer mit aufzuwärmen. Ich nahm dankend an und streckte meine Hände den wärmenden Flammen entgegen. Die Wärme durchflutete meinen ganzen Körper. Ein unbeschreiblich schönes Gefühl machte sich in mir breit. Ich genoss das sehr und taute innerlich wieder auf. Obwohl ich umgeben von Fremden war, fühlte ich mich geborgen. Sie gaben mir ein Gefühl, als ob ich zu ihnen gehörte. Keiner schrie mich hier an oder lachte über mich. Niemand forderte etwas von mir. Nein, ich bekam etwas und das ganz ohne Gegenleistung. Das war neu für mich. Ich bemerkte wieder schmerzlich wie sehr ich so etwas bisher vermisst hatte. Ich hätte ewig hier stehenbleiben können. Inmitten von Menschen zu sein die mir vertraut wirkten. Keiner der Sechs aber sagte die ganze Zeit etwas, und ich fragte mich ob es an mir lag. Warteten sie vielleicht wieder darauf, dass ich verschwand? Ich überlegte wie lange ich hier noch stehen bleiben durfte, bevor man mich verjagte. Denn eins hatte ich begriffen, und zwar das mich anscheinend keiner lange ertrug. Ich wollte also die mir entgegengebrachte Freundlichkeit nicht überstrapazieren und beschloss von selbst zu gehen. Ich senkte meinen Blick, sagte ein leises Danke und ging weg. Ich hatte keine Ahnung, ob sie meinen Dank verstanden hatten, aber ich hatte das Gefühl, dass sie mir nachsahen. Ich fühlte mich plötzlich so verlassen und grübelte wo ich nun hin sollte. Es gab auf dieser Welt keinen Ort wo ich hin konnte. Niemand wartete auf mich. Mir wurde schwindelig und die Häuser fingen an sich vor mir zu drehen. Schneller und schneller. Ich lehnte mich an eine Hauswand und atmete tief ein. Doch dann übermannte mich die Hoffnungslosigkeit und ich sank weinend zu Boden. Was sollte nun werden? Warum nur meinte es das Schicksal so hart mit mir? Ich hatte keine Ahnung wie lang ich so dasaß, als ich plötzlich eine Hand auf meiner linken Schulter spürte. Ich erschrak und zuckte zusammen. Wer konnte das sein? Hatte mich Carlos etwa doch gefunden? Oder war es die Polizei? Brachte sie mich dann zurück zu Bernd? Ganz zaghaft hob ich meinen Kopf und als ich hochsah blickte ich in ein freundlich lächelndes Gesicht. Es war der gleiche Junge der mir vorhin zugewinkt hatte, dass ich mich am Feuer aufwärmen durfte. Aufmunternd sagte er zu mir, dass alles gut werden würde und bat mich mit ihm zu den anderen zu gehen. Ich zögerte, nickte dann aber und erhob mich. Gemeinsam gingen wir in das Abrisshaus hinein das eher einer großen Lagerhalle glich. Mit gemischten Gefühlen ging ich weiter. Einerseits war ich dankbar, dass es da jemanden gab der sich um mich kümmerte, aber andererseits bekam ich Panik. Ich musste an all das erlebte aus der Vergangenheit denken. Was wenn mir dieser Junge oder einer der anderen auch Gewalt antun wollte? Hätte ich noch mal so ein Glück und könnte dem entkommen? Ein Teil in mir schrie: Lauf Weg! Ein anderer Teil aber riet mir: Bleib - Vertraue Einfach! Der Junge bemerkte wohl meine Unsicherheit und tätschelte mir die Hand. Er sagte, dass ich keine Angst haben müsste. Bei ihm und seinen Freunden wäre ich sicher. Ich versuchte zu lächeln damit er nicht sah, was wirklich in mir vorging. Die Lagerhalle wirkte sehr dunkel, feucht und kalt. Überall standen irgendwelche alten Möbel herum. Da eine alte Lampe und dort ein kaputtes Sofa. In den Ecken lagen überall Matratzen oder Schlafsäcke. Auf den Boden lagen überall Kleidungsstücke verstreut, über die wir steigen mussten. Es roch hier sehr muffig und bei dem Gedanken bekam ich gleich Gewissensbisse. Sie nahmen mich hier auf und ich dachte nur so oberflächlich? In der Mitte des Raumes standen sechs Holzkisten um einen kleinen Tisch wo die anderen schon Platz genommen hatten. Sie aßen gerade Suppe und mir lief das Wasser im Munde zusammen als ich das sah. Mein Magen fing an zu knurren und ich konnte meinen Blick nicht von dieser Köstlichkeit abwenden. Ich hatte solchen Hunger und hätte sonst was dafür gegeben auch etwas zu bekommen. Aber ich fühlte mich auch wieder wie ein Fremdkörper der irgendwo eindrang. Hier gab es ja auch nur sechs Plätze, mit mir zusammen wären aber sieben nötig gewesen. Ich hielt mich also diskret im Hintergrund, bis mich die anderen aufforderten mich zu setzten. Völlig irritiert starrte ich meinen Retter an. Er aber nickte nur und gab mir einen leichten Schubs Richtung Holzkiste. Verunsichert setzte ich mich hin und blickte ängstlich in die Runde. Alle begrüßten mich mit einem Hallo und einer der Jungs gab mir einen Teller Suppe und meinte sie täte mir bestimmt gut. Als ob ich ein Marsmännchen vor mir sah blickte ich ihn an und hörte mich dann Danke sagen. Der Junge der mich herbrachte hatte sich inzwischen eine weitere Holzkiste geholt und so saßen wir alle zusammen und aßen unsere Suppe. Es kam mir wie ein Festmahl vor und ich glaubte noch nie etwas so gutes gegessen zu haben. Ich schlang etwas zu heftig, da ich völlig ausgehungert war. Der Junge der sie mir gereicht hatte, sah mich lächelnd an was mir mehr als peinlich war. Was er und die anderen jetzt wohl über mich dachten? Nach dem Essen wurde munter drauflos geplaudert. Ich dagegen saß stumm wie ein Fisch dazwischen und fühlte mich etwas unbehaglich. Ich kannte diese Art von Beisammensein nicht und wusste nicht was man nun von mir erwartete. Einer kam dann auf die Idee, dass wir uns alle mal vorstellen sollten. Der Anfang machte der, der mich herbrachte. Er war ganz einfach der Chef und so wurde er auch genannt. Seinen richtigen Namen erfuhr ich nie. Dann gab es da noch Lollo, Nico, Steffi, Boris und Franki. Ich stammelte meinen Namen und die anderen hießen mich willkommen. Boris holte dann eine Flasche Wodka hervor und reichte sie in der Gruppe herum. Als ich an der Reihe war, zögerte ich. Ich hatte mir doch eigentlich geschworen nie wieder Alkohol zu trinken, doch wollte ich hier niemanden vor den Kopf stoßen. Ich hatte einfach Angst, wenn ich mich weigerte das man mich wieder wegschickte. Ich nahm also einen kleinen Schluck und bekam einen Hustenanfall das ich glaubte zu ersticken. Peinlich berührt gab ich die Flasche weiter. Nico kam auf mich zu, reichte mir einen Plastikbecher und meinte ich sollte das trinken dann ginge es besser. Misstrauisch beäugte ich die Flüssigkeit und fragte mich was das sein konnte. Ich roch daran, doch es roch nach nichts. Zaghaft trank ich einen Schluck und stellte fest, dass es sich um Wasser handelte. Ich blickte überrascht zu Nico, der mir nur zunickte. Ich trank genüsslich, doch schnell das Wasser aus und schenkte Nico dankbar ein Lächeln. Es sollte das erste aufrichtige Lächeln sein das ich seit langem verschenkte. Kurz danach hieß es Schlafenszeit. Alle wünschten sich eine gute Nacht und gingen in ihre jeweiligen Ecke. Ich aber blieb auf meiner Holzkiste sitzen, da ich nicht wusste was ich nun tun sollte. Steffi kam dann auf mich zu, nahm meine Hand und zeigte mir meine Schlafstätte. Das alles hier rührte mich fast zu Tränen. Sie waren alle so gut zu mir. Sie gaben mir zu Essen und einen Schlafplatz. Ich legte mich dann auf die etwas harte Matratze und dankte dem lieben Gott dafür, dass mich das Schicksal hierher geführt hatte. Mit diesen Gedanken schlief ich friedlich ein....

Am nächsten Morgen wurde ich durch ein rütteln geweckt. Ich erschrak und schreckte hoch. Ich hatte ganz vergessen wo ich mich befand, als ich in Steffis Gesicht blickte. Schlagartig wurde mir klar, dass der gestrige Tag Wirklichkeit und kein Traum war. Steffi sagte mir, dass ich aufstehen sollte, wenn ich noch Frühstück wollte. Alle wünschten mir einen guten Morgen und ihre netten Worte taten mir gut. Irgendwer hatte Brötchen besorgt, dazu hatten wir Erdbeermarmelade und Leberwurst. Wir tranken dabei Kaffee und ich hatte wieder das Gefühl ein Festmahl vor mir zu haben. Was brauchte man auch mehr zum leben? Ich kostete jeden Moment aus dachte ich doch, dass alles bald wieder vorbei war. Nachdem Essen gingen alle ihre eigenen Wege und ich sah ihnen traurig nach. Glaubte ich doch sie nie wieder zu sehen. Ich hatte mich schon so sehr an sie gewöhnt und konnte mir nicht mehr vorstellen wie es ohne sie sein würde. Ich hing so meinen Gedanken nach als Chef und Lollo neben mir traten. Sie setzten sich wieder zu mir und dann fragten sie, ob ich nicht bei ihnen bleiben wollte. Ich konnte es nicht fassen was ich da hörte. Konnte es soviel Glück wirklich geben? Doch trotz all der Freude mischte sich auch wieder ein Angstgefühl in mir. Sollte es wieder nur für eine begrenzte Zeit sein, dass ich bleiben durfte? Ich nahm meinen Mut zusammen und fragte dann auch wie lange ich denn bleiben durfte. Ich wollte mich nicht wieder sicher und wie zuhause fühlen, wenn man mich dann doch wieder fortschickte. Lollo meinte schmunzelnd das ich bleiben durfte solange **ich** das wollte. Ich sollte das hier von nun an als mein zuhause betrachten. Da konnte ich mich nicht mehr beherrschen und brach in Tränen aus. Ich konnte es nicht glauben, dass nach alldem Demütigungen der Vergangenheit, ich endlich ein zuhause hatte. Ich brauchte nun nie mehr allein zu sein. Chef und Lollo umarmten mich und ich hielt sie fest, als wollte ich sie nie wieder loslassen. Diese Fürsorge und auch das man mich mal in den Arm nahm war neu für mich. Ich genoss es daher umso mehr. Ich hatte mich so sehr danach gesehnt. Endlich kriegte ich auch was ich mir so sehr wünschte und bisher immer entbehren musste. Dies war der bis dahin glücklichste Tag in meinem Leben. Am Abend wurde auch den anderen mitgeteilt, dass ihre Familie Zuwachs bekommen hatte. Alle begrüßten auf das herzlichste ihre neue Schwester. Wir machten eine kleine Feier und ich fühlte mich wohl wie nie. Ich glaubte immer noch zu träumen. Ich hatte Freunde - endlich wahre Freunde, die zu meiner Familie wurden. Trotz alldem Jubel vergaß ich nie meine Geschwister. Ich wünschte mir so sehr, dass sie mich nun hätten sehen können.

August 99: Langsam zog auch bei mir der Alltag ein - ein angenehmer Alltag. Seit über einer Woche wohnte ich nun schon bei meiner neuen Familie. Wir frühstückten miteinander, am Tag ging jeder für sich seine Wege, abends aßen wir zusammen und danach saßen wir noch zusammen und redeten und scherzten. So lief jeder Tag ab. Ich wusste nicht mehr wie mein Leben ohne die sechs vorher verlief. Sie akzeptierten mich wie ich bin und stellten mir keine quälenden Fragen. Nach den vergangen Jahren tat mir das auch alles gut. Doch ahnte ich noch nicht, dass sich bald wieder etwas Entscheidendes in meinem Leben verändern sollte.....

Am Abend stand etwas ganz besonderes an. Chef nannte es den Tag der Wahrheit. Wir setzten uns alle im Kreis und mir wurde erklärt was es war und warum sie das machten. Es diente eigentlich nur dem, dass wir uns alle besser kennenlernten. Es wurde immer gemacht wenn ein Neuzugang kam. Jeder sollte die Geschichte vom anderen wissen, warum jeder einzelner auf der Straße lebte. Wir sollten einander besser kennenlernen, vertrauen und versuchen zu verstehen. Ich rutschte unruhig auf meinen Stuhl hin und her. Bisher hatte ich vermieden über die Vergangenheit zu sprechen. Ich wollte es doch nur vergessen und verdrängte jeden Gedanken daran. Ich versuchte es zumindest. Ich sah natürlich ein, dass sie etwas über mich wissen wollten und dazu auch ein Recht hatten. Wie aber reagierten sie darauf? Würden sie mir glauben? Mich auslachen? Mich gar wieder wegschicken? Musste ich wirklich alles sagen? Ein Angstgefühl umklammerte mein Herz. Als ich das erste Mal über das erlebte sprach, wurde mir ja auch nicht geglaubt. Was sollte ich tun? Am liebsten wäre ich weggerannt, ahnte aber, dass dies keine Lösung war. Dann begann die Gesprächsrunde. Chef fing an und erzählte uns seine Lebensgeschichte: Geboren wurde er am 5. Februar 1982 in Hamburg. Er stammte aus eher einfachen Verhältnissen. Seine Mutter war Hausfrau und verdiente sich nebenbei etwas als Putzfrau im Supermarkt. Sein Vater war Hafenarbeiter, bis er durch einen schweren Arbeitsunfall frühzeitig erwerbsunfähig wurde. Er bekam eine kleine Rente, die jedoch kaum reichte. Seine Mutter nahm daraufhin noch eine zweite Stelle an um die Familie über die Runden zu bringen. Chef und seine zwei Brüder mussten Zeitungen austragen um den Unterhalt der Familie sicherzustellen. Nach seinem Unfall zog sich sein Vater zurück und wurde immer launischer. Bei jeder Kleinigkeit die vorfiel rutschte ihm immer mal wieder die Hand aus. Ich sah wie schwer es Chef fiel darüber zu reden und ich konnte ihn besser verstehen als er ahnte. Lollo, die direkt neben ihm saß, drückte seine Hand und warf ihm einen verliebten Blick zu, so dass wieder ein Lächeln auf seinem Gesicht lag. Die beiden waren ein so schönes Paar und gingen stets so liebe - und respektvoll miteinander um. Chef erzählte weiter, dass er Lollo am 3. Juni 1998 in einer Eisdiele kennenlernte. Es war die berühmte Liebe auf den ersten Blick, von beiden Seiten aus. Chef sprach sie an und zwei Tage später waren sie ein Paar, womit die Probleme aber erst anfingen. Er warf ihr einen Blick zu, nickte kurz und gab dann das Wort weiter an Lollo. Sie wurde am 31. März 1982 in einem sogenannten Hamburger Villenviertel geboren. Ihr Vater, ein renommierter Hamburger Anwalt und ihre Mutter Ärztin an der Uniklinik. Sie wuchs als Einzelkind auf und hatte kaum Kontakt zu Gleichaltrigen. Sie bekam Privatlehrer und hatte stets ein Kindermädchen um sich herum. Ihre Eltern sah sie kaum. Ihr Vater verbrachte die meiste Zeit in seiner Kanzlei oder vor Gericht. Er machte viele Überstunden, genau wie die Mutter. Sie verbrachte meistens ihre Tage und Nächte in der Klinik. Wenn sie aber mal beide zuhause waren, gingen sie auf Empfänge um in der sogenannten besseren Gesellschaft neue Kontakte zu knüpfen. Materiell gesehen fehlte es ihr an nichts. Ihr Zimmer war vollgestopft mit Puppen, Barbies, Kuscheltieren usw. Mit 12 Jahren bekam sie ihre eigene Kreditkarte, damit sie sich kaufen konnte was sie wollte. Wenn ihre Eltern eine Verabredung mit ihr nicht einhielten wurde sie mit Geschenken überhäuft. Sie kauften sich so ihr schlechtes Gewissen frei. Mir wurde klar wie einsam sie doch gewesen sein musste. Was nützte es wenn man alles hatte, aber das entscheidende fehlte? Liebe, Zeit, Aufmerksamkeit. Da ich nichts von alldem hatte wusste ich wie sich das anfühlte. Als Lollo dann Chef kennenlernte fing sie erst zu leben an. Er war aufmerksam, liebevoll, nahm sich Zeit für sie und brachte sie zum lachen. Sie hatte endlich einen Menschen zum reden gefunden der ihr auch zuhörte. Nach einem Monat stellte Lollo dann ihren neuen Freund den Eltern vor. Sie waren über die Wahl ihrer Tochter entsetzt. Das Essen wurde zum Spießrutenlauf. Sie ließen ständig durchblicken, dass er keineswegs das war, was sie als standesgemäßen Umgang für ihre Tochter hielten. Sie blieben kühl und reserviert. Sie fragten alles über seine Familienverhältnisse aus und warfen sich dann immer abfällige Blicke zu und räusperten sich. Sie wollten damit ihre Verachtung zum Ausdruck bringen. Dann unterhielten sie sich demonstrativ nur noch mit Lollo und ließen Chef einfach links liegen. Später sprachen sie über Kunst, Theater und Medizin, wohl wissend das Chef da nicht mitreden konnte. Beim Abschied warfen sie ihm, ein LEBEN SIE WOHL nach und drehten sich auf den Absatz um. Sie wollten Lollo verbieten sich mit diesem, wie sie sagten, Sozialschmarotzer weiterhin zu treffen. Sie erteilten ihr Hausarrest und sperrten ihre Kreditkarte. Sie glaubten immer noch, dass Geld das wichtigste im Leben war und wahre Gefühle sich dadurch unterdrücken ließen. Lollo und Chef beeindruckten solche Aktionen aber nicht, sondern schweißte sie noch enger zusammen. Lollos Vater suchte sogar die Familie von Chef auf um den Umgang zu unterbinden. Er bot 5000 DM wenn er aus dem Leben seiner Tochter verschwand. Als der Vater von Chef diesem Deal zustimmen wollte, platzte ihm der Kragen und er packte seine Sachen und haute ab. Sein Vater war seit diesem Zeitpunkt für ihn gestorben. Lollo wollte man in ein Schweizer Internat schicken damit sie sich nicht wiedersahen. Lollo verzweifelte fast daran, doch Chef hielt zu ihr und gemeinsam beschlossen sie dann zu fliehen. Sie packte nur das nötigste und so brannten sie gemeinsam durch. Seitdem lebten sie hier in der Lagerhalle. Was für eine Lovestory! Sie überwanden alles nur um am Ende zusammen sein zu dürfen. Wie im Film...

Als nächstes war Franki dran. Er wurde am 18. Dezember 1980 in Siegen geboren. Er kam aus einer eher spießbürgerlichen Familie. Als er mit 16 Jahren feststellte, dass er auf Männer stand, bezog er erst einmal Prügel von seinem Vater. Er meinte ernsthaft wenn er seinem Sohn mit dem Gürtel Zucht und Ordnung eintrichtete wäre er wieder in seinen Augen normal. Dann wollte er seinen Sohn zum Psychiater bringen, weil er glaubte Homosexualität war eine Krankheit. Franki ließ sich aber von alldem nicht beirren und stand weiterhin offen zu seiner Neigung. Da schmiss sein Vater ihn mit den Worten aus der Wohnung, dass er ihn solange er lebte nicht wiedersehen wollte. Kam er ihm aber noch mal unter die Augen tötete er ihn. So viel Feindseligkeit schockte mich sehr. Wie konnte ein Vater nur so reden? Ich sah den Schmerz in Frankis Augen, weil er seit diesem Zeitpunkt auch keinen Kontakt mehr zu seiner Mutter und seinem Bruder hatte. Der Vater verbot es. Er glaubte das könnte sonst auf seinen Bruder abfärben. Die Mutter erduldete alles stillschweigend. Sie wurde noch so erzogen, dass die Frau zuhause bleiben musste und der Mann das Geld verdiente. So hatte er in jeder Hinsicht das sagen. Fast trotzig meinte Franki, das es ihm nun viel besser ginge als zuhause. Er glaubte daran bald einen netten jungen Mann zu finden mit dem er leben und glücklich sein konnte. Jeder wünschte ihm das, aber keiner wusste ob er die Worte sagte um sich oder uns zu überzeugen. Dann übergab er das Wort an Nico...

Nico wurde am 31. Juli 1985 in Berlin geboren. Ausgerechnet Berlin. In mir zog sich alles zusammen. Ich dachte wieder an Carlos und an das, was er mir antat. Ich hatte es verdrängt und jetzt schien es alles wieder präsenter denn je. Für einen Moment war ich wohl wie weggetreten, denn plötzlich schubste mich Steffi an und fragte ob es mir gut ginge. Ich bejahte schnell und versuchte mich wieder auf Nicos Geschichte zu konzentrieren. Er sagte, dass seine Mutter kurz nach seinem zweiten Geburtstag starb und er sich an sie überhaupt nicht mehr erinnern konnte. Sein Vater hatte alle Bilder seiner Frau aus der Wohnung entfernt, so dass ihm nicht mal ein Erinnerungsstück blieb. Das Grab hatte er nie zusammen mit seinem Vater besuchen dürfen. Sein Vater wollte nie zum Friedhof. So schlich er sich alleine dorthin. Nico wuchs alleine mit seinem Vater, einem Alkoholiker, auf. Er erzog seinen Sohn mit Strenge, Härte und Schläge. 1997 hielt er es nicht mehr aus und floh von zuhause. Er hatte keine Ahnung wohin. Er trampte einfach drauflos und landete so in Hamburg. Ich konnte ihn nur zu gut verstehen. Auch ich wurde mit Schlägen erzogen und auch mein Vater soff. Ein komisches Gefühl machte sich in meiner Magengegend breit. Nico wirkte mir plötzlich vertrauter und näher als die anderen. Vermutlich weil wir ähnliches erlebten. Trotzdem verunsicherte mich das etwas, aber ich verwarf jeden Gedanken daran...

Als nächstes sprach Boris zu uns. Er kam mir schon immer wie ein Rebell vor. Ein Querdenker, der sich nicht darum scherte was andere über ihn sagten oder von ihm verlangten. Er wurde am 3. Juni 1983 in Düsseldorf geboren. Wie er selbst sagte, wuchs er wohl behütet auf. Er hatte zwei jüngere Schwestern. Seine Mutter arbeitete halbtags in einem Blumenladen und sein Vater leitete eine kleine Tischlerei. Schon früh fühlte er sich beengt und reagierte auf Verbote und Befehle bockig und trotzig. Im Kindergarten fing er an sich mit anderen zu prügeln, wenn sie ihn beschimpften oder nicht so wollten wie er. Ständig wurden seine Eltern in den Kindergarten zitiert, damit sie ihrem Sohn ins Gewissen redeten. Aber weder Hausarrest noch Fernsehverbot fruchteten. Nach kurzer Zeit ging alles wieder von vorne los. Auch als er eingeschult wurde änderte sich nichts daran. Er prügelte sich mit Mitschülern und gab den Lehrern patzige Antworten. Zum lernen oder Hausaufgaben machen, hatte er keinen Bock. Wenn ein Lehrer ihn

tadelte, stellte er seine Ohren auf Durchzug. Seine Unlust spiegelte sich in seinen Noten wieder. Mit neun Jahren beginn er dann zum ersten Mal Ladendiebstahl. Da ging es um eine Tafel Schokolade. Als die Polizei ihn nach Hause brachte, weinte seine Mutter verzweifelt. Sie machte sich bittere Vorwürfe in seiner Erziehung versagt zuhaben. Sein Vater schien mit der gesamten Situation vollkommen überfordert und flüchtete sich in die Arbeit. Als er dann später mit Mühe den Sprung zur Hauptschule schaffte wurde es noch schlimmer. Er geriet dort in falsche Kreise. Mit seinen sogenannten Freunden schwänzte er die Schule und gemeinsam klauten sie in sämtlichen Geschäften. Sie stahlen CDS, Süßigkeiten, Computerspiele, Kosmetikartikel und eigentlich alles was ihnen in die Finger kam. Wenn sie nicht erwischt wurden fühlten sie sich wie die größten. Wurden sie aber ertappt machten ihnen das auch nicht sonderlich viel aus. In vielen Geschäften hatte Boris inzwischen Hausverbot erhalten. Wenn sie nicht in der Stadt herumhingen, lungerten sie im Park herum, tranken Alkohol und rauchten. Mit 12 Jahren griff die Polizei ihn erstmalig vollkommen betrunken auf. Sie nahmen ihn mit zur Wache, wo sein Vater ihn abholen durfte. Durch diesen Vorfall wurde das Jugendamt auf die Familie aufmerksam. Sie statteten ihnen einen Besuch ab und drohten damit Boris in ein Heim für schwererziehbare Kinder zu stecken, sollte sich nichts ändern. Die darauffolgenden Wochen wurde es dann wirklich ruhiger, doch dann kam wieder sein wahres Ich ans Tageslicht. Nach seinem zweiten Schulverweis und der Tatsache, dass er das Schuljahr wiederholen musste, reichte es ihm endgültig. Er ahnte, dass sich bald das Jugendamt wieder einmischte, doch mit denen wollte er nichts zutun haben. So verschwand er bei Nacht und Nebel. Er hinterließ seinen Eltern aber einen Brief, in dem er schrieb, dass sie sich nicht sorgen sollten, er aber gehen musste. Das war nun drei Jahre her. Ein halbes Jahr nach dem er verschwand, lernte er die anderen kennen. Sie hatten einen positiven Einfluss auf Boris. Er wurde mit der Zeit ruhiger und nicht mehr so leicht aggressiv, so dass er sich mit jedem prügeln musste. Er schickte sogar einmal seiner Familie eine Postkarte, dass es ihm gut ging und sie keine Angst um ihn haben mussten. Das fand ich schon irgendwie rührend. Er hatte seinen Dickkopf zwar behalten und tat immer cool, aber in seinem inneren hing er doch an seiner Familie. Er konnte froh sein so eine Familie zu haben die sich kümmerte, und nicht versuchte ihn mit Schlägen auf den rechten Weg zurückzuführen....
Als nächstes kam Steffi dran und sie sprach leise und mit gesenktem Blick zu uns. Ihr eben noch so erfrischendes Lächeln erstarb augenblicklich als sie zu erzählen begann. Geboren wurde sie am 26. Oktober 1983 in Bremen. Sie war Einzelkind und der ganze Stolz ihrer Eltern gewesen. Es gab kein Wunsch der ihr nicht erfüllt wurde. Ihr Vater nannte sie immer sein ganzes Glück. Als sie jedoch sechs Jahre alt wurde, änderte sich alles. Ihre Eltern stritten ständig und eines Tages verkündeten sie, dass sie sich scheiden ließen. Ein riesen Schock für sie damals. Sie verlor mit einem Mal ihr geliebtes, sicheres Zuhause und ihren Vater. Am Anfang sah sie ihn noch regelmäßig und jedes Mal zerriss es ihr das Herz, wenn sie sich verabschieden mussten. Nach einem Jahr, als die Scheidung durch war, sah sie ihrem Vater nur noch am Wochenende. Als sie neun Jahre alt wurde, zog ihr Vater nach Kanada. Er bekam dort die Chance ein Bauunternehmen zu leiten. Er heiratete dort erneut und bekam noch zwei Söhne. Steffi sollte ihre Halbbrüder aber nie kennenlernen. Seitdem meldete sich ihr geliebter Papa nur noch zum Geburtstag und Weihnachten. Er schickte ihr immer sehr schöne Geschenke, aber das war es nicht was sie wollte. Den einzigen Wunsch den sie hatte, verwehrte er ihr. Sie wollte ihn! Ihn wiedersehen, in seine Arme geschlossen zu werden und einfach seine Nähe, so wie früher, genießen. Diese Zurückweisung überwand sie nie. Sie zog sich immer mehr von ihrer Umwelt zurück und tröstete sich mit Schokolade. Die Folge dessen sollte sein, dass sie einiges zunahm und ihre Mitschüler sie anfingen zu hänseln. Allerdings verschlimmerte das alles nur, so das sie nur noch mehr aß. Steffi tat mir sehr leid, denn ich selbst wurde gemobbt und wusste wie weh das tat. Auch wenn ich lange dafür brauchte, so wusste ich doch irgendwann, dass diese Leute das eigentliche Problem hatten. Wer andere verletzte nur um bei anderen als ach so toll dazustehen hatte doch das mangelnde Selbstbewusstsein. Sie fühlten sich nur stark in der Gruppe und holten sich Bestätigung, indem sie auf Schwächere draufgingen. Was für ein Armutszeugnis! Steffi erzählte weiter, das ihre

Mutter ihr mit elf Jahren mitteilte, dass sie einen neune Freund hatte. Was für ein Schock. Ein neuer Mann, der den Platz ihres Vaters einnehmen wollte. Er hieß Günther, 42 Jahre alt und leitender Büroangestellter. Bald schon nahm er immer mehr Platz in ihrem Leben ein. Er bestimmte wann und was gegessen wurde. Steffi musste ihm ihre Hausaufgaben vorlegen und er legte auch fest wann sie schlafen sollte. Von da an blieb sie so oft sie konnte zuhause fern um diesen Kontrollzwang zu entfliehen. Sie schlief bei Freunden und mit einem dieser Freunde ging sie als dreizehnjährige auf so eine dieser Partys, die meist am Wochenende veranstaltet wurden. Dort kam sie erstmalig mit Alkohol und zu ihrem Verhängnis auch mit Drogen in Berührung. Einer ihrer Schulkameraden gab ihr eine Pille zum Stimmungsaufhellen. Auf Drängen der anderen nahm sie dieses Drecksszeug. Sie sagte, dass es ihr dadurch wirklich besser ging - vorerst! Als die Wirkung nachließ fühlte sie sich elender denn je und brauchte immer mehr von diesem Teufelszeug. Ohne ihre Pillen konnte sie bald den Tag nicht mehr überstehen. Nach einigen Monaten zeigte ihre Wunderdroge nicht mehr die gewünschte Wirkung und sie brauchte etwas Härteres. Ein Freund besorgte ihr Kokain. Das bescherte ihr den ultimativen Kick wie sie sagte. Ihr war als ob sie in eine andere Dimension schweben konnte. Aber jedes mal wenn die Wirkung verpuffte, ging es ihr richtig dreckig. Übelkeit, Schwindel, Kopfschmerzen, und Stimmungsschwankungen sollten nur einige der Nebenwirkungen sein die sie uns mitteilte. Nach kurzer Zeit brauchte sie immer mehr davon. Sie konnte nur noch damit den Schulalltag überstehen und versuchte damit diese Leere, die sie spürte, zu verdrängen. Die Sehnsucht nach Liebe und Geborgenheit die sie seit der Scheidung ihrer Eltern so vermisste. Doch ihr wurde immer mehr bewusst, dass dies eine Illusion bleiben sollte. So versuchte sie ihren Schmerz zu betäuben. Aufgrund ihrer nun immer stärker werdenden Konzentrationsschwäche und ständigen Müdigkeit verschlechterten sich zunehmend ihre Noten. Dies hatte wiederum zur Folge, dass Günther ihr das Taschengeld strich. Sie befand sich in einem Teufelskreis aus dem es kein entrinnen gab. Sie brauchte Geld um sich das Koks zu besorgen um den Tag zu überstehen. Hatte sie keins schlief sie auch schon mal im Unterricht ein, was sich in ihren Noten widerspiegelte. Daraufhin wurde ihr aber das Geld gestrichen. Hatte sie dann einige Tage keinen Stoff wurde sie nervös und zickig. Sie bekam Schweißausbrüche und konnte nicht schlafen. Ihr Händezittern konnte sie immer schwerer unterdrücken. Sie ging schließlich zu ihrem Dealer und bettelte ihn förmlich an ihr etwas zu geben. Sie wollte das Geld dann so schnell wie möglich besorgen. Er grinste sie nur an und meinte, dass sie ihre Schulden auch bei ihm abarbeiten konnte. Dann nötigte er sie zum Oralverkehr und als Belohnung erhielt sie etwas Koks. Anschließend meinte er zu ihr, dass sie ihr Geld doch immer so verdienen konnte, da sie ihre Sache doch gut machte. Hastig zog sie sich das Kokain in die Nase und wurde innerlich ruhiger. Erst viel später realisierte sie, was da vorhin mit ihr geschah. Sie fühlte sich schmutzig und spülte sich ihren Mund zehn - nein zwanzig Mal aus, bevor sie sich übergeben musste. In dieser Nacht weinte sie bittere Tränen wie weit sie sich doch schon am Boden befand. Sie wollte nun den Drogen abschwören um wieder normal zu leben. doch leider hielt der Vorsatz nicht lange. Nach einer Woche quälten sie so starke Entzugserscheinungen das sie wieder bei ihrem Dealer auf der Matte stand. Sie flehte ihn erneut an ihr etwas zu geben. Er schickte sie daraufhin zu ihrem ersten Freier. Sie ließ alles still über sich ergehen, wenn sie auch innerlich weinte. Sie dachte nur an den Stoff, den sie dafür bekam. Ihr Lohn für diese Dienste waren 20 DM. Sie lief damit gleich los und kaufte sich Koks. Von nun an lief es immer so ab. Wenn sie etwas brauchte besorgte ihr Dealer die Freier, wo sie sich das Geld dafür verdienen konnte. Mittlerweile nahm ihr Kokainkonsum aber zu. Sie nahm es jetzt nicht mehr nur noch um den Tag zu überstehen, oder diese Leere auszufüllen, sondern auch um den Ekel nicht mehr zu ertragen. Jedes mal beim duschen, versuchte sie den Ekel und den Geruch von diesen Männern herunterzuspülen. Es gelang ihr jedoch nie. Nach einem Jahr als Kinderprostituierte hielt sie das alles nicht mehr aus. Sie floh von zuhause und sich selbst. Nach einigen Umwegen landete sie in Hamburg, wo sie nun seit neun Monaten lebte. Chef und Lollo fanden sie völlig heruntergekommen, abgemagert und hungrig in einer Ecke kauernd. Sie nahmen sich ihrer an, und päppelten sie wieder auf. Sie bekam auch endlich wieder Aufmerksamkeit und Zuwendung, die sie so lange vermisste. Dabei warf sie den beiden einen dankbaren Blick zu und ihre Augen begannen zu leuchten. Ja, jeder konnte es sehen es ging ihr besser und sie fühlte sich wieder wohl. Steffis Geschichte bewegte mich sehr. Verstohlen wischte ich mir eine Träne weg. Ich musste an Carlos denken und an meine Zeit in Berlin. Daran wie er mich beinahe zum Drogenkonsum verführte und mich dann zwingen wollte für ihn anschaffen zu gehen. Mir wurde nun wieder mal bewusst, was für ein Glück ich hatte. Ich war sozusagen noch mal mit einem blauen Auge davon gekommen. Jetzt konnte ich meine Tränen nicht mehr zurückhalten und fing hemmungslos zu weinen an. Alle rührte das sehr, dass mich ihre Schicksale so mitzunehmen schienen. In gewisser weise stimmte das ja auch, aber die Tränen vergoss ich nur weil mich meine eigene Vergangenheit überrollte. Steffi drückte meine Hand und alle lächelten mich aufmunternd an. Steffi erzählte nun ihre Geschichte noch zu Ende und meinte, dass sie seit gut einem halben Jahr clean war. Die anderen hatten ihr bei dem Entzug geholfen und alles gemeinsam ertragen. Sie duldeten ihre Launen, ihre Stimmungsschwankungen, ihre im ersten Moment aggressive Art die dann schnell in purer Verzweiflung umschlug. Manchmal mussten sie Steffi sogar einsperren damit sie sich kein Stoff besorgte. Egal was war sie ließen sie nie alleine und daran spürte ich, dass dies wahre Freundschaft ausmachte.

Als nächstes sollte ich an der Reihe sein. Alle blickten mich erwartungsvoll an. Ich las in ihren Augen aber auch ein großes Fragezeichen. Sie schienen sich zu fragen was mir wohl widerfahren musste, dass ich nun auf der Straße lebte. Ich sah in die Runde und glaubte zu ersticken. Ich hatte bisher noch nie so wirklich über all das reden können. Als ich Mama erzählte, was Bernd mir antat glaubte sie mir nicht. Diese Tatsache traf mich sehr und belastete mich immer noch. Meinen Brüdern konnte ich davon auch nur schriftlich erzählen, aber wenigstens sie glaubten mir. Aber was Berlin betraf, hatte ich mit noch niemandem reden können. Glaubte man mir das überhaupt? Musste ich alles wirklich wieder zu Tage bringen? Ich mochte die anderen sechs wirklich sehr, aber konnte ich ihnen schon so vertrauen, dass ich alle Geheimnisse meines Lebens preisgab? Ich hatte bisher doch nur schmerzlich erfahren, was es hieß jemanden zu vertrauen. Dieses Vertrauen wurde immer wieder missbraucht und dann zerstört. Ich fühlte mich hin und her gerissen. Als ich bemerkte, dass die anderen ungeduldig wurden, entschied ich mich erstmal nur die halbe Wahrheit zu sagen. Ich erzählte alles von meinen Eltern, von den Schlägen, das mein Vater Alkoholiker war und von der Scheidung. Das alles Mal laut auszusprechen kostete schon viel Überwindung und oft konnte ich nicht weiterreden, da ich immer wieder in Tränen ausbrach. Die anderen kamen alle zu mir und umarmten mich. Ich war so froh und dankbar, dass sie mich nicht mit weiteren Fragen quälten. Die Gesprächsrunde wurde damit beendet und ich wurde nun endgültig als vollwertiges Mitglied anerkannt. Nachts grübelte ich noch lange nach und fand keinen Schlaf. Ich musste an die vielen Schicksale derer denken, die auf der Straße lebten. Wie viele Menschen gingen einfach achtlos vorbei und würdigten uns keines Blickes. Fragte sich denn niemand warum wir alle hier lebten? Wir alle hatten eine Geschichte und dennoch waren wir für die Gesellschaft nicht relevant. Wir alle galten stets als der Schandfleck und passten nicht in ihr ach so perfektes System. Langsam beschlich mich wegen der anderen ein schlechtes Gewissen das ich ihnen soviel verschwieg. Nach allem was sie für mich taten verdienten sie das nicht. Ich schwor mir, dass ich das alles nachholen wollte - irgendwann....

Am nächsten Morgen bezog mich Chef erstmalig in die Arbeit der anderen mit ein. Ich sollte sehen wie sie ihren Lebensunterhalt bestrichen und wo. Mir wurde dabei sehr unbehaglich, weil ich nicht wusste was da auf mich zukam. Ich sagte aber nichts dazu und folgte ihm mit klopfenden Herzen. Chef brachte mich zu einer nahe gelegenen Bäckerei, wo der Bäcker schon auf uns wartete. Er gab uns ein Brot und einige Brötchen. Chef bedankte sich und sagte bis zum nächsten Mal. Erstaunt und ziemlich verwundert sah ich danach Chef an. Er erklärte mir, dass er den Bäcker kannte seit er auf der Straße lebte. Am Anfang schlich er hier immer herum auf der Suche nach etwas essbarem. Als der Bäcker das sah, bekam er Mitleid und seitdem gab er nicht verkaufte Ware an ihm oder besser gesagt an uns. Mich überraschte es sehr, dass es noch so hilfsbereite Menschen gab. Auf dem Rückweg wurde mir erklärt, dass jeder in der

Gruppe eine andere Aufgabe hatte und ich sollte sie mal alle durchlaufen. Mir wurde gesagt, dass wir alle aufeinander angewiesen waren und wir einander brauchten - auch mich! Das mal zuhören tat gut. Endlich wurde auch ich mal gebraucht und konnte zurückgeben was ich bekam. Als nächstes gingen wir zu Hintereingängen von Restaurants, Pizzarin und Supermärkten. Wir sahen dort in den Tonnen nach, ob sich da etwas Brauchbares befand. Manchmal, vor allem bei den Supermärkten, konnten wir ganz brauchbare Sachen ausfindig machen. Dinge knapp über den Verfallsdatum aber durchaus noch genießbar. Das erste Mal das aber mitzuerleben und auch zu helfen kostete eine Menge Überwindung. Ein unbeschreiblich schrecklicher Geruch stieg mir entgegen, und angewidert versuchte ich die dort herumkreisenden Fliegen zu verscheuchen. Als meine Hände zaghaft diese Masse durchwühlten, bekam ich vor lauter Ekel eine Gänsehaut. Ich glaubte mich übergeben zu müssen und atmete nicht mehr durch die Nase. Das löste das Problem allerdings nicht, so hatte ich den Gestank als Geschmack im Mund. Das alles widerte mich mehr als an und später musste ich mir erstmal gründlich die Hände waschen. Trotzdem verfolgte mich dieser Geruch den ganzen Tag. Später zeigte mir Steffi eine Einrichtung wo wir uns duschen und unsere Wäsche waschen konnten. Neue Kleidung besorgten wir uns aus Kleidersäcken die wir auf der Straße durchwühlten oder wir gingen nachts zu Kleidercontainern. Brauchten wir neue Möbelstücke, besorgten wir sie uns vom Sperrmüll. Unglaublich was man hier alles fand. Einige Dinge schienen noch so gut wie neu zu sein. Trotzdem kostete mich auch das einige Überwindung. Ich kannte dies alles so schließlich nicht. Mir so Kleidung und Essen zu beschaffen befremdete mich sehr. Ich musste mich daran erst gewöhnen. Aber alles Neue und unbekannte, schien einem erstmal gewöhnungsbedürftig. Wenn man das alles aber über einen längeren Zeitraum machte, war es plötzlich selbstverständlich und Routine. Auch wenn man es sich anfangs nicht vorstellen konnte, aber man gewöhnte sich an alles. Franki zeigte mir dann wie wir mal gelegentlich ein paar Mark verdienen konnten. Er verteilte öfter Flyer für irgendeinen angesagten Club oder für Fitnessstudios wenn die tolle Angebote hatten. Das brachte das meiste Geld ein, aber für mich war alles ein kleines Vermögen. Boris und Nico nahmen mich dann mit, als sie Geld beschaffen wollten. Das schockierte mich am meisten von allem. Sie sprachen einfach fremde Leute auf der Straße an und bettelten um etwas Kleingeld. Ich stand mit weitaufgerissenen Augen daneben und schaute beschämt zu Boden. Mir kam das so erniedrigend und würdelos vor. Ich fragte mich wie man sich soweit herablassen konnte. Wollten sie mich etwa auch dazu bringen? Nie im Leben schwor ich mir. Auf andere Leute zugehen konnte ich noch nie und dann gleich so etwas? Die anderen erwarteten das aber von mir. Ich gehörte schließlich zu ihnen und auch ich musste mit anpacken. Wann endlich hatte der Himmel ein einsehen mit mir? Was sollte denn noch alles in meinem Leben geschehen? Am ersten Tag sah ich nur zu und hielt mich schön im Hintergrund. Es gab aber tatsächlich einige Leute die ein paar Groschen abgaben. Andere wiederum schimpften und fluchten. Ich hörte alles, von sie wollten keine Belästigung durch Leute wie uns, wenn wir Geld wollten sollten wir arbeiten gehen, bis hin dazu, dass man uns Sozialschmarotzer nannte. Das alles schüchterte mich noch mehr ein. Am zweiten Tag musste ich ran. Ich ging mit Nico los und hatte furchtbare Angst. Ich glaubte, dass Nico mein wild klopfendes Herz hörte. Er lächelte mir aufmunternd zu und strich sacht mir über den Arm. Doch diese Geste wühlte mich noch mehr auf. Lag es etwa an Nico? Doch diesen verwegenen Gedanken verbannte ich in die hinterste Ecke. Ich versuchte mir selbst Mut zumachen das es normal war aufgeregt zu sein. ich wollte das hier nun als einen normalen Job sehen, wo ich heute meinen ersten Arbeitstag hatte. Alle Menschen die an mir vorbeizogen, traute ich mich aber noch nicht mal anzusehen. Sollte ich die Frau mit dem Kinderwagen fragen? Oder eher den griesgrämig reinschauenden Mann, der seine Zeitung unter dem Arm trug? Hatte ich überhaupt das Recht diese Leute zu fragen? Vielleicht hatten sie ja selbst Geldsorgen? Man sah einem Menschen doch meist nicht an aus welchen Verhältnissen er kam oder was ihn bedrückte. Wieder mal überkam mich der Gedanke zu fliehen. Aber wohin? Ich hatte endlich ein Zuhause gefunden und Freunde. Das konnte und wollte ich nicht so einfach aufgeben. Außerdem wer oder was sollte denn danach kommen? Als wir am Zielpunkt angelangten, sagte Nico noch zu mir, dass ich meinen Stolz vergessen sollte der mich davon abhielt einfach zu handeln. Ich sollte nicht soviel Grübeln, sondern es einfach tun. Im ersten Augenblick tat mir weh was er sagte doch ich sah ein, dass er Recht hatte. Man musste nur diesen inneren Schweinehund überwinden. Das gestaltete sich schwieriger als erwartet, aber hat man es dann erstmal erreicht kann man alles schaffen. Verunsichert sah ich Nico an, der wie selbstverständlich auf die Leute zuging und nach Geld fragte. Ich traute mich nicht. Alles in mir widerstrebte sich. Was also tun? Nico kam mit seiner ersten Ausbeute zu mir und hielt sie mir strahlend entgegen. Ich dagegen konnte nur gequält lächeln. Er verstand wohl was in mir vorging und sagte mir, dass er Anfangs auch Schwierigkeiten hatte auf fremde Leute zu zugehen. Aber je länger man wartete und grübelte desto mehr Hemmungen bekam man. Letztendlich könnte man sich dann aber gar nicht mehr überwinden. Er sagte mir abermals, ich sollte es einfach tun. Ganz überzeugten mich seine Worte noch nicht, aber ich nickte nur, den Tränen, nahe und ging auf die Leute zu. Ich bemerkte nun das erste Mal, wie hektisch die Leute doch alle waren. Bevor ich meinen Mund aufmachen konnte, zogen die meisten schon wieder an mir vorbei. Ich schaute mir die Leute an und dachte dann immer, nein den kannst du nicht ansprechen der sieht genervt aus. Der andere hatte eine schmierige Art an sich und wieder andere machten auf mich selbst den Eindruck als seien sie arme Schlucker. So verging die Zeit, bis Nico mich anschubste und im scharfen Tonfall sagte: Tu es! JETZT! Ich atmete nochmals tief durch und wusste nun gab es kein entkommen mehr. Ich ging also zu einem älteren Mann der seinen Hund Gassi führte, und sprach ihn an. Ansprechen konnte man es eigentlich nicht nennen. Mit gesenktem Lidern flüsterte ich und fragte fast schon entschuldigend, ob er nicht etwas Kleingeld für mich hatte. Doch er lief weiter und ignorierte mich einfach. Das direkt beim ersten Mal alles so schief lief, entmutigte mich total. Nico kam tröstend auf mich zu, und legte den Arm um mich. Anstatt mich mit Vorwürfen zu überschütten, sagte er, dass er es toll fand das ich den Mut hatte jemanden anzusprechen. Ich durfte mich davon jetzt nur nicht entmutigen lassen wenn es nicht klappte. Bei ihm lief auch nicht immer alles glatt, aber das nahm er einfach als Ansporn zum weitermachen. Das gesagte brachte mich ins Grübeln und inzwischen wusste ich das er Recht hatte. Man durfte sich von einer Niederlage nicht so beherrschen lassen. Früher gab ich sofort auf wenn etwas nicht gelang. Aber hier auf der Straße war es ein Gesetz, dass man niemals aufgeben durfte. Man musste einfach immer weitermachen, egal was kam. Ich verstand, und versuchte es erneut. Die nächsten Versuche liefen weiterhin ziemlich holperig. Kaum einer schenkte mir Gehör. Alle zwängten sich an mir vorbei oder riefen mir nach, ich sollte verschwinden. Ich zweifelte immer mehr daran, dass es mir je gelang. Ich fragte mich was ich besser machen konnte oder wie ich mich anders geben musste um Erfolg zu haben. Ich gelang aber zu keiner Lösung. Nach einigen gefühlten Stunden geschah es dann. Eine Oma die ich fragte, gab mir tatsächlich 50Pf. Ich sah sie ungläubig an und bedankte mich dann strahlend bei ihr. Total euphorisch und überglücklich stürmte ich zu Nico und hielt ihm stolz meine Einnahme entgegen. Ich jubelte ihm zu, dass ich es geschafft hatte. Wir umarmten uns überschwänglich und er gratulierte mir zum ersten Erfolg. Das bei mir endlich mal etwas klappte war Balsam für meine Seele. Das beflügelte mich so, dass ich glaubte Bäume herausreißen zu können. Im Vergleich zu Nico nahm ich natürlich nicht viel ein, aber da ging es nicht drum. Ich spürte, dass ich es schaffen sollte und mein Leben endlich in den Griff bekam. Ich gehörte zu den anderen und konnte sie ebenso unterstützen wie sie mich. Mit diesem Gefühl gingen wir nach Hause, wo sich alle über meinen Erfolg freuten. Ich begriff zum ersten Mal was es hieß geachtet zu werden. Dieses Gefühl musste ich so viele Jahre entbehren, und ich schwor mir, dass ich es nie wieder verlieren wollte.

Am nächsten Morgen ging ich erstmals alleine los. Widersprüchliche Gefühle machten sich in mir breit. Einerseits Stolz, dass ich es gestern schon mal geschafft hatte und das die anderen sich auf mich verlassen konnten. Andererseits aber auch Angst, dass es diesmal doch nicht mehr klappte. Ich bemerkte nun schon wie die Unterstützung der anderen mir fehlte. So schnell hatte ich mich daran gewöhnt. Mir wurde da aber klar, dass man sich in seinem Leben nie nur auf andere verlassen durfte. Irgendwann stand man dann vielleicht wieder alleine da, und hatte vergessen wie das ist für sich selbst zu sorgen. Diese Angst hielt ich trotz allem stets im

Hinterkopf. Ich wollte nie so unselbstständig werden, dass ich später nicht mehr wusste wie man sich alleine durchs Leben schlug. Meine Befürchtungen wurden bestätigt, dass es sich mühsam gestaltete an Geld zu kommen. Wenn eine innere Stimme mir riet aufzugeben, geschah es doch das mir jemand Geld zusteckte. Dies beflügelte mich zum weitermachen. Als ich dann einen Mann mittleren Alters, der sehr gut gekleidet wirkte, ansprach und um Geld bat grinste er mich nur an. Das verunsicherte mich sehr, weil er nur dastand und mich von oben bis unten musterte. Dann meinte er herablassend zu mir, was ich denn bereit war dafür zu tun. In der ersten Sekunde sah ich ihn nur perplex an und verstand gar nicht was hier abging. Als ich dann begriff was er meinte, drehte ich mich ohne ein weiteres Wort um und wollte ihn stehenlassen. Plötzlich zog er an meiner Jacke und meinte ich sollte nicht die Prüde spielen. Er sagte, dass jeder Mensch käuflich war, es kam immer nur auf den Preis an. Er holte einen Bündel Scheine aus seinem Jackett und sagte das könnte alles mir, unter bestimmten Voraussetzungen, gehören. Angewidert, aber auch voller Angst gelang es mir schließlich mich aus seinem Griff zu befreien und ich rannte weg. Der Typ rief mir noch irgendetwas hinterher, was ich aber nicht mehr verstand. Obwohl ich schon einige Zeit lief, fühlte ich mich verfolgt. In mir stiegen erneut Bilder von Carlos und Bernd hoch. All die durchlebten Qualen wurden nun wieder präsenter denn je. Tränen rannen mir ins Gesicht. Nach einer kleinen Ewigkeit erblickte ich unsere Lagerhalle. In Tränen aufgelöst rannte ich hinein und warf mich schluchzend auf meine Matratze. Die anderen kamen besorgt zu mir, um zu erfahren was passiert war. Ich konnte in ihren Augen die Angst sehen, und doch konnte ich nichts sagen. Ich wollte, doch aus meiner Kehle drang kein Laut heraus. Man ließ mich dann in Ruhe, damit ich mich beruhigen konnte. Ich hörte aber gar nicht mehr zu weinen auf. Erst etwa zwei Stunden später fühlte ich mich in der Lage darüber zu reden. Ich erzählte alles. Davon das der Typ mich belästigt hatte, mich festhielt und mir Geld für gewisse Leistungen geben wollte. Dass mich dies alles so aufwühlte, durch meine Erlebnisse aus der Vergangenheit verschwieg ich. Die anderen hatten zum Glück Verständnis für mich. Sie meinten aber auch zu mir, dass es solche Typen immer gab und ich mich davon nicht so beeinflussen und aus der Ruhe bringen lassen durfte. Leichter gesagt als getan. Natürlich hatten sie Recht, und dennoch wäre ich ihnen am liebsten ins Gesicht gesprungen und hätte geschrien, dass sie doch gar nicht wussten wovon sie redeten. Aber das behielt ich lieber für mich. Chef, Franki, Boris und Nico redeten darüber, dass die Straßen immer unsicherer wurden, ganz besonders für uns Frauen. Es ging eine Diskussion los, ob wir, Frauen, uns auch bewaffnen sollten. Mit Schrecken stellte ich fest, dass die Jungs bereits ein Messer mit sich trugen. Als ich zurückwich steckten sie ihre Waffen wieder weg und sagten mir aber, dass hier auf der Straße andere Gesetzte galten. Man konnte und durfte sich nicht darauf verlassen, dass ein anderer dir half. Jeder der hier lebte, musste lernen sich selbst zu helfen und zu verteidigen. Die Leute sahen auf uns herab, denn wir Straßenkids waren der Schandfleck der Gesellschaft. Um zu überleben mussten wir kämpfen. Das hieß aber nicht, dass die anderen mit uns machen konnten was sie wollten. Wir alle wollten nur in Ruhe leben, respektiert und akzeptiert werden. Doch hier auf der Straße lernte man schnell die Intoleranz der Menschen kennen, wenn man nicht dem entsprach was einem als normal verkauft wurde. Lollo, Steffi und ich besprachen ebenfalls das Thema Sicherheit. Lollo gestand da, dass sie ebenfalls gelegentlich bewaffnet Geld beschaffen ging. Ich wusste nicht was ich dazu sagen sollte. Ich wollte doch der ganzen Gewalt entfliehen und nun steckte ich wieder mittendrin? Auch Steffi gestand, dass sie stets Tränengas mit sich trug. Auch früher schon als sie noch anschaffen ging. Sie meinte aber auch ein paar Selbstverteidigungsgriffe zu kennen wären nie verkehrt. Sie lernte diese von Boris und zeigte sie nun mir, falls nochmals so ein Sack aufkreuzen sollte. Anfangs wirkte ich noch etwas versteift, doch nach einigen Trainingsrunden wusste ich wenigstens, wie ich mich aus einem Griff befreien konnte um wegzulaufen. Warum kannte ich all das früher nicht? Was hätte ich mir so alles ersparen können. Chef fragte mich dann später am Abend ob auch ich ein Messer wollte, doch ich verneinte. Ich tat dies aus verschiedenen Gründen, die ich ihm aber nicht sagen konnte. Einerseits war ich schon immer ein Mensch der Gewalt verabscheute. Andererseits fürchtete ich, dass wenn mir jemand zu nah kam, aus welchen Gründen auch immer, ich dann zustechen könnte. Ich wollte nicht auf Grund meiner Vergangenheit einen Menschen verletzten oder gar töten. Außerdem begann ich mir auszumalen, was geschah wenn Bernd plötzlich vor mir stand. Diese Gedanken musste ich aber verdrängen. Ich hoffte sehr, dass niemals der Tag kam wo ich doch eine Waffe benötigte. Durch die Selbstverteidigungsgriffe fühlte ich mich aber schon sicherer. Ich wusste aber inzwischen, dass ich auch hier gefährlich lebte. Aber ich durfte nicht zu oft daran denken um nicht komplett durchzudrehen. Ich lebte nun hier und das wollte ich mir von niemandem kaputt machen lassen. Nicht noch einmal!

November 99: Mittlerweile konnte man auch mich einen alten Hasen auf der Straße nennen, schließlich lebte ich nun schon einige Monate hier. Wie selbstverständlich ging ich jeden Morgen aus unserer Lagerhalle, um meiner Arbeit nachzugehen. Inzwischen klappte es sehr viel besser die Leute um Geld zu bitten. Natürlich kam es auch immer noch vor, dass man mich als Asoziale oder sonstiges beschimpfte, doch ich ließ immer weniger davon an mich heran. Ich versuchte es zumindest. Es klappte mal mehr, mal weniger gut. Ich hatte im Laufe der Zeit auch noch andere Möglichkeiten für mich entdeckt um Geld aufzutreiben. Was mir auch besser gelang. Ich sprach die Leute einfach an und fragte ob ich Geld zum telefonieren bekommen könnte. Ich erzählte dann, dass ich dringend im Krankenhaus anrufen musste weil meine Oma dort lag, oder dass meine Mutter einen Unfall hatte und ich ganz dringend meinen Vater verständigen musste. Oder auch das man mir mein Geld gestohlen hatte und ich nun zuhause anrufen musste, damit man mich abholen konnte. Diese und ähnliche Geschichten kamen besonders gut bei älteren Menschen an. Manchmal fragte ich mich, ob man mir meine Lügen ansah. Trotz allem viel es mir nämlich nie leicht so zu schwindeln. Aber genau das war es, was mir und die anderen unser Überleben sicherte. Nachts grübelte ich dennoch oft darüber nach und schämte mich dann die Gutmütigkeit der anderen so auszunutzen. Wenn ich aber erneut loszog, schüttelte ich alle Gedanken daran wieder erfolgreich ab. Einmal in der Woche, machte ich mich auf zum Hamburger Hauptbahnhof und zog meine Nummer dort ab. Hier bat ich aber um Geld für eine Fahrkarte die ich mir kaufen wollte, aber mein Geld leider nicht ausreichte. Oft bekam ich tatsächlich die eine oder andere Mark. Die anderen hatte ich in dieser Zeit mit meiner Kreativität verblüfft, Geld zu besorgen. Sie zollten mir Respekt, was mir gut tat. Langsam glaubte ich wirklich, nie ein anderes Leben geführt zu haben. Am Bahnhof begegnete ich auch immer wieder Harry, den ich hier vor zwei Monaten kennenlernte. Er war 47 Jahre alt und lebte seit über acht Jahren auf der Straße. Er erzählte mir, dass er früher in bessere Kreise gehörte. Er hatte ein eigenes Haus und ein kleines Dienstleistungsbüro. Als es der Firma finanziell schlecht ging, nahm er einen Kredit auf um seinen Lebenstraum zu retten - leider gelang es ihm nicht. Er verlor das Unternehmen, das Haus, auf dem hohe Hypotheken lasteten, wurde zwangsversteigert. Seine Frau beschimpfte ihn als Versager, der ihr Leben ruiniert hatte und verließ ihn. Nun hatte er alles verloren. Seine Frau war stets sein einziger Halt gewesen, doch sie brach jeden Kontakt zu ihm ab. Seine sogenannten Freunde, die sich gerne stets in seinem Erfolg sonnten wandten sich ebenfalls von ihm ab. Plötzlich fand er sich alleine und ohne Bleibe auf der Straße wieder. Sein wahrer Freund wurde dann der Alkohol, wie er sagte. Nur in ihm fand er Trost über sein verpfuschtes Leben. Meist streifte er mit Willi und Dieter durch die Gegend. Doch wenn er wusste, dass ich kam wartete er am Bahnhof auf mich. Wir trafen uns aber stets alleine da ich ihm sagte, dass ich nicht viel von seinen Freunden hielt und auch keinen Kontakt zu ihnen wünschte. Immer wenn ich die beiden sah, soffen sie sich um den Verstand. Ich kannte sie überhaupt nicht nüchtern. Das weckte in mir Erinnerungen an Papa wenn er betrunken zuhause saß oder durch die Gegend torkelte. Harry hatte zum Glück Verständnis dafür. Ich hätte es auch sehr bedauert den Kontakt zu ihm zu verlieren nur wegen seiner Saufkumpels. Ich wusste diese beiden Vögel taten ihm nicht gut und ich fürchtete, dass er wegen ihnen vollends unterging. Ich wollte ihm stets helfen, doch das duldete er nicht. Das einzige was ich tat, war ihm hin und wieder etwas Geld zuzustecken. Ich machte das heimlich, denn die anderen sechs sollten nichts davon wissen. Ich wusste, dass sie damit nicht einverstanden gewesen wären, da sie mir immer wieder sagten, dass jeder für sich selbst verantwortlich war. Ich schwieg also obwohl ich wusste, dass er sich für das Geld Schnaps besorgte. Ich litt darunter das nicht beeinflussen zu können und doch war er immer so froh und dankbar wenn er etwas von mir bekam, dass mir das Herz aufging. Wie sehr er sich über jeden Pfennig freute. Obwohl ich ja den Grund kannte, versuchte ich in solchen Momenten nicht daran zu denken Jedes Mal wenn ich dann fort ging, hoffte ich ihn beim nächsten Mal noch gesund vorzufinden. Ich wünschte ihm so sehr das er in diesem Leben noch mal eine zweite Chance bekam.

Weihnachten 99: Das erste Weihnachten weg von zuhause. Das erste Weihnachten ohne meine Geschwister. Ich verfiel in diesen Tagen in Traurigkeit. Ich hätte alles gegeben um sie wenigstens an diesen Tagen zu sehen oder zu sprechen. Was sie wohl machten? Ein unerträgliches Angstgefühl kam in mir hoch. Was wenn sie mich schon vergessen hatten? Dachten sie überhaupt noch an mich? All diese Gedanken die ich sonst stets von mir schob, überrollten mich nun. Still und traurig saß ich in meiner Ecke, und weinte still vor mich hin. Alle anderen freuten sich auf diesen Tag und bereiteten ein Festmahl vor. Der Tisch wurde gedeckt, und da wir leider keinen Weihnachtsbaum hatten, wurden überall Teelichter aufgestellt um eine gemütliche Atmosphäre zu schaffen. Trotzdem fehlte mir ein Baum. Die bunten Kugeln und das glitzernde Lametta. Das war doch eins der wenigen Dinge die ich immer so liebte und worauf ich mich freuen konnte. Warum wurde mir selbst das genommen? Konnte es ohne all das überhaupt ein richtiges Weihnachten werden? Trotz allem was mir widerfuhr, sah ich Weihnachten doch als Familienfest. Jetzt wurde mir wieder schmerzlich bewusst wie sehr mir ein intaktes Familienleben fehlte. Ich fühlte mich schlecht, weil ich hier doch tolle Freunde gefunden hatte und mir nun wünschte eine Familie zu haben wo ich hingehen konnte. Doch ich ahnte, dass sich dieser Weihnachtswunsch nie erfüllen sollte. Diese Tatsache versetzte mir einen Stich ins Herz. Während des ganzen Treibens hatte keiner von mir Notiz genommen, da jeder schwer beschäftigt schien. Als Nico dann vor mir stand und in meine traurigen Augen blickte musste er wohl gespürt haben, dass etwas nicht stimmte. Er setzte sich zu mir und fragte was mich bedrückte. Zuerst wollte ich nichts sagen. Man sollte mich schließlich nicht für undankbar halten und auf keinen Fall wollte ich die Weihnachtsstimmung hier zerstören. Die anderen hatten einen schönen Abend verdient. Nico ließ jedoch nicht locker und so gab ich nach und erzählte was mich bewegte. Dabei versagte mir immer wieder die Stimme und ich hatte Mühe meine Tränen zurückzuhalten. Nico nahm meine Hand in seine und meinte er könnte das gut verstehen. Gerade zu Weihnachten vermisste er seine Mutter schmerzlich und wünschte sich sie wäre bei ihm. Er stellte sie sich dann immer als Weihnachtsengel vor der über ihn wachte und ihn beschützte. Ich fand diese Vorstellung sehr schön und sie entlockte mir sogar ein kleines Lächeln. Plötzlich sprang er auf, nahm meine Hand und forderte mich auf mit ihm zu gehen. Wir liefen, nein wir rannten nach draußen in die Kälte. Die Straßen wirkten wie ausgestorben und kaum ein Auto kreuzte unseren Weg. Ich hatte keine Ahnung was Nico vorhatte, aber etwas in mir sagte das er total durchgeknallt war. Vor einer Telefonzelle blieben wir dann endlich stehen. Völlig außer Atem fragte er mich dann nach der Telefonnummer von meinem Bruder. Ich verstand gar nichts mehr und starrte ihn nur äußerst skeptisch an. Er wiederholte seine Frage erneut, doch ich brachte nur ein knappes Warum heraus. Er lächelte mich dann verschmitzt an und meinte dies sei mein Weihnachtsgeschenk von ihm. Er wollte für mich ein R - Gespräch anmelden, damit ich mit meinen Geschwistern reden konnte. Ich fasste es kaum. Sollte das wirklich wahr sein? Ich hatte noch nie zuvor von einem R - Gespräch gehört und war sehr überrascht, dass es so etwas gab. Nico sagte zu mir, dass er mir damit eine Freude machen wollte, da er es nicht mit ansehen konnte wie ich litt. Das rührte mich sehr und ich glaubte sogar rot zu werden. Lag es an der Eiseskälte oder an seinen warmen Worten? Ich wusste es nicht und ich wollte darüber auch nicht weiter nachdenken. Ich nannte die Nummer und bemerkte wie mein Herz immer schneller zu klopfen begann. Ich war sehr nervös vor dem was gleich vor mir lag. Was sollte ich denn nur sagen? Wollten sie überhaupt mit mir reden? Stellten sie mir unangenehme Fragen? Wie reagierten sie nun auf mich? Unzählige Fragen gingen mir durch den Kopf und mein schlechtes Gewissen breitete sich aus. Hatten sie nicht ein Recht zu erfahren wo ich mich befand? Ich hatte schließlich monatelang nichts von mir hören lassen, und nun plötzlich? Dieser kurze Moment bis mir der Hörer gereicht wurde und sich jemand meldete kam mir wie Stunden vor. Aus Unsicherheit kam aus mir nur ein kurzes, Hallo ich bin's heraus. Martin der sich am anderen Ende der Leitung befand konnte es nicht fassen, dass ich es wirklich war. Er rief völlig aus dem Häuschen die anderen. Im Hintergrund hörte ich munteres Geplapper. Alle konnten es nicht fassen, dass sie ihre kleine Schwester wieder hatten. Tränen der Freude glitzerten in meinen Augen und ich musste lachen weil alle durcheinander sprachen. Ich vernahm Wortfetzen wie: Wo bist du? Wie geht es dir? Wann kommst du wieder? Warum hast du dich nicht früher gemeldet? Ich bekam allerdings gar keine Chance zu antworten, da ständig neue Fragen aus ihnen herausprudelten. Michael nahm den Hörer an sich und mahnte zur Ruhe. Augenblicklich verstummten die anderen. Mich beeindruckte sehr, dass er alles so gut im Griff zu haben schien. Jetzt endlich konnte ich normal mit jemanden reden. Doch auch er überschüttete mich mit Fragen. Er fragte wie es mir ginge und ob ich nicht vorbeikommen wollte und was ich die ganze Zeit so gemacht hatte. Ich sagte ihm aber nur, dass es mir gut ging und er und die anderen sich um mich keine Sorgen machten mussten. Wie gerne ich Weihnachten mit ihnen verbracht hätte verschwieg ich. Auch die Tatsache, dass sich mein Herz verkrampfte wenn ich daran dachte wie sie alle fröhlich zusammen feierten. Ich erzählte ihm auch, dass ich nun nicht mehr alleine war und diese Tatsache schien ihn zu beruhigen. Ich fragte dann nach Vanessa, weil ich sie in dem ganzen Geplapper nicht gehört hatte. Am anderen Ende der Leitung wurde es dann merkwürdig still. Was bedeutete das nur? Ich bekam Angst. Sollte das bedeuten, dass Vanessa wieder zu Mama und Bernd zurück musste? Bitte nicht, flüsterte ich kaum hörbar. Michael sprach leise als er mir eingestand, dass unsere Schwester nun bei Pflegeeltern lebte. Obwohl ich einerseits eine ungeheure Erleichterung verspürte, versetzte mir diese Tatsache doch einen Stich. Er erzählte mir, dass Bernd ihm die Polizei auf den Hals gehetzt hatte, als er sich weigerte Vanessa wieder zurück zubringen. Vanessa weinte aber so bitterlich und wollte nicht zurück. Da blieb Michael keine andere Wahl als das Jugendamt einzuschalten. Sie hatten dann nach einigen hin und her entschieden Vanessa in eine Pflegefamilie zu geben. Sie hielten Michael nicht in für geeignet ein Kind zu erziehen. Sie sagten er hätte zu wenig Zeit, zu wenig Geld und eine zu kleine Wohnung. Diese Tatsache machte mich sehr wütend. Ich wusste es besser als jeder andere, dass unsere Schwester nirgendwo so gut aufgehoben war wie bei ihm. Mir wurde dann aber versichert, dass es ihr dort gut ging. Sie hatte zwei kleine Pflegeschwestern mit denen sie sich gut verstand. Jedes Wochenende sahen sich aber die Geschwister und auch an Weihnachten durfte er sie zu sich nehmen. Ich bedankte mich bei meinem Bruder, dass er es nicht zuließ, dass Vanessa zu dieser Bestie zurück musste. Danach redete ich auch noch kurz mit Martin und Sebastian und bat sie auch nochmals Vanessa von mir zu grüßen und ihr einen dicken Kuss zu geben. Beim Abschied flehte mich mein ältester Bruder erneut an zurückzukehren. Seine Worte trafen mich, da ich wusste, dass dies nicht möglich war. Ich verneinte also und sagte, dass ich sie alle lieb hatte. Ich versprach wieder von mir hören zulassen und hängte ein. Ich holte ein paar Mal tief Luft, konnte dann aber meine Tränen nicht mehr zurückhalten. Teils waren es aber auch Freudentränen. Freude darüber, dass ich nach so langer Zeit endlich wieder Kontakt zu meinen Brüdern hatte. Teils auch Trauer, weil ich sie so vermisste und nicht bei ihnen sein durfte. Dann gab es da noch meine kleine Süße. Sie lebte nun in einer anderen Welt - einer besseren Welt. Dennoch quälte mich der Gedanke, dass sie nun eine neue Familie hatte, und vielleicht gar nicht mehr an mich dachte. Ich hoffte nur, dass sie und meine Brüder sich nie voneinander entfremdeten. Sie alle führten ihr eigenes Leben - ohne mich. Genauso wie ich - ohne sie. Diese Tatsache stimmte mich schon traurig. Aber eins wurde mir klar, egal wie viele Kilometer uns trennten oder wie oft wir uns nur sahen, in unseren Herzen sollten wir für immer vereint sein. Dieser Gedanke gab mir stets die Kraft zum weitermachen.

Erst jetzt registrierte ich wieder, dass Nico die ganze Zeit neben mir stand. Oh Gott, er hatte alles mit angehört. Verstand er etwa worum es in dem Gespräch ging? Wollte er nun nachbohren, was ich mit alldem meinte? Aber glücklicherweise quälte er mich nicht mit lästigen Fragen. Er lächelte nur und ich bedankte mich aus vollem Herzen bei ihm für diese Möglichkeit, die er mir geboten hatte. Wir umarmten uns und mir wurde klar, dass so etwas Wunderbares noch niemand für mich getan hatte. Ich sollte diese Tatsache nie vergessen. Wir liefen nun schweigend zurück nach Hause. Ich fühlte mich wohl mit Nico an meiner Seite und es tat einfach gut, auch mal mit jemandem Schweigen zu können. Die Kälte die uns umgab, nahmen wir beide nicht wahr. Wir genossen einfach das Beisammensein. In diesem Moment fühlte ich zum ersten Mal in meinem Leben eine innere Ruhe und Gelassenheit. Ich dachte nicht nach und hätte alles getan um diesen Augenblick des Glückes festzuhalten. Als wir zu den anderen zurückkehrten, warteten sie schon ungeduldig auf uns. Boris und Chef liefen uns grinsend entgegen und fragten ob wir zwei Turteltauben einen Spaziergang gemacht hatten. Mir wurde die ganze Sache peinlich und ich wandte mich schnell ab und ließ die drei einfach stehen. Nico schien darüber verärgert, denn ich hörte ihn sagen, dass man ja wohl mal Luft schnappen durfte. Ich warf ihm einen dankbaren aber flüchtigen Blick zu, dass er nicht verriet was wir zusammen erlebt hatten. Er verstand meinen Blick und nickte kurz, drehte sich dann aber um und unterhielt sich mit den Jungs. Ich wusste nicht was ich davon halten sollte. Warum reagierte er plötzlich so abweisend? War es ihm unangenehm gewesen mit mir gesehen worden zu sein? Oder war er aus irgendeinem Grund sauer?

Aber hatte ich nicht auch ziemlich schroff reagiert? Wie ein ertapptes Kind wurde ich rot und lief zu Lollo und Steffi um nicht weiter darüber nachzudenken. Langsam fand ich meine Reaktion aber falsch. Er hatte das nicht verdient. Er bereitete mir so eine Freude und nur weil ein paar blöde Bemerkungen kamen ließ ich ihn einfach stehen und ignorierte ihn? Ich wurde dann aber aus all meinen Gedankengänge gerissen, als Chef und Lollo zu Tisch baten. Wir aßen Gulaschsuppe, die uns allen gut tat bei der Kälte. Wir tranken dazu Tee und Kaffee und hinterher gab es noch Plätzchen. Was für ein Festmahl! Die ganze Zeit herrschte eine ausgelassene Stimmung. Alle plapperten wild durcheinander und es wurde viel gelacht. Manchmal glaubte ich zu spüren, dass Nicos Blicke mich streiften. Blickte ich jedoch kurz in seine Richtung, sah er mich nicht mal an. Einbildung oder Realität? Ich bemühte mir nichts anmerken zulassen und trotzdem tat es mir aus unerklärlichen Gründen weh, dass er mich zu ignorieren schien. Nachdem Essen gab es dann bei uns Bescherung. Auch wenn wir nicht so lebten wie andere, wollten wir an dieser Tradition festhalten. Wir schenkten uns natürlich keine Reichtümer und konnten auch keine Unsummen für Geschenke ausgeben, aber wir konnten wenigstens sagen, dass unsere Geschenke von Herzen kamen. Wir hatten einige Tage zuvor gewichtelt und einen Namen gezogen, wen wir dann beschenken durften. Wir alle schenkten uns gegenseitig ein Kleidungsstück was wir aus Kleidersäcken oder Containern fanden. Entweder war es etwas, wo man wusste der andere brauchte es, oder man meinte es würde gut zu der besagten Person passen. Für viele klang das vielleicht lächerlich, aber da wir kein Geld hatten wollten wir uns wenigstens eine kleine Freude bereiten. Es ging nicht darum mit teueren Geschenken wie Schmuck, Handys, PCS, oder Geld überhäuft zu werden, sondern um die Geste. Es kam schließlich nicht darauf an was man geschenkt bekam, sondern was der andere damit ausdrücken wollte. Der materielle Wert zählte bei uns nicht. Wir aber wollten beweisen, dass man trotz Geldnot schöne Weihnachten feiern konnte. Es konnte so leicht sein, einem anderen Menschen eine kleine Freude zu machen. Leider verloren im Laufe der Zeit immer mehr Menschen den Sinn dafür.

Die Bescherung ging los. Den Anfang machte Chef. Er schenkte seiner geliebten Lollo ein enganliegendes weißes Shirt mit Pailettenstickerei. Dieses Teil brachte ihre tolle Figur noch mehr zur Geltung und sie freute sich sehr darüber. Als nächstes kam Boris, der Steffi einen knielangen braunen Cordrock schenkte. Dann folgte Steffi, die mir einen roten Wollschall schenkte. Ich freute mich aufrichtig darüber. Schließlich wurde es draußen immer kälter und ich hatte bisher keinen Schal gehabt. Ich legte ihn direkt um, und genoss die Wärme die von ihm ausging. Als nächstes durfte ich ran. Ich übergab mein erstes Weihnachtsgeschenk und war sichtlich nervös. Trotzdem übergab ich mächtig stolz Franki mein Geschenk und hoffte es gefiel ihm. Er bekam eine nachtblaue Mütze von mir. Die Idee kam mir, als er einmal mit völlig roten Ohren, durch die Kälte, von der Arbeit nach Hause kam. Er musste entsetzlich gefroren haben, und so wollte ich etwas für ihn tun. Zum Glück gefiel ihm mein Präsent. Er fand sie cool und setzte sie gleich auf. Nico war als nächstes dran. Er schenkte Chef ein schwarzes T-Shirt mit einem riesigen Totenkopf drauf. Mein Geschmack war es nicht gerade, aber Chef war dafür sofort Feuer und Flamme. Lollo schenkte dann Nico eine hellblaue Jeanshose, da seine alte schon sehr eingerissen war. Er strahlte darüber und zum ersten Mal an diesem Abend trafen sich unsere Blicke und wir lächelten einander zu. Als letztes folgte Franki der Boris ein paar weiße Sportschuhe schenkte. Diese konnte er auch dringend brauchen, da seine alten schon auseinanderfielen. Er schmiss seine alten in die nächste Ecke und zog die neuen über. Ansonsten wurde es ein durchaus gelungener Abend. Ich dachte aber trotzdem an meine Geschwister. Was sie wohl gerade machten? Ob sie spürten, dass ich an sie dachte? Mir kam es vor, als ob Nico ahnte was in mir vorging. Er sah mir nämlich tief in die Augen, und es schien mir als ob er in mein inneres blicken konnte. Noch in der Nacht grübelte ich darüber nach. Was konnte das sein? Ich verfiel in einen ziemlich unruhigen Schlaf und konnte doch keine Antwort finden.

Silvester 99: Und wieder ein bedeutender Tag für mich. Das erste Silvester ohne meine Familie. Mit etwas Besorgnis sah ich, wie die anderen schon am Nachmittag anfingen Alkohol zu trinken. Unweigerlich musste ich an das letzte Silvester mit meinem Vater denken. Es lag nun acht Jahre zurück und dennoch kam es mir wie gestern vor. Wie er immer mehr und mehr trank, uns später mit dem Messer bedrohte und letztendlich Mama damit verletzte. Ich bekam riesige Angst, dass sich nun auch meine Freunde durch den Alkohol in Monster verwandelten. Ich hatte sie schließlich so noch nie gesehen. Wenn wir abends zusammen saßen, trank jeder höchstens mal ein Glas. Aber heute? Würde es dann auch hier Streit geben? Sollte es gar ausarten? Konnte ich dann überhaupt noch hier bleiben, wenn ich vor den anderen den Respekt verlor? Ich hoffte nicht, dass es soweit kommen musste.

Am Abend setzten wir uns dann alle an einem Tisch. Alle lachten laut und aus dem Radio dröhnte uns die Musik entgegen. Die anderen wirkten schon etwas angeheitert, außer Nico, Steffi und mir. Trotz allem spielte ich die gutgelaunte. Ich wollte kein Stimmungskiller sein. Außerdem sollte niemand erfahren, was an diesem Tag in meinem Kopf vor sich ging. Wie konnte ich auch all das erklären, was mir auf den Magen schlug ohne zuviel aus meinem Leben preiszugeben? Ich hatte Panik, dass sich ihre ausgelassene Stimmung in Aggression umschlug. Wie oft hatte ich schon miterleben müssen, was der Freund Alkohol mit Menschen anstellte. Diese Leute die sich hemmungslos betranken und dann später fluchten, andere anfingen zu beleidigen oder zuschlugen, konnte ich nicht ernst nehmen. Nein, vor solchen Personen hatte ich keine Achtung oder gar Respekt. Ich fragte mich aber immer, ob Menschen erst dann ihr wahres Gesicht zeigten wenn sie tranken. Man verlor die Kontrolle über sich selbst und zeigte Seiten, die sonst verborgen blieben. So viel mir auch an meinen Freunden lag, aber ich hatte mir geschworen sollte so etwas in dieser Richtung hier mal vorfallen, würde ich verschwinden. Ich hätte sie nie mehr so sehen können wie vorher und mit solchen Wesen konnte und wollte ich nicht mehr zusammen leben - nie mehr!

Ich dankte später Gott dafür, dass nichts in dieser Richtung geschah. Der einzige der ziemlich breit am Abend war sollte Boris sein. Er wurde zum Glück nicht aggressiv, sondern riss einen Witz nach den anderen und sang Lieder aus dem Radio mit. Trotzdem beäugte ich ihn misstrauisch und sorgte dafür, dass er mir nicht zu nahe kam. Der Alkoholkonsum der anderen hielt sich in Grenzen. Steffi trank kurz vor Mitternacht auch den ein oder anderen, während ich mich an meinem Saft festhielt. Ich verspürte keine Lust etwas anderes zu mir zu nehmen. Nico trank den ganzen Abend nur ein Glas. Im erging es da wie mir. Wir beide hatten Alkoholiker zum Vater und diese Erinnerung schien bei ihm noch ebenso lebendig zu sein wie bei mir. Um Mitternacht liefen wir alle nach draußen und bestaunten das farbenprächtige Feuerwerk, dass Hamburg erstrahlen ließ. Wir wünschten uns alle ein frohes neues Jahr, und umarmten einander. Wir stießen auf das neue Jahr an und hatten jede Menge Spaß zusammen. Nico, der hinter mir stand, legte ganz sacht seine Hände auf meine Schulter. Ich zuckte zuerst verschreckt zusammen, doch als ich mich umblickte und in seine Augen sah, entspannte ich mich wieder.

Ich wurde innerlich ruhiger und fühlte mich geborgen und aufgehoben bei meiner neuen Familie. Ein neues Zeitalter brach an. Ich verabschiedete mich in diesem Moment von meiner Vergangenheit, vom alten Jahr und glaubte an bessere Zeiten. Ich begrüßte ein neues Jahrtausend. Alles schien mir in diesem Augenblick möglich. Sollte diese Jahrtausendwende ein Zeichen sein, dass ein neuer Lebensabschnitt begann? Ich wollte abwarten was nun alles geschah. Ich freute mich erstmals darauf was die Zukunft wohl so mit sich brachte. In Gedanken wünschte ich auch meinen Geschwistern ein frohes neues Jahr. Ich hoffte und wünschte ihnen, dass es ihnen auch zukünftig gut erginge. Ich beschloss endlich zu Leben - Leben wie ich es bisher nicht kannte. Das war mein fester Vorsatz. Ich wollte Dinge erleben, die ich noch nie zuvor erleben durfte und niemals wieder zurückblicken. Hatte ich es nicht verdient endlich glücklich zu sein? Ich fand schon. Ich hatte noch keine Ahnung, wie entscheidend das neue Jahr mein Leben unwiderruflich verändern sollte....

März 2000: In den letzten Monaten, hatte ich meinen inneren Frieden gefunden. Mein Leben schien mir nun wie ein langer Fluss, der in ruhigen Gewässern mündete. Nach all der Aufregung in der Vergangenheit brauchte ich das auch. Allerdings mein Vorsatz von Silvester schwand dahin. Alles was ich wollte, trat irgendwie nicht ein. Alles verlief wie immer und völlig normal. Nannte man das nun Routine oder Langeweile? Ich schämte mich aber sehr dafür, dass mir mein Leben langweilig zu sein schien. Aufregung, Streit und Hektik brauchte ich nun wirklich nicht. Dennoch fühlte ich, dass mir etwas zu fehlen schien. Ich wusste allerdings nicht was. Ich wusste nur eins, so aufregend vielen das Leben auf der Straße vorkam, so war dieses Dasein ein täglicher Kampf ums überleben. Wir mussten immer auf die Gunst der anderen hoffen, damit wir uns durchschlagen konnten. In den Wintermonaten hatte ich erstmals bemerkt, wie schwierig alles sein konnte. Unsere Einnahmen gingen rapide zurück. Die Eiseskälte bewirkte, dass noch weniger Menschen uns eines Blickes würdigten. Alle wollten nur schnell wieder zurück ins Warme. Ich konnte sie ja verstehen, andererseits empfand ich sie als oberflächlich mich zu ignorieren. Glaubten diese Leute ernsthaft, ich wäre jetzt nicht auch lieber in einem gemütlichen warmen zuhause? Die Kälte bemerkten wir auch in der Lagerhalle aber heizen blieb uns hier verwehrt. Nur draußen konnten wir ein Feuer machen, an dem wir uns etwas wärmten. Aber wir teilten das Schicksal und überstanden auch dies. Wenn ich immer so in die Flammen starrte, fragte ich mich, wie die anderen, die auf der Straße lebten, das handhabten. Nicht jeder hatte so ein Glück wie ich und durfte in einer Lagerhalle schlafen. Viele schliefen am Bahnhof oder ich sah sie auf einer Bank liegen eingehüllt in alten Zeitungen. Wie erst musste ihnen bei der Kälte zumute sein? Unseren Lebensmittelkonsum mussten wir in der Winterzeit auch einschränken. Manchmal reichte es grade dafür, dass wir einen Teller Suppe am Tag zu uns nehmen konnten. Seit frühster Kindheit kannte ich das Gefühl hungrig zu sein und ich gewöhnte mich wieder dran. Umso intensiver genoss ich jede Kleinigkeit die ich zu mir nehmen durfte. Man lernte, dass alles mehr zu schätzten, wenn man auch mal schlechtere Zeiten durchlebte. Als dann aber die ersten Sonnenstrahlen uns wärmten und es in der Luft nach Frühling roch, konnten wir auch wieder mehr Geld beschaffen. Die Leute erwachten aus ihrer Winterstarre und wurden uns gegenüber wieder offener. An all das dachte ich an diesem Märztag. Ich fragte mich aber immer wieder was ich noch zum Glücklichsein bräuchte. Dieser Wunsch schien sich immer mehr zu verstärken. Ich verstand all diese widersprüchlichen Gefühle in mir nicht. Einerseits war ich endlich zur Ruhe gekommen und genoss das, aber ich wünschte mir trotzdem, dass etwas Außergewöhnliches geschah. Etwas das mich aus meinem Alltagstrott herausholte und nur mir gehörte. Als ich einmal mit Chef darüber sprach, gab er mir den Rat alles auf mich zukommen zulassen. All das war ein natürlicher Prozess in meinem Alter und ein Zeichen das ich Erwachsen wurde. Stimmte das etwa? Irgendein Teil in mir verneinte und glaubte da war noch was anderes. Trotzdem nahm ich den Rat von Chef ernst. Ja unser Boss. Er wusste immer eine Antwort und stand uns allen jederzeit mit Rat und Tat zur Seite. Man konnte mit ihm über alles reden und er hörte stets zu und nahm uns ernst. Diese wunderbare Charaktereigenschaft von ihm brachte ihn wohl den Spitznamen Chef ein. Wir alle schätzten und respektierten ihn als unser Oberhaupt. Ich fragte mich oft was alles aus ihm hätte werden können, wenn man ihm nur eine Chance gegeben hätte. Sein Mut, seine Überzeugungskraft, seine Intelligenz und sein großes Herz beeindruckten mich sehr. Er schien über alles Bescheid zu wissen. Egal ob es nun Sport, Politik oder alltägliche Dinge waren. In solchen Momenten stieg ein Hass in mir auf. Hass auf diese Gesellschaft. Warum nur machte sich keiner Mal die Mühe und sah bei uns etwas genauer hin? Wieso galten wir stets als Randgruppe dieses Systems? Warum setzte sich keiner für uns ein? Jeder zweite Obdachlose würde aus diesem Teufelskreis wieder herausbrechen wollen, wenn er nur eine Chance bekam. Wenn man erst mal soweit unten war, gab es kaum noch Möglichkeiten, alleine dort heraus zu finden um wieder ein normales und geregeltes Leben führen zu können. Ein Leben wie es die Gesellschaft vorsah. Mit den richtigen Leuten und Unterstützung konnte aber jeder wieder den Absprung schaffen. Urplötzlich wurde ich aus meinen Gedanken gerissen...

Ich saß wie so oft vor einem großen Kaufhaus auf meiner grünen, leicht ausgefransten Wolldecke. Vor mir ein Pappschild auf den in großen schwarzen Buchstaben: BITTE HELFEN SIE! stand. Daneben ein Plastikbecher, worin schon einige Münzen ihren Weg fanden. Vor mir bäumten sich vier Jugendliche auf. Drei Jungs und ein Mädchen im Alter zwischen 16 und 18 Jahren. Sie standen da und machten sich über mich lustig. Einer sagte zu den anderen, sie sollten sich doch mal diese Asoziale Tussi ansehen. Ein anderer beschimpfte mich daraufhin als arbeitsscheue Schlampe. Das Mädchen musterte mich von oben bis unten und meinte, dass ich ja heiße Klamotten trug. Alle brachen in schallendes Gelächter aus. Ich sah einfach an ihnen vorbei und versuchte sie so weit es ging zu ignorieren. Doch innerlich litt ich Höllenqualen. Warum ließ man mich nicht einfach in Ruhe? Ich musste wieder an meine Schulkameraden denken die genauso mit mir umsprungen. All diese verdrängten Empfindungen, meine Angst und meine Machtlosigkeit etwas dagegen zu unternehmen kamen wieder hoch. ich fühlte mich dem nicht gewachsen und war nicht in der Lage etwas dagegen zu tun. Diese Gruppe ging allerdings nicht weiter, nein es musste wohl zuviel Spaß machen andere zu quälen. Hunderte Leute zogen an mir vorbei und doch schritt keiner ein. Einige warfen nur einen kurzen Blick auf mich und liefen dann weiter. Mit diesem einfach wegsehen kam ich nie klar. Wieso half man nicht wenn man sah, dass jemand Hilfe brauchte? Kümmerte sich denn jeder nur noch um sich selbst? Welch grauenhafte Vorstellung. Der Junge der mich vorhin als Schlampe tituliert hatte warf nun seinen Zigarettenstummel in meinem Becher. Der andere der bisher gar nichts sagte, trat dann den Becher um und die anderen spendeten ihm dafür Beifall. Sie hatten einen Mordsspaß. Die ganze Zeit hatte ich still dagesessen und alles erduldet in der Hoffnung sie verschwanden wieder. Aber als mein Geld so vor mir lag und einiges sogar wegrollte, wurde ich wütend und schrie, dass sie mich in Ruhe lassen sollten. Erschrocken über mich selbst sah ich die anderen direkt in die Augen. Sie wirkten für einige Sekunden wie geplättet. Sie hatten wohl nicht mit einer Gegenreaktion gerechnet. Die obercoole Tussi meinte dann aber zu mir, ich sollte meinen Mund nicht soweit aufreißen und nahm mein Pappschild an sich. Dabei sah sie mich höhnisch grinsend an. Der mich vorhin eine Asoziale nannte entriss ihr das Schild und fragte ob ich es wieder wollte. Dann brach er es in der Mitte durch und warf es mir vor die Füße. Alle vier brachen in schallendes Gelächter aus. Mit Mühe konnte ich meine Tränen zurückhalten. Eins hatte ich mir geschworen, vor solchen Leuten, die mich demütigten, niemals wieder zu weinen. Diesen Triumph sollte niemand bekommen - Nie wieder! Ich fragte mich ängstlich wie weit diese Halbstarken noch gehen würden. In diesem Augenblick hörte ich eine sehr energische Stimme hinter mir die forderte, dass die anderen mich in Ruhe lassen sollten. Verwundert drehte ich mich um und die anderen verschlug es glatt die Sprache. Völlig überrascht sah ich Nico ins Gesicht. Er funkelte die anderen böse an und stellte sich schützend vor mich. Einer dieser Typen fing nun auch Nico an als Asi zu beschimpfen, der die Kurve kratzten sollte. Nico aber lachte ihn nur aus und gab ihnen den Rat zu verschwinden und niemals wieder her zukommen und mich jemals wieder zu belästigen. Ein kurzes Wortgefecht folgte, bis es Nico zu bunt wurde und er einen der vier einen kräftigen Schubs gab. Die anderen wurden daraufhin auch wütend und wollten auf Nico losgehen. Ich bekam es mit der Angst zu tun. Ich hatte Angst um Nico. Ich dachte er würde niemals mit vier gleichzeitig fertig. Doch gekonnt schickte er einen von ihnen zu Boden, woraufhin die anderen wegrannten. Er schrie ihnen noch hinterher, dass sie sich nie wieder hierher verlaufen sollten. Mit einer gewissen Genugtum sah ich, wie sie praktisch um ihr Leben rannten. Nico wandte sich nun mir zu und fragte ob ich in Ordnung war. Ich nickte und dann konnte ich es nicht mehr zurückhalten. Ich fing zu weinen an. Nico hockte sich zu mir und nahm mich in seine Arme. Es fühlte sich vertraut an und schnell konnte ich mich wieder beruhigen. Gemeinsam gingen wir dann nach Hause wo wir ein langes Gespräch führten. Nico gab mir den Rat, mir nicht immer alles gefallen zu lassen und auch wenn es schwer fiel, dass ich lernte den Mund aufzumachen. Man versuchte immer einen von der Straße zu beleidigen oder gar anzugreifen. Ich sollte mich verbal durchsetzten und wenn mich jemand belästigte notfalls auch meine Fäuste gebrauchen. Dieser Gedanke behagte mir gar nicht. Ich wollte doch keine Gewalt ausleben. Wusste ich doch nur zu gut, was es hieß das zu erleben. Doch Nico machte mir abermals klar, dass wir von niemandem Schutz bekamen und auf uns selbst aufpassen mussten. Das leuchtete mir ein. Steffi hatte mir das ja auch schon eingebläut und etwas Selbstverteidigung beigebracht. Ich hatte nur Skrupel es auch einzusetzen. Wichtiger erschien es mir nun, mich auch mit Worten zu wehren. Weglaufen oder weghören brachte nichts und ich ärgerte mich im Nachhinein, dass ich nichts gegen diese Jugendliche unternommen hatte. Ich musste mich durchzusetzen lernen. Nico und ich sprachen noch viele Situationen durch, als mir bewusst wurde, dass ich ihm noch gar nicht für seine Rettung gedankt hatte. Er prügelte sich ja sogar meinetwegen und irgendwie beeindruckte mich das. Noch nie stand mir jemand so zur Seite. Als ich meinen Dank aussprach, erleuchtete ein Strahlen sein Gesicht. Er versicherte mir, dass er wollte das es mir gut ging und nicht zuließe das jemand mich verletzte. Dabei ergriff er meine Hand und hielt sie ganz fest. Mir wurde immer mehr bewusst, dass Nico der beste Freund war den ich je hatte und auch haben könnte. Sicher an den anderen hing ich auch, aber mit Nico schien mich mehr zu verbinden. Am nächsten Morgen zog ich mit Nico los um Geld zu besorgen. Er kam mit, um mir ein Halt zu sein und um mir ein Stück Selbstsicherheit zurück zugeben. Ich freute mich einfach auf unsere gemeinsame Zeit. In seiner Gegenwart spürte ich eine Leichtigkeit die ich schon verloren glaubte. Wir lachten viel und redeten über alles was uns in den Sinn kam. Als ich ihm mal sagte, dass ich froh sei das wir Freunde waren, glaubte ich für einen Moment eine Traurigkeit in seinem Blick zu sehen. Hatte das etwas zu bedeuten? Sah er das doch anders? Irgendwie beunruhigte mich das. Schnell aber fing er sich wieder und sagte, dass er auch froh war mich zu haben. Daraufhin verwarf ich jeden weiteren Gedanken daran. Ich freute mich einfach, dass es ihn und unsere Freundschaft gab.

Mai 2000: Happy Birthday! Mein neues Lebensjahr begann. Mein erster Geburtstag auf der Straße. Das sollte wieder ein ganz besonderer Tag für mich werden. Dennoch war es auch wieder ein einschneidendes Erlebnis. Zum ersten Mal in meinem Leben konnte ich an diesem Tag nicht bei meinen Geschwistern sein, Seit ich zurückdenken konnte, wurde ich dann von meinen Brüdern geweckt und dann gab es Geschenke. Später kam dann noch Vanessa dazu und kuschelte sich zu mir ins Bett. Diese seltenen Momente blieben für immer die schönsten meines Lebens. Doch tat mir jede Faser meines Herzens weh, weil ich sie heute mehr vermisste denn je. Alles hätte ich dafür gegeben, sie nur noch einmal kurz in meine Arme schließen zu dürfen. Aber mein Geburtstagswunsch erfüllte sich nicht. Ob sie heute auch an mich dachten, so wie ich an sie? Ich musste mich sehr beherrschen um nicht ständig in Tränen auszubrechen. Ob die anderen wohl ahnten was in mir vorging? Sie waren an diesem Tag noch netter und aufmerksamer zu mir als sonst. Am Morgen sangen alle Happy Birthday und dann kam Chef mit einem kleinen Kuchen für mich, auf den eine Kerze steckte. Beim auspusten wünschte ich mir meine Geschwister noch mal in diesem Leben sehen zu dürfen. Ich bekam sogar Geschenke. Einen neuen weinroten Pulli und eine Taschenlampe. Beides konnte ich gut gebrauchen. Kleidung hatte ich eh nicht viel und mit der Taschenlampe konnte ich mir wenigstens den Weg leuchten, wenn ich durch die dunkle Halle lief und die anderen schon schliefen. Oft ging ich nämlich nachts noch mal raus um etwas frische Luft zu schnappen. Alle umarmten mich herzlich und ich schämte mich innerlich, dass ich selbst nun nicht vollkommen glücklich sein konnte. Das ich den ganzen Tag von den anderen so umsorgt wurde tat mir gut. Auch wenn ich so etwas bisher nicht kannte. Hatte einer hier Geburtstag machten wir alle blau und blieben den ganzen Tag zusammen. Wir frühstückten gemeinsam, spielten Scharade, aßen mittags zusammen und hatten eigentlich den ganzen Tag nur Spaß. Am Nachmittag kam Nico zu mir, weil er kurz mit mir alleine sein wollte. Ich wusste nicht was ich davon halten sollte, wollte aber darüber nicht auch noch grübeln. Er machte nicht viele Worte, sondern überreichte mir noch ein Geburtstagsgeschenk. Eins wie er extra betonte das nur von ihm sei. Er zauberte hinter seinem Rücken eine schwarze Lederjacke hervor. Ungläubig sah ich von ihm zu der Jacke. Ich konnte nicht glauben, dass so etwas Tolles nun mir gehören sollte. Ich wollte etwas sagen, doch ich fühlte mich so überwältigt, dass ich es nicht konnte. Nico, ganz Gentleman, half mir in die Jacke. Ich fühlte über das Leder und fühlte mich gleich so wohl darin, dass ich sie gar nicht mehr ausziehen wollte. Sie sollte von nun an mein bestes Stück sein das ich immer trug. Nie zuvor hatte ich je so etwas Schönes und bequemes besessen. Als ich mich von meiner Überraschung erholt hatte, konnte ich auch endlich Danke sagen. Ganz spontan umarmte ich daraufhin Nico. Mir wurde aber plötzlich ganz anders. Seine Umarmung fiel länger und intensiver aus als vorgesehen. Ich genoss seine Nähe und doch verwirrte sie mich. Danach wagte ich es kaum ihm in die Augen zu sehen. Auf keinen Fall sollte er merken was in mir vorging, von dem ich selbst nicht verstand was es war. Als ich mich abwenden wollte, hielt er meine Hand fest und stand plötzlich ganz dich vor mir. Ich sog den Duft seiner Haut ein und blickte direkt in seine schokobraunen Augen, die stets ein gewisses Funkeln hatten. Mein Herz schlug schneller und der Atem ging schwer. Was passierte hier gerade? Obwohl ich mich bei Nico immer geborgen fühlte, bekam ich plötzlich Angst vor soviel Nähe. Als ob der ahnte, dass dieser Augeblick zu zerstören drohte, strich er mir mit seiner Hand über die Wange und hauchte mir dann einen zaghaften und zarten Kuss auf die Lippen. Er hatte unglaublich sanfte und weiche Lippen. In dem Moment, als seine Lippen die meinen fanden spürte ich ein regelrechtes Feuerwerk in meiner Magengegend. Das alles schien so unwirklich und ich konnte es kaum fassen was eben geschah. Unfähig etwas zu sagen sah Nico mich an und meinte, dass er mich sehr gern hatte und alles tun wollte um mich glücklich zu sehen. Solche liebevollen Worte taten mir unendlich gut und wärmten mein Herz. Andererseits irritierte mich das und ich fühlte mich mit der Situation überfordert. Zum Glück forderte er nun keine Antwort oder sonstiges von mir. Nach diesen Worten ließ er mich alleine stehen und ging zu den anderen zurück. Meine Gefühlswelt überschlug sich. Ich kuschelte mich in meine Jacke und dachte immer wieder an das gerade geschehene. Ich hatte eben meinen ersten Kuss bekommen. All das was ich vorher erleben musste zählte nicht. Auch Carlos hatte mich geküsst - gewaltsam geküsst und wenn ich daran zurückdachte überkam mich eine Gänsehaut vor Ekel. Der erste Kuss aber sollte einem immer positiv in Erinnerung bleiben und dieser mit Nico würde es. Es war unbeschreiblich schön gewesen. Langsam dämmerte mir, dass ich dabei war mich in Nico zu verlieben. Ein Angstgefühl packte mich augenblicklich. Ich wusste was Nico dann auch mal von mir erwartete, aber das konnte ich ihm nicht geben. Ich ertrug zuviel Nähe einfach nicht. Ich konnte und wollte niemanden so nah an mich ran lassen. Wie sollte ich es auch erklären können, dass ich mich vor körperlicher Nähe fürchtete und auch ekelte? Niemand wusste von meiner Vergangenheit. Ich glaubte den richtigen Zeitpunkt für meine Beichte schon verpasst zu haben. So sollte es allerdings auch bleiben. Niemals wieder wollte ich über das vergangene sprechen. Das alles tat einfach zu weh. Ich wollte nicht, dass mich all diese Erinnerungen überrollten und wieder Oberhand über mein Leben nahmen. Ich musste alles tun um das zu verhindern. Mir wurde klar es gab nur einen Ausweg. Ich musste mich von Nico distanzieren. Mir tat das schon sehr leid, denn ich hing schon sehr an ihm. Ich konnte mir noch gar nicht vorstellen wie das aussah wenn wir uns aus dem Weg gingen. Er verdiente so eine Ablehnung nicht, doch mir blieb nichts anderes übrig wie ich glaubte. Die Liebe sollte doch das schönste Gefühl auf Erden sein zu der auch Nähe und Zärtlichkeiten gehörten. Ich jedoch glaubte keine Liebe geben oder empfangen zu können. Ich ging dann zu den anderen zurück, beachtete Nico aber nicht mehr. Ich spielte meine Rolle gut. Ich lachte viel und scherzte mit den anderen nur Nico blieb außen vor.

Manchmal spürte ich wie mich sein trauriger Blick streifte, doch ignorierte ich es so gut ich konnte. Kurz vorm schlafen gehen meinte Lollo zu mir, dass Nico und ich ein schönes Paar abgaben und er wäre ja schon seit einer Ewigkeit in mich verknallt. Ich erschrak darüber, dass die anderen auch Bescheid wussten und ich es als letzte bemerkte. Ich versuchte stammelnd zu erklären, das wir Freunde aber kein Liebespaar waren. Lollo meinte dann augenzwinkernd zu mir: Was nicht ist, kann ja noch werden. In der Nacht fand ich keine Ruhe. Ich spürte immer noch den Kuss auf meinen Lippen und dennoch wälzte ich mich hin und her wie es nun weitergehen sollte. Ich mochte Nico - sehr sogar. Ich fühlte mich bei und mit ihm sehr wohl. Wir hatten den gleichen Humor und konnten über alles reden. Warum nur sollte jetzt alles verändert werden? Wieso konnte man nicht die Zeit zurückdrehen, so dass alles beim Alten blieb. Konnte aus uns beiden überhaupt mehr werden? Ein Teil in mir wünschte sich das - sehr sogar. Doch die Angst gewann erneut. Ich bekam Panik wenn ich nur daran dachte, dass Nico mich berühren wollte. Ich ekelte mich vor Berührungen solcher Art und sie machten mir Angst. Als ich dann irgendwann in einen unruhigen Schlaf verfiel, sah ich plötzlich wieder Bernd vor mir. Ich sah wie er sich in mein Zimmer schlich, seine höhnisch grinsende Fratze und wie er mich anfasste. In diesem Moment schien es mir, als ob ich dazu verurteilt wurde das ganze nochmals zu durchleben. Ich schreckte hoch und zitterte am ganzen Körper. Nein, dass musste alles aufhören. Nur die Tatsache, dass ich mehr für Nico empfand und er für mich löste erneut diese Angstzustände aus. Um mich nun selbst zu schützen, musste ich einen anderen wehtun. Wie grausam das Schicksal doch sein konnte. Ich schwor mir, niemals meine Gefühle hochkommen zu lassen. Doch ein Herz lässt sich nicht vorschreiben wen es liebt. Seine Gefühle zu unterdrücken brachte nichts - im Gegenteil das verschlimmerte nur alles. Ich wünschte ich hätte das damals schon gewusst....

Eine Woche später: Ich hielt an meinem Vorsatz fest und versuchte soweit wie möglich Nico auszuweichen. Wenn wir uns unterhielten gab ich stets nur einsilbige Antworten und beim Essen achtete ich darauf nicht neben oder ihm genau gegenüber zu sitzen. Ich glaubte zu spüren wie sehr ich Nico mit meinem Verhalten verletzte und auch alle anderen wunderten sich über mein Verhalten. Lollo meinte auch zu mir, dass ich mich sehr zickig verhielt, aber immer nur wenn es um Nico ging. Keiner verstand was los war - keiner außer mir. Wie sollte ich das alles nur erklären? Ich begann zu spüren, wie unser gesamtes Zusammenleben anfing darunter zu leiden. Die frühere Gemeinschaft drohte zu zerbrechen. Wenn wir abends zusammen saßen oder was spielten klinkten Nico oder ich mich immer öfter aus. Alle glaubten wir hätten uns verkracht und wollten uns wieder versöhnen. Ich betonte jedoch immer wieder, dass kein Krach vorlag. Wenn ich dann aber erklären sollte was zwischen uns stand konnte ich keine plausible Erklärung abgeben. Ich hoffte ganz einfach, dass mit der Zeit alles wieder gut werden sollte. Ich musste meine Gefühle in den Griff kriegen. Ich wollte deswegen doch nicht unsere Familie kaputt machen.

Nach dieser sich schier endlos hinziehenden Woche machte Nico den ersten Schritt auf mich zu. Er sprach mit mir über mein merkwürdiges Verhalten seit dem Kuss und seit er mir sagte, dass er mich sehr mag. Zuerst wollte ich ihn wieder etwas ruppig abblitzen lassen, konnte es dann aber doch nicht. Ich sah wie sehr er litt und das nur meinetwegen. Ich schämte mich so sehr deswegen. Mein ganzes Leben wurde ich gequält und gedemütigt und wusste deshalb nur zu gut was leiden hieß. Ich hatte damals doch mal geschworen niemals jemanden leiden zu lassen - schon gar nicht meinetwegen. Ich spürte immer mehr wie viel er mir doch bedeutete und das diese ablehnende Haltung mich selbst kaputt machte. Ehrlicher als geplant hörte ich mich selbst die Worte sagen, dass ich ihn sehr, sehr gerne hatte und ihn nicht verletzten wollte. Allerdings sollte er mir Zeit geben. Ich wunderte mich sehr über diesen Satz. Meinte ich das wirklich ernst? In diesem Augenblick dachte ich einfach nicht nach - zum ersten Mal in meinem Leben. Ich blickte auch erstmalig nicht sorgenvoll in die Zukunft, sondern lebte nur für den Moment und ließ mein Herz sprechen. Ich bemerkte, wie eine zentnerschwere Last von mir genommen wurde. Zum ersten Mal seit langer Zeit konnte ich wieder richtig durchatmen. Ich sah, dass bei meinen Worten die Leere und Traurigkeit aus Nicos Augen verschwand. Jetzt blitzten sie wieder auf und ein Strahlen lag in seinem Gesicht. Ich realisierte wie sehr ich das vermisst hatte. Ich spürte aber auch ein unglaubliches Glücksgefühl in mir ihn wieder so zu sehen. Er sagte mir dann, dass er sich in mich verliebt hatte von dem Zeitpunkt an, wo wir uns das erste Mal am Feuer gegenüberstanden. Er wollte mich aber nie bedrängen und versprach mir auch jetzt alle Zeit die ich brauchte. Nie zuvor in meinem Leben hatte jemand solch wunderbare Worte zu mir gesagt. Ich fühlte mich unendlich glücklich und wünschte mir das dieses Gefühl nie verging. Als wir uns dann umarmten, schien die Welt still zu stehen. Da wusste ich, dass es richtig war ihm die Wahrheit gesagt zu haben. Es handelte sich dabei zwar nur um die halbe Wahrheit, aber besser als dieses Theater vorher. Ich schämte mich, dass ich mich so kindlich verhalten hatte. Jetzt genoss ich einfach Nicos Berührung und die Wärme seiner Haut. Er strich mir vorsichtig durchs Haar und hauchte mir einen Kuss auf die Stirn. Mir wurde dabei heiß und kalt zugleich. Ich spürte immer deutlicher, dass ich ihn liebte. Ich wollte nicht daran denken was morgen, in einer Woche oder in einem Monat war. Ich kostete einfach den Augenblick aus und hätte mich am liebsten nie wieder aus seiner Umarmung gelöst. Wir gingen dann aber zu den anderen, um ihnen mitzuteilen, dass wir uns versöhnt hatten. Nico nahm dabei meine Hand, hielt sie ganz fest und lächelte mich voller Liebe an. Die anderen freuten sich mit uns und wirkten auch erleichtert, dass dieses rumgezicke der Vergangenheit angehörte. Die halbe Nacht feierten wir unsere Wiedervereinigung als Familie. Ich feierte diesen speziellen Tag aber auch noch aus einem anderen Grund. Ich feierte den Sieg über meine Angst und das ich zu meinen Gefühlen stand. Ich nannte Nico nun immer meinen Freund und das klang sehr schön. Manchmal musste ich mich kneifen, um zu realisieren, dass mein Glück keine Einbildung sein sollte. Ich fühlte eine nie gekannte Leichtigkeit mit ihm an meiner Seite. Alles schien sich zum Guten zu wenden. Nach all dem Leid verdiente ich etwas Glück, und ich hoffte es verließ mich nie wieder....

Juni 2000: Es war geschehen. Nico und ich hatten und das erste Mal richtig geküsst. In den letzten Wochen hatte er mich wirklich zu nichts gedrängt und mein Vertrauen zu ihm wuchs stetig. Ich fühlte mich bei ihm sicher und aufgehoben. Wir unternahmen viel gemeinsam, gingen spazieren und kosteten einfach jeden Augenblick zusammen aus. Aber trotzdem lief nicht so richtig was zwischen uns. Wir hielten Händchen und es gab auch schon mal ein Küsschen, doch mehr auch nicht. Wenn wir abends zusammen saßen, legte er seinen Arm um mich und hielt mich fest. Diese kostbaren Augenblicke genoss ich sehr. Ein schönes Gefühl, den anderen einfach zu spüren ohne, dass er mehr forderte. Ich fühlte mich so beschützt wie noch nie im Leben. Es gab für mich nichts Schöneres als meinen Kopf an seine Schulter zu lehnen, seine Wärme zu spüren und seinem Herzschlag zuzuhören der im gleichen Takt wie meins schlug. Konnte es soviel Glück wirklich geben? Als Nico mir dann einige Wochen später ein kleines selbstgeschnitztes Herz schenkte, passierte es. Er sagte mir, dass er mich über alles liebte und in diesem Moment wurden meine Knie butterweich und mein Herz schlug schneller. Es sprudelte förmlich über vor lauter Liebe und zum ersten Mal in meinem Leben sagte ich die berühmten drei Worte: Ich liebe dich! Wir umarmten uns innig und als wir dann einander tief in die Augen sahen geschah es. Unser erster richtiger Kuss! In diesem Moment fühlte ich mich frei von der Vergangenheit. Es gab keinen Bernd und keinen Carlos mehr - nur uns beide. Als ob jemand einen Schalter umlegte, der mich alles vergessen ließ. Danach schwebten wir noch mehr auf Wolken, und ich glaubte jeder konnte uns unser Glück ansehen. Ich verstand endlich wie tief die Liebe zwischen Lollo und Chef sein musste und wie sich so etwas anfühlte. Wenn ich Nico mehrere Stunden nicht sah, vermisste ich ihn schon schrecklich. Ich lief dann immer ganz schnell nach Hause um ihm wieder nah zu sein. Dort empfing er mich stets mit einem Lächeln. Wenn auch die Tage nicht immer so rosig liefen gab mir der Gedanke an Nico stets die nötige Stärke und den Halt das durchzustehen. Nur manchmal überkam mich ein Angstgefühl, dass sich an unserer Beziehung etwas ändern könnte. Ich hasste solche Gedanken und auch Veränderungen. Sie hatten mir noch nie Glück gebracht. Ich wollte nur das alles so bleib wie es war. Nichts lag mir ferner als etwas zu verändern. Doch ich spürte immer deutlicher wie sich unsere Beziehung intensivierte. Ich hatte keine Ahnung wohin sich das entwickeln sollte. Ich versuchte jedoch jeden Gedanken daran zu verdrängen. Keine Pläne - nicht an Morgen denken - nur für den Moment leben - das wurde zu meiner Devise. Diese Einstellung sollte sich natürlich wieder als falsch heraus stellen. So falsch, dass ich damit fast alles zerstörte woran mir etwas lag...

August 2000: Heute wurde etwas verspätet mein Jahrestag gefeiert. Ich lebte nun schon ein Jahr hier. Ein Jahr auf der Straße. Ich ließ die vergangen zwölf Monate Revue passieren. Es gab so viele Veränderungen. Ich verließ mein sogenanntes Elternhaus um vor Bernds Übergriffen sicher zu sein. Landete dann in Berlin wo ich der Hölle rund um Carlos nur knapp entkam. Das schmerzlichste jedoch war, dass ich seit einem Jahr nun auch meine Geschwister nicht gesehen hatte. Früher wusste ich nicht wie ich auch nur einen Tag ohne sie überstehen sollte. Und nun? Ein ganzes Jahr zog ins Land ohne sie. Ich wünschte mir so sehr sie wiederzusehen. Sie sollten auch Nico kennenlernen. Ich wusste, dass sie sich gut verstehen würden.

Am Abend fragte Nico mich, ob ich nicht bei ihm schlafen wollte. Vor Schreck hielt ich einige Sekunden die Luft an und wurde kreidebleich. Der Moment vor dem ich mich so fürchtete schien nun gekommen. Sollte es das Ende unserer gemeinsamen Zeit bedeuten? Ich fühlte mich unfähig zu antworten. Mein schreckliches Geheimnis schuf eine große Kluft zwischen uns. Wie sollte ich das auch alles erklären können? Ich wollte es doch vergessen. Warum holte die Vergangenheit mich ein, wenn ich am glücklichsten war? Nico schien nicht zu bemerken, dass mich etwas quälte, sondern wartete voller Ungeduld auf meine Antwort. Da ich keinen anderen Ausweg sah, nickte ich nur stumm und rang mir ein gezwungenes Lächeln ab. Euphorisch umarmte mich ein glückselig strahlender Nico. Ich hatte also zugesagt - nun gab es kein zurück mehr. Steffi, die alles mit anhörte, zwinkerte mir fröhlich zu und wünschte mir eine schöne Nacht. Am liebsten wäre ich ihr ins Gesicht gesprungen und hätte sie angeschrien, dass sie doch keine Ahnung hatte wovon sie da sprach. Aber ich schwieg. Die Zeit verging plötzlich viel zu schnell und ehe ich mich versah, gingen alle schlafen. Ich versuchte soviel Zeit wie nötig noch rauszuschinden. Ich fragte Nico ob er noch etwas trinken oder etwas spielen wollte. Er verneinte alles und sah mich verliebt an. Er kam zu mir, nahm meine Hand und gemeinsam gingen wir zu seiner Schlafstelle. Ich stand immer noch unschlüssig herum, als Nico sich längst hingelegt hatte. Was sollte ich nur tun? Ich hatte so schreckliche Angst. Angst vor dem was nun geschah. Alles in mir schrie: LAUF WEG! Ich aber blieb wie angewurzelt stehen. Meine Beine schienen mit Blei gefüllt zu sein. Ich rang nach Luft und fühlte wie mir Tränen in die Augen schossen. Als Nico mich dann mitfühlend ansah, zog er mich vorsichtig zu sich herunter, und versicherte mir, dass er nur wollte, dass ich neben ihm lag. Er wollte mich einfach nah bei sich spüren. Mir fiel da ein riesen Stein vom Herzen und ich beruhigte mich wieder. So lag ich die ganze Nacht in seinen Armen und fand keinen Schlaf. Ich konnte meinen Blick nicht von ihm abwenden. Als ich ihn so schlafend neben mir liegen sah, spürte ich wie meine Liebe zu ihm wuchs und immer stärker wurde. Nirgendwo auf der Welt konnte es einen besseren Ort geben als hier in seinen Armen. Ich dankte dem lieben Gott, der Nico in mein Leben führte und mich wieder an das gute glauben ließ. Voller Liebe und Zuneigung strich ich zärtlich über seine Wange. In dem Augenblick huschte ein Lächeln über sein Gesicht und ich wusste, er fühlte ebenso wie ich. Ich hörte seine gleichmäßigen Atemzüge und sein Herzschlag und mit einem Glücksgefühl schlief ich dann doch noch ein. Ein tiefer und fester Schlaf. Niemals zuvor konnte ich so friedlich durchschlafen. Am nächsten Morgen als ich die Augen aufschlug und ihn noch schlafend neben mir sah, fühlte ich mich wie im siebten Himmel. Es gab nichts Schöneres als neben dem Menschen aufzuwachen, den man liebte. Dieser erste Moment, wenn er die Augen aufschlug und dich lächelnd anblickte, konnte wertvoller nicht sein. Kein Geld der Welt, oder ein noch so großer Schatz konnten mehr bedeuten als dieser Augenblick. Für nichts hätte ich diesen Moment eingetauscht. Von diesem Tag an schlief ich immer bei ihm. Boris fragte mich schon, ob ich meine Habseligkeiten nicht zu Nicos Ecke schaffen wollte, was ich jedoch verneinte. Diese Ecke - meine Ecke, bedeutete immer einen Rückzugsort den ich brauchte wenn mir alles wieder zuviel wurde. Trotz meiner Liebe zu Nico brauchte ich doch meinen

Freiraum. Ich konnte und wollte mich nicht so auf ihn einlassen, dass ich quasi alles was mir gehörte aufgab und nur noch bei ihm lebte. Diese Vorstellung erdrückte mich.

September 2000: Alles lief super. Unser Zusammenleben, meine Beziehung alles schien perfekt. Nico und ich fühlten uns schon wie ein altes Ehepaar und waren wirklich unzertrennlich. Steffi vertraute mir dann mal an, dass sie sich jemanden wünschte, der sie so lieben könnte wie Nico mich. Sie hatte jedoch den Glauben daran verloren. Sie glaubte wenn ein Mann erfuhr, dass sie mal auf den Strich ging, würde er sich gleich wieder abwenden. Ich wusste wie sie sich fühlte und versicherte ihr, dass dies aber nicht die Richtigen Männer für sie waren. Die wahre Liebe erkannte sie daran, das der andere sie so akzeptierte wie sie war - und eben auch ihre Vergangenheit. Nur wer wirklich liebte hielt zu seinem Partner, was auch geschah. Einen Menschen den man liebte ließ man nicht im Stich, schon gar nicht wegen vergangenes. Die Vergangenheit konnte man nicht ändern, die Zukunft jedoch besser gestalten, in dem man aus seinen Fehlern lernte. Steffi gingen diese Worte sehr nah und Tränen kullerten in ihr Gesicht. Sie bedankte sich bei mir und drückte mich fest an sich. Diese Umarmung tat gut, dennoch fühlte ich mich wie eine Heuchlerin. Im tiefsten inneren glaubte ich ja wirklich daran was ich sagte, aber durfte gerade **ich** überhaupt so etwas sagen? Ich hatte schließlich Nico bis heute nichts von meiner Vergangenheit erzählt. Er ahnte nichts von dem Missbrauch und was deshalb in mir vorging. Er hatte ein Recht es zu erfahren, aber gleichzeitig fürchtete ich mich vor dem Moment wo er es erfuhr. Änderte sich dann was zwischen uns? Ich hatte Angst, dass er dann anders mit mir umging als bisher. Dieser Gedanke schmerzte am meisten. Ich wollte auch nicht, dass er glaubte ich hätte ihn die ganze Zeit belogen und die anderen letztendlich auch. Nein, ich musste versuchen damit alleine fertig zu werden. Nicht auszudenken, wenn ich die anderen verlor, nur weil sie sich hintergangen fühlten. Ich redete mir ein, dass es nie herauskam und wollte dieses Kapitel abschließen. Doch vor der Vergangenheit konnte man nicht entfliehen. Sie holte auch mich wieder gnadenlos ein....

Am selben Abend lag ich wieder mit Nico auf seiner Matratze, und er hielt mich im Arm. Wir scherzten noch miteinander und er kitzelte mich aus. Plötzlich lag dieses Knistern in der Luft. Nico wurde ernst und auch ich sah ihm tief in die Augen. Er hatte ein Funkeln in seinen Augen das ich bisher so nicht kannte. Ein Magischer Moment, den keiner von uns durch ein falsches Wort zerstören wollte. Nico und ich küssten uns leidenschaftlich - leidenschaftlicher als je zuvor. In der nächsten Sekunde fühlte ich seine Hand auf meiner Brust und erschrak. Ich kam mir hilflos und total überfordert mit der Situation vor. Ich lag da wie ein Stück Holz, unfähig etwas zu tun. Ich hörte Nico schwerer atmen als er meine Hals zu küssen begann und seine Hände weiter hinunter glitten. Ich fühlte mich wie von einer zentnerschweren Last erschlagen und ich weinte still vor mich hin. Ich betete nur, dass alles schnell vorüberging. Mit einem Mal sah ich aber nicht mehr Nico, sondern Bernd vor mir. Sah sein Gesicht wenn er über mir hockte und sich an mir verging. Hörte sein höhnisches Grinsen und hatte wieder seinen After- Shave Geruch in der Nase. Ich konnte nicht mehr und schrie plötzlich aus vollem Herzen: **NEIN!** So laut und voller Verzweiflung, dass Nico augenblicklich von mir abließ. Ich weckte damit sogar die anderen auf, die aufgescheucht schleunigst zu uns liefen. Ich saß nur da und zitterte wie Espenlaub. Als die anderen voller Sorgen fragten was passiert war, fing ich zu weinen an. Die anderen schauten Nico vorwurfsvoll an, doch der zuckte nur mit den Schultern. Er verstand ja selber nicht was hier vorging. Er konnte einem nur Leid tun, da ich keine Ahnung hatte was die anderen nun über ihn dachten. Ich glaubte zu ersticken und bekam kaum Luft. Als Nico mich dann ganz vorsichtig an der Schulter berührte, flippte ich aus. Er war sehr besorgt und hatte Angst um mich, doch ich schrie, er sollte mich nie wieder anfassen und stieß ihn weg. Noch völlig aufgelöst rannte ich hinaus. Ich hörte noch wie Nico hinter mir her rief, doch ich musste weg. Ich lief so schnell mich meine Füße trugen und betete, dass keiner hinter mir herlief. Dies sollte nicht der Fall sein. Ich lief in Tränen aufgelöst und völlig orientierungslos quer durch Hamburg. Ich versuchte zu begreifen, was da gerade geschehen war. Als ich dann nach einer kleinen Ewigkeit einen halbwegs klaren Gedanken fassen konnte, schämte ich mich sehr. Wie konnte ich nur so die Kontrolle verlieren? Was mochten die anderen nun von mir denken? Besonders Nico! Nico, schoss es mir durch den Kopf. Was hatte ich dir nur angetan? Er verhielt sich doch völlig normal. Eben wie ein verliebter Junger Mann, der seine Freundin ganz und gar spüren wollte. Wie sollte er auch wissen, dass und warum ich in solchen Momenten Ekel und Angst verspürte? Ich wusste ja, dass mein Gefühlsausbruch nicht ihm sondern mehr Bernd galt. Ich hatte nur noch ihn vor Augen. Ich nahm nichts anderes mehr von meiner Umgebung wahr. Weder Nico noch meine Freunde. Meine Gewissenbisse bereiteten mir große Magenschmerzen. Wie konnte ich nur zulassen, dass so etwas passierte? Ich wusste, dass nur die Tatsache das ich meine Vergangenheit verschwieg, dass alles verursacht hatte. Es brachte nichts alles nur zu verdrängen und vergessen zu wollen. Mir wurde immer klarer, dass ich nichts, absolut gar nichts verarbeitet hatte. Nein, die Angst fraß mich langsam innerlich auf. Ich spürte es musste etwas geschehen. Zurück traute ich mich nach meinem Ausbruch nicht mehr. Wie konnte ich auch nach all dem, jemanden von den anderen je wieder in die Augen sehen? Ich ging zum Bahnhof und hoffte dort Harry zu treffen. Leider fand ich ihn nicht, so setzte ich mich auf einer der Bänke und schlief dort irgendwann ein. Es wurde ein unruhiger Schlaf, da mich die Geister der Vergangenheit quälten. Aber um die Augen offen zu lassen, war ich zu müde. Nach einigen Stunden erwachte ich wieder, fühlte mich völlig gerädert und alle Knochen taten mir weh. Ich hatte keine Ahnung wie es nun weiterging. Ich erinnerte mich, dass als ich hier ankam, ich auch hier saß. Durch Zufall oder einen Wink des Schicksals fand ich schließlich meine Freunde. Nein, daran durfte ich nicht denken. Es tat weh, dass ich sie verloren zu haben schien. Alles schien sich zu wiederholen und so sinnlos. Was machte in diesem Leben noch Sinn? Ich sah Nicos Bild vor mir und egal wo ich an diesem Tag auch hinging, er war immer da. Ich vermisste ihn und die anderen so sehr. Alles schien mich an ihn zu erinnern. Jeder Ort war Teil unserer Geschichte. Hier an dem Kaufhaus hatten wir zum ersten Mal zusammengearbeitet und dort hatte er mich vor Angreifern in Schutz genommen. An der Alster liefen wir oft Hand in Hand spazieren und dort unter dem Baum hatte er mich oft geküsst. Nein, ich musste damit aufhören, sonst verlor ich noch den Verstand. Wie aber schlug man sich den Menschen aus dem Kopf, den man liebte? Ich mied nun Orte wo ich wusste, dass die anderen sich da aufhielten. Keinesfalls durfte ich nun einen von ihnen begegnen. Schon komisch, früher war ich immer voller Freude sie wiederzusehen, und nun? Ich ging ihnen aus dem Weg. Wie weit konnte es nun noch nach unten gehen? Den ganzen Tag lief ich hin und her, hungrig, durstig und tieftraurig. Ich hoffte so sehr, dass dies alles nur ein böser Traum war und ich gleich aufwachte und in Nicos strahlende Augen blickte. Doch nichts davon geschah. Am späten Nachmittag ging ich erneut zum Bahnhof um Harry aufzusuchen. Ich fand ihn auch vor - vollkommen betrunken torkelte er von einer Ecke in die andere. Enttäuscht von ihm, wandte ich mich ab ohne ihn gegrüßt zu haben. Ich lief dann in den Park wo ich auch die Nacht verbrachte. Ich legte mich auf eine dreckige Parkbank nieder und die Zeitung die sich dort befand nutze ich als eine Art Kissenersatz. Nun erst verstand ich, wie die anderen die hier stets lagen sich fühlten. Es war einfach nur erniedrigend. Ich fror in dieser Nacht sehr, denn bei meiner Flucht hatte ich ja nicht einmal eine Jacke mitgenommen. Wie demütigend hier so zu liegen, wenn andere an mir vorbeiliefen und mich von oben herab ansahen und abfällige Bemerkungen machten. Solche Leute sahen jemanden wie mich stets als Asozial an. Kein Mensch aber scherte sich darum warum hier ein Mensch saß oder lag. Das Schicksal aller Obdachlosen kümmerte die meisten Leute einen Dreck, aber mit Vorurteilen musste man zu leben lernen. Mit meiner neuen Familie glaubte ich alles durchstehen zu können, nun aber fühlte ich mich wieder ganz alleine auf diesem Planeten. Ohne Familie - Ohne Freund - nicht dazugehörig in der Gesellschaft. Ich betete zu Gott, er sollte mir irgendein Zeichen senden. Irgendetwas das mir zeigen sollte wie es nun weiterging. In dieser Nacht träumte ich von Nico. Er stand vor mir und sagte, dass er mich über alles liebte. Er versprach mir, mich zu beschützten und das er alles tun wollte damit ich glücklich wurde. Er schwor mir auch, dass er immer für mich da war und nie wieder zuließ, dass mir jemand weh tat. Als ich dann am nächsten Morgen erwachte, wusste ich was zu tun war. Ich wollte zu meiner Familie zurück. Auch wenn sie mich vielleicht nicht mehr bei sich haben wollten, so fand ich, war der Zeitpunkt gekommen das sie die Wahrheit erfuhren. Die ganze

Wahrheit! Das zumindest verdienten sie - besonders Nico. Bernd hatte mein Leben schon genug versaut, aber ich wollte nicht zu lassen, dass es ihm selbst jetzt noch gelang mein Leben so zu beeinflussen. Er sollte nicht alles zerstören können, woran mir etwas lag. Er durfte nicht gewinnen. Ich beschloss nun endlich zu kämpfen und mir mein Leben zurückzuholen....

Am Abend betrat ich mit wild klopfenden Herzen unsere Lagerhalle. Es schien mir ewig her zu sein, dass ich das letzte Mal hier war. Ich hatte extra bis zum Abend gewartet, weil ich wusste das dann alle versammelt und beim essen waren. Noch konnte ich Nico nicht alleine gegenübertreten. Franki, der erste der mich erblickte, machte schließlich die anderen auf mich aufmerksam. Alle drehten sich um und plapperten wild durcheinander. Sie fragten wo ich gewesen war, dass man mich gesucht hatte und, dass sie sich Sorgen um mich gemacht hatten. Es war mal schön zu hören, dass es Menschen gab die sich um einen sorgten. Es tat mir aber natürlich sehr leid, dass ich sie so in Schrecken versetzten musste. Nico hingegen, saß völlig in sich zusammengesunken am Tisch und wagte nicht mich anzusehen. Es versetzte mir einen Stich ihn so zusehen. Ich spürte wie sehr er litt und er verdiente die Wahrheit - mehr noch als die anderen. Sie forderten mich immer wieder auf mich zu setzen und zu erzählen was passiert war. Ich aber wollte stehen und holte zu meiner Erklärung aus. Ich bat die anderen einfach zuzuhören, nichts zu fragen und mich ausreden zulassen. Verwundert blickten mich alle an, nickten dann aber einstimmig. Selbst Nico horchte nun auf. Mit bebender Stimme, schrecklichen Herzklopfen und gesenktem Blick sprach ich leise, dass nun der Tag der Wahrheit gekommen war. Ich gestand, dass ich einige Sachen aus meiner Vergangenheit noch nicht preisgegeben hatte aus Scham und Angst. Irgendwann hatte ich dann den Zeitpunkt verpasst alles zu gestehen, aber nun sollte es raus. Nun sprach ich ohne Punkt und Komma. Alles sprudelte nur so aus mir heraus. Ich erzählte, dass meine Mutter ein zweites Mal geheiratet hatte und ich jahrelang von meinem Stiefvater missbraucht wurde - immer und immer wieder. Ich ließ nichts aus. Ich erzählte von meinem ersten Versuch abzuhauen und das ich daraufhin von Bernd zusammengeschlagen wurde. Sie erfuhren auch, dass ich den Absprung schaffte, als er auch Vanessa missbrauchen wollte und ich mein Schweigen brach. Das meine Mutter mir nicht glaubte, und erst als ich Vanessa in Sicherheit wusste endgültig verschwand. Ich sah ihre Betroffenheit aber es sollte ja noch mehr folgen. Zum ersten Mal sprach ich über meine Zeit in Berlin und von Carlos. Das ich, ohne es zu wissen, an einen Zuhälter geriet, der mir mit Komplimenten und teueren Geschenken den Kopf verdrehte. Ich sprach von dem Kokain und das er es fast schaffte mich von dem Zeug abhängig zu machen. Als ich dann aber weg wollte, verlangte er von mir auf den Strich zu gehen um meine Schulden abzuarbeiten. Vorher versuchte er aber noch mich zu vergewaltigen, damit er wusste was er seinen Kunden anbot. Mit Mühe konnte ich entfliehen und landete schließlich so in Hamburg. Die anderen schluckten schwer und sahen mich sprachlos an. Ich sah wie Steffi sich verstohlen eine Träne wegwischte und auch Nicos Augen glänzten. Bei meiner Erzählung brach auch ich immer wieder in Tränen aus, fühlte mich aber gleichzeitig auch erleichtert, dass alle nun Bescheid wussten. Eine Last wurde mir genommen. Es gab nun keine Heimlichkeiten mehr, was ich als sehr befreiend empfand. Ich entschuldigte mich noch mal für mein Verhalten und das ich solange über dieses Thema schwieg. Glücklicherweise machte mir keiner einen Vorwurf. Nein, sie kamen alle zu mir und jeder nahm mich in seine Arme. Sie machten mir damit deutlich, dass ich nach wie vor zu ihnen gehörte. Ich schwor mir, sie nie wieder zu belügen oder ihnen etwas zu verschweigen. Nichts sollte mehr zwischen mir und meiner Familie stehen. Boris fragte mich dann, warum ich dieses Schwein nicht angezeigt hatte. Ich sagte ihm, dass er mir drohte und ich deshalb Angst um meine Geschwister hatte. Jetzt glaubte ich, dass es nichts mehr brachte. Ich wollte ihn nie wieder sehen und meine Mutter auch nicht. Ich fürchtete mich aber davor und ich wollte nicht zu ihr zurück oder ins Heim gesteckt werden. Nico war der einzige, der die ganze Zeit über gar nichts sagte. Er sah nur betreten zu Boden. Nachdem wir dann alle schweigend noch etwas gegessen hatten, ging Chef mit Lollo, Franki, Boris und Steffi noch spazieren, und ließ mich mit Nico alleine. Ich nickte ihm dankbar zu, denn das war genau was ich jetzt wollte - mit Nico alleine reden. Zuerst saßen Nico und ich uns etwas unsicher gegenüber. Wir wussten beide nicht was wir nun sagen, oder wie wir miteinander umgehen sollten. Es herrschte eine gespenstische Stille und man hätte eine Stecknadel fallen hören können. Ich begriff, dass es nun an mir lag einen Schritt auf ihn zuzugehen. Ich setzte mich dann zu ihm und entschuldigte mich nochmals für mein Verhalten und mein Schweigen. Er war schon sehr enttäuscht darüber das ich ihm nichts erzählt hatte, aber er verzieh mir. Stattdessen machte er sich Vorwürfe in dieser Nacht etwas falsch gemacht zu haben. Behutsam erklärte ich ihn was in dieser Nacht wirklich in mir vorging und endlich begriff er alles. Er verstand nun auch warum ich manchmal so ablehnend reagierte und meine Unsicherheit und Ängste sah er nun in einem anderen Licht. Er wurde wütend und schmiss daraufhin ein Glas vom Tisch, was mich sehr erschreckte. Noch nie hatte ich ihn so ausrasten sehen und ich fing zu zittern an. Seine Aggressionen galten zum Glück nicht mir, sondern den Männern die mich so verletzten. Er stieß wüste Drohungen gegen Bernd und Carlos aus und war, einem Nervenzusammenbruch nah. Ich legte vorsichtig meine Hand auf seine Schulter und dann fingen wir beide zu weinen an. Wir umarmten uns innig. Wir hielten uns fest, als ob die Erde unterging und wir nur einander hatten. Alles wirkte irgendwie neu und doch vertraut zu gleich. Wieder gab er mir einen zaghaften Kuss auf die Stirn und versicherte mir, dass er mich liebte. Er wollte mir alle Zeit der Welt geben die ich brauchte. Ich war sehr froh das zu hören, da ich in meinem Inneren schon gehofft hatte das er so reagierte. Wir beschlossen dann, dass es besser war wenn ich eine Weile wieder alleine in meiner Ecke schlief. Irgendwie erleichtert darüber, versetzte mir diese Tatsache doch einen Stich. Ich konnte mir schon nicht mehr vorstellen, nicht neben ihm einzuschlafen und ihn als erstes beim aufwachen zu erblicken. Aber es sollte ja nicht für ewig sein. Er war mir nun so nah und doch so fern. Als die anderen später heimkehrten freuten sie sich mit uns das wir alles klären konnten. Man bewunderte mich im Allgemeinen für meinen Mut das alles zu gestehen. Diese Worte beschämten mich, weil ich doch so lange darüber schwieg. In der ersten Nacht wieder zu Hause dankte ich Gott, dass diese wunderbaren Menschen meinen Weg gekreuzt hatten.

November 2000: Die letzten Wochen schlichen Nico und ich nur umeinander herum. Er traute sich nicht so richtig an mich ran und fürchtete sich davor etwas falsch zu machen oder zu weit zu gehen. Ich dagegen wünschte mir nichts mehr, als das alles wieder so wurde wie vor den besagten Abend. Wenn ich Sehnsucht nach ihn verspürte ergriff immer ich die Initiative. Ich fand es rührend das er mich nicht unter Druck setzte, aber ich wollte auch mal wieder einfach nur von ihm in den Arm genommen werden. Er brauchte über vier Wochen bis er das wieder wagte. Darüber war ich dann sehr froh. Danach schien sich wieder alles zum Guten zu wenden. Wir küssten uns wieder und verbrachten jede Minute miteinander. Meine Sehnsucht nach ihm wuchs ins unermessliche. Jeden Abend beim schlafen gehen dieser Abschied, dass wollte ich einfach nicht mehr. Ich fragte ihn dann ob ich wieder bei ihm schlafen durfte. Nico zuerst vollkommen überrascht, stimmte dann aber freudig zu. Die erste gemeinsame Nacht wirkte, von beiden Seiten aus, noch etwas verkrampft. Etwas unschlüssig lagen wir nebeneinander und wussten nicht so recht wie weit wir gehen durften. Erst in der zweiten Nacht entspannte sich die Situation und ich konnte mich wieder in seine Arme kuscheln. Er hielt mich dann beschützend fest und ich fühlte mich wieder sicher und geborgen. Es war für mich einfach das vollkommene Glück, welches ich nie wieder loslassen wollte. Ich redete mit Nico von nun an über alles. Wenn mich etwas bedrückte oder bewegte damit er meine Launen manchmal verstand. Irgendwann wollte ich ES dann riskieren. Ich hatte keine Angst mehr wenn Nico mich berührte und wollte mich ihm ganz hingeben. Ich liebte ihn so sehr, dass ich mich dafür bereit sah. Er hatte mir dieses Urvertrauen wiedergeschenkt und ich spürte, dass ich mich bei ihm fallen lassen konnte. Ich wollte, dass unsere Beziehung einen neuen Status erreichte und, dass unsere Körper und Seelen miteinander verschmolzen. Dafür traf ich dann Vorkehrungen. Ich weihte Lollo in meinem Plan, ein die sich sehr für mich freute. Sie lebte schon so lange mit Chef zusammen und ich holte mir einige Tipps. Es war mir schon etwas peinlich darüber zu reden, obwohl es das nicht musste. Lollo hörte mir aufmerksam zu und nahm auch alles ernst was ich ihr sagte. Am Ende des Gesprächs gab sie mir noch grinsend ein Kondom mit den Worten, dass bräuchte ich dann ja. Mit rotem Kopf nahm ich es entgegen und ging die letzten Details durch. Es sollte schließlich etwas Besonderes werden...

Weihnachten 2000: Ich hatte mir vorgenommen, dass **ES** heute passieren sollte. Das war mein Geschenk für Nico. Lollo half mir dabei die anderen für einige Zeit aus der Halle zu locken, damit wir ungestört sein konnten. Ich stellte in unserer gemeinsamen Ecke überall Teelichter auf und hoffte, dass es ihm gefiel. Als ich ihn dann mit klopfenden Herzen holte, und er sah was ich vorbereitet hatte, drückte er mir einen dicken Kuss auf. Er fand es wunderschön, ahnte aber immer noch nicht was ich vorhatte. Langsam wurde ich doch etwas nervös und bekam Angst, doch ich wollte es nun wagen. Ich wollte einfach nicht, dass Bernd immer noch Gewalt über mich besaß und ich glaubte keine Liebe empfangen zu können. Das alles sollte geändert werden. Mit diesem Weg wollte ich einen Schritt in die Zukunft gehen. In eine wunderbare, mit einem wunderbaren Mann an meiner Seite. Ich vergaß nun meine Ängste und Sorgen und überreichte Nico mein Geschenk. Etwas verlegen und völlig sprachlos, sah er auf das Kondom in seiner Hand. Plötzlich mussten wir beide lachen und die angespannte Situation löste sich augenblicklich. Vorsichtig fragte er mich noch ob ich sicher war. Ich nickte und sagte ihm, dass ich ihn liebte. Behutsam näherten wir uns an und küssten uns zärtlich. Nico ließ alle erdenkliche Vorsicht walten und war unglaublich sanft und liebevoll. Später lagen wir glücklich vereint auf unserer Matratze. Ich hatte ein wunderschönes erstes Mal und alles andere davor zählte nicht mehr. Ich wusste, mit Nico den richtigen Mann an meiner Seite zu haben. Dies war unser schönstes Weihnachten, was wir nie vergessen sollten.

Silvester 2000: Wieder ein Jahr vorbei! Dieses letzte Jahr war das einschneidenste und wichtigste in meinem Leben gewesen. Ich hatte meine große Liebe gefunden und endlich über all das geschehene reden können. Ich lernte endlich Nähe und Zärtlichkeiten zuzulassen was für mich das größte überhaupt war. Vorher kam es mir vor, als ob Bernd stets bei mir war. Ich kam mir wie gefangen in einer großen Seifenblase vor, bis Nico kam und diese Seifenblase zerstörte und mich ins Leben zurückholte. So befreite er mich aus Bernds Krallen. Um Mitternacht feierten wir alle in ein neues Jahr und ich wünschte mir nur weiter so glücklich sein zu dürfen. Nico dagegen nahm sich viel vor. Unsere Liebe beflügelte ihn, wie er so oft sagte. Er wollte, wenn wir 18 Jahre alt waren, einen richtigen Job finden und eine kleine Wohnung für uns mieten, damit wir beide so leben konnten wie andere Paare auch. Dieser Gedanke gefiel mir gut. Ich wollte dann einen Abendkurs machen um meinen Abschluss nachzuholen, damit ich später noch eine Ausbildung machen konnte. Schöne Träume, etwas was jeder Mensch doch brauchte. Wir aber wollten sie erfüllen - egal wie, wir wussten, dass uns das gelang. Auf diesen Tag arbeiteten wir hin. Ein normales Leben das uns in die Gesellschaft eingliederte.

Gegenwart: Ich wurde plötzlich aus meinen Gedanken herausgerissen, als eine Stimme über den Lautsprecher ertönte, dass das Geschäft gleich schloss. Ungläubig schüttelte ich den Kopf und stellte den Teddy zurück ins Regal. Wie lange befand ich mich nun schon hier? Ich hatte keine Ahnung. Schon komisch, was einem alles wieder in den Sinn kam, wenn man etwas Unverhofftes und Unerwartetes aus der Vergangenheit sah. Ich ging hinaus in die Kälte und glaubte fast einen Kälteschock zu kriegen. Im Kaufhaus die Wärme und nun schlug mir ein eisiger Wind entgegen. Schnellen Schrittes lief ich nach Hause. Es gab bald Abendbrot und ich wusste eine heiße Suppe war genau das was ich jetzt brauchte. Ich dachte nochmals nach. Natürlich gab es heute auch noch Situation wo ich an vergangenes dachte, aber das wurde immer seltener und die Abstände dazwischen größer. Ich wusste das ich es schaffen konnte das irgendwann vollständig zu überwinden. Ich hatte Freunde die mich mochten und akzeptierten wie ich war. Und Nico? Nico gab mir stets das Gefühl etwas Besonderes zu sein. Es verging kein Tag an dem ich Gott nicht dankte, dass es ihn und seine Liebe gab. Unser Traum vom zusammenleben sollte klappen. Ich glaubte fest an ihn und an uns. Wir hatten schon soviel durchgestanden, uns nicht davon unterkriegen lassen und gemeinsam packten wir alles. Wenn ich erst eine eigene Wohnung hatte konnte ich wieder Kontakt zu meinen Geschwistern aufnehmen und dann konnten sie mich vielleicht auch besuchen. Wer wusste schon was die Zukunft brachte? Man sollte an die Zukunft denken, aber auch im hier und jetzt leben. Die

Vergangenheit spielte immer seltener eine Rolle. Man musste nur aufpassen, dass die Vergangenheit nicht zur Gegenwart wurde. Und ich, ich Sandra wusste, dass ich all das schaffte. Zuhause warteten schon alle mit dem Essen auf mich. Nico empfing mich glückstrahlend mit einem dicken Kuss. Wir setzten uns und ich spürte, dass ich im Kreis dieser Menschen angekommen war. Ich war zuhause!

- ENDE -

Herstellung und Verlag:
Books on Demand GmbH, Norderstedt
ISBN: 978-3-8391-3632-4